유리 열쇠

대실 해밋 전집 4

유리 열쇠

The Glass Key

대실 해밋 지음
김우열 옮김

황금가지

차례

이 책을 넬 마틴에게 바친다.

1장

차이나가에서 발견된 시체

초록색 주사위 두 개가 초록색 테이블 위를 날아 테이블 끄트머리에 부딪혀 튕겼다. 하나는 곧바로 멈추며 흰색 점 세 개가 두 줄로 늘어선 숫자 6을 드러냈다. 다른 하나는 탁자 가운데로 굴러가더니 흰색 점 하나가 나왔다.

네드 보몬트가 "음!" 하고 가만히 신음하자, 승자가 탁자에 놓인 돈을 거둬갔다.

해리 슬로스가 창백하고 넓적한 털북숭이 손으로 주사위를 집더니 달그락거렸다.

"두 장 반."

그는 20달러짜리 지폐와 5달러짜리 지폐를 탁자에 얹어 놓았다.

네드 보몬트가 뒤로 물러나며 말했다.

"놀아 주고들 있으라고, 난 총알 좀 채울 테니."

그는 당구장을 가로질러 문으로 향했다. 그때 월터 아이번스가 들어왔다. 네드 보몬트는 "여, 월터." 하고 말하고는 계속 가려고 했지만, 아이번스는 지나가던 그의 팔꿈치를 붙잡고 몸을 돌려 그를 보았다.

"포, 포, 폴이랑 얘, 얘기 해 봤어?"

아이번스가 "포, 포, 폴"이라고 말할 때 입술 사이에서 작게 물보라가 일었다.

"지금 만나러 올라가는 길이야."

희고 둥근 아이번스의 얼굴에서 짙푸른 눈동자가 반짝이는 순간, 네드 보몬트가 눈을 가늘게 뜨며 덧붙였다.

"너무 기대하진 마. 좀 기다릴 수 있다면."

아이번스의 턱이 씰룩거렸다.

"하, 하, 하지만 다, 다음 달에 아, 아기를 낳을 텐데."

네드 보몬트의 짙은 눈에 놀란 기색이 비쳤다. 그는 자기보다 키가 작은 아이번스의 손에서 팔을 빼고는 뒤로 물러섰다. 검은 콧수염 아래서 한쪽 입 끝이 뒤틀렸다.

"시기가 안 좋아, 월터, 게다가 그게 말이지, 11월 전에는 별로 기대하지 않는 편이 속 편할 거야."

그의 눈이 다시 가늘어지며 경계하는 듯했다.

"하, 하지만 잘 마, 말해 주면……."

"내가 최대한 그럴싸하게 말해서 한계까지 끌어내긴 하겠지만, 폴은 지금 사정이 안 좋아."

네드 보몬트는 어깨를 으쓱했고, 경계하듯 빛나는 눈동자를 제외하면 침울한 표정이었다.

아이번스는 입술을 적시고 눈을 연거푸 깜박댔다. 숨을 깊게 들이쉬고는 네드 보몬트의 가슴을 두 손으로 툭 치더니 다급하게 애원하는 목소리로 말했다.

"오, 올라가야지. 여, 여기서 기, 기다릴게."

네드 보몬트는 얼룩덜룩한 녹색의 얇은 시가를 입에 물고 위층으로 올라갔다. 주지사 초상화가 걸려 있는 2층 층계참에서, 그는 건물 정면 쪽으로 몸을 돌려 복도 끝에 붙은 넓은 오크나무 문을 두드렸다.

"들어와."라는 말이 들리자 그는 문을 열고 들어갔다.

폴 매드빅은 혼자 방에 있었는데, 바지 주머니에 양손을 찌르고 문을 등진 채 방충망을 통해 어두운 차이나가를 내려다보며 서 있었다.

매드빅은 천천히 몸을 돌리고는 말했다.

"아, 왔구나."

그는 마흔다섯에, 키는 네드 보몬트만 했지만 몸무게는 20킬로그램 가까이 더 나가면서도 몸은 탄탄했다. 머리칼은 금발이었고 가운데 가르마를 타서 머리에 딱 붙게 빗어 넘겼다. 얼굴은 기력이 있어 보이면서도 잘생겼다. 옷은 질도 질이지만 맞춰 입은지라 요란스럽지 않았다.

네드 보몬트는 문을 닫고 말했다.

"돈 좀 빌려 줘."

매드빅은 안주머니에서 커다란 갈색 지갑을 꺼냈다.

"얼마면 돼?"

"한 200."

매드빅은 100달러짜리 지폐 하나와 20달러짜리 지폐 다섯 장을 건넸다.

"크랩스(주사위 두 개로 하는 도박 — 옮긴이)냐?"

"그래. 고마워."

네드 보몬트는 돈을 주머니에 넣었다.

"마지막으로 이긴 지도 오래되지 않았던가?"

매드빅은 바지 주머니에 다시 손을 넣으며 말했다.

"그리 오래되진 않았다고. 한 달인가 6주가 그래."

"그 정도면 한참 깨진 거지."

매드빅이 웃었다.

"내겐 아니야."

네드 보몬트의 목소리에 희미하게 짜증이 배어나왔다.

매드빅이 주머니에서 동전을 만지작거렸다.

"오늘 큰 게임이냐?"

그는 테이블 구석에 앉아 번쩍이는 갈색 신발을 내려다보았다.

네드 보몬트가 금발의 매드빅을 호기심 어린 눈으로 보고는 고개를 흔든 뒤 "껌이지."라고 하곤 창문으로 걸어갔다. 길 건너편 건물 위로 보이는 하늘이 어둡고 무거웠다. 그는 매드빅 뒤에 있는 전화기로 다가가 전화를 걸었다.

"여보세요, 버니. 네드인데, 페기 오툴 얼마지? ……그거밖에 안 돼? ……음, 500장 사 줘. ……그래. ……장담하는데 비가 내릴 거고, 그러면 페기가 인시너레이터를 이길 거야. ……알았어, 그럼 더 좋은 값으로 해 줘. ……그래."

그는 수화기를 내려놓고 빙 돌아서 매드빅 앞으로 갔다.

"운이 안 풀릴 때는 잠시 손을 놓는 게 낫지 않냐?"

매드빅이 묻자 네드 보몬트가 그를 노려보았다.

"그래봐야 좋을 건 없고 질질 끌기만 할 뿐이야. 그 1500을 쫙 늘여서 걸 게 아니라 한방에 거는 게 낫지. 안 되면 고통이라도 얼른 끝내버리는 거고."

매드빅이 킬킬거리더니 고개를 들고 말했다.

"견딜 수 있다면 말이지."

네드 보몬트가 입꼬리를 내리자, 콧수염도 덩달아 내려갔다. 그는 문으로 걸어가며 말했다.

"필요하다면 뭐든 견딜 수 있어."

그가 손잡이를 붙잡았을 때 매드빅이 진지하게 말했다.

"아마 넌 할 수 있을 거다, 네드."

"뭘?"

네드 보몬트가 몸을 돌려 물었다.

매드빅이 창문으로 시선을 옮겼다.

"뭐든 견딜 수 있을 거라고."

네드 보몬트가 고개 돌린 매드빅의 얼굴을 살폈다. 매드빅은 불편한 듯 몸을 뒤채고는 다시 주머니 속에서 동전을 만지작댔다. 네드 보몬트는 멍한 눈을 하고는 전혀 영문을 모르겠다는 목소리로 물었다.

"누구 얘길 하는 거야?"

매드빅의 얼굴이 벌겋게 달아올랐다. 그는 탁자에서 일어나 네드 보몬트를 향해 한걸음 다가섰다.

"우라질 놈."

네드 보몬트가 소리 내어 웃었다.

매드빅도 멋쩍어하며 웃고서 녹색 테두리의 손수건으로 얼굴을 훔쳤다.

"집에는 왜 안 갔냐? 어젯밤에 엄마가 널 한 달이나 못 봤다고 하시더라."

"이번 주쯤 들르려고."

"꼭 들러라. 엄마가 널 얼마나 좋아하시는지 알잖아. 저녁 먹으러 와."

매드빅은 손수건을 도로 넣었다.

네드 보몬트가 다시 문을 향해 천천히 움직이며, 금발의 매드빅을 곁눈으로 보았다. 그는 문손잡이를 잡고 말했다.

"그 말 하려고 보자고 했어?"

매드빅이 얼굴을 찌푸렸다.

"그래, 그게 다야……." 그는 목을 가다듬었다. "어……아…… 하나 더 있군." 돌연 그의 겸연쩍은 태도가 차분하고 침착해졌다. "이런 건 나보다 네가 더 잘 알잖냐. 헨리 양 생일이 목요일인데. 선물로 뭘 주면 좋을 것 같냐?"

네드 보몬트가 문손잡이에서 손을 놓았다. 그의 눈에 어린 놀라움은 다시 매드빅을 응시할 때 즈음에는 이미 사라지고 없었다. 그는 시가 연기를 내뿜고 물었다.

"생일 파티 같은 거 하지 않아?"

"그렇지."

"초대는 받았고?"

매드빅이 고개를 흔들었다.

"하지만 내일 저녁 먹으러 갈 거야."

네드 보몬트가 시가를 내려다보다가 매드빅의 얼굴을 다시 쳐다보고 말했다.

"헨리 의원 뒤를 봐줄 생각이야, 형?"

"그럴 거 같다."

"왜?"

네드 보몬트가 희미하게 웃으며 물었다.

매드빅이 웃었다.

"그야 우리가 뒤를 봐주면 헨리가 론을 뭉개 버릴 테고, 그가 도와주면 우리도 반대 세력이라곤 없는 것처럼 우리가 자리를 다 쓸어버릴 수 있으니까지."

네드 보몬트가 입에 시가를 물었다. 그는 여전히 부드럽게 물었다.

"형이 없어도 (그는 '형'을 강조했다.) 그가 당선될 수 있을까?"

"어림없지."

매드빅이 차분히 확신하며 말했다.

네드 보몬트가 잠시 기다렸다가 물었다.

"그렇다는 걸 의원도 알아?"

"모르면 안 되지. 그리고 모른다고 치자, 그게 너랑 무슨 상관이냐?"

네드 보몬트가 조롱하듯 웃으며 넌지시 말했다.

"모른다면, 형이 내일 밤에 저녁 먹으러 갈 일은 없겠지?"

"너 대체 뭐가 문제야?"

매드빅이 인상을 쓰며 다시 물었다.

네드 보몬트가 물고 있던 시가를 뺐다. 시가의 끝부분이 잘근잘근 씹혀 있었다. 그는 생각에 잠긴 표정을 지었다.

"난 아무 문제없어. 나머지 자리에 의원의 후원이 필요하다고 생각하는 건 아니고?"

"후원이 필요하지 않은 자리 따위는 없지만, 그가 도와주지 않아도 우린 그럭저럭 해낼 거다."

매드빅이 무신경하게 답했다.

"벌써 의원에게 뭔가 약속한 건가?"

매드빅이 입을 오므렸다.

"거의 결정됐지."

네드 보몬트가 고개를 숙이더니 눈을 치켜뜨고 매드빅을 보았다. 네드 보몬트의 얼굴은 창백했다. 그는 낮고 쉰 소리로 말했다.

"그 인간 내다버려, 형. 묻어 버리라고."

"나 원 세상에!"

매드빅이 옆구리에 주먹을 대고는 부드럽게, 믿기지 않는다는 듯 외쳤다.

네드 보몬트는 매드빅을 지나치더니 가느다란 손가락을 떨며 얇은 구리 재떨이에 시가를 비벼 껐다.

매드빅이 네드 보몬트의 등을 응시하고 있자니 그가 몸을 일으키고 돌아섰다. 매드빅은 애정과 분노가 뒤섞인 웃음을 그에게 지었다.

"무슨 생각인 거냐, 네드? 그렇게 오랫동안 잘 지내다가 아무 이유도 없이 난리를 부리다니. 내 널 이해할 수 있으면 더러운 망나니라도 되겠다!"

네드 보몬트가 불쾌한 듯 인상을 썼다. 그는 "좋아, 관두라고." 하고는 곧바로 다시 공격에 나서며 회의적이라는 듯 질문을 던졌다.

"의원이 재선된 뒤에도 협조적으로 나올 거라고 생각해?"

매드빅은 걱정 없다는 듯 말했다.

"의원은 내 손 안에 있어."

"그럴지도 모르지, 하지만 그 인간 아직까지 한 번도 밟힌 적 없다는 건 잊지 마."

매드빅이 전적으로 동의한다는 듯 끄덕였다.

"그래, 바로 그게 내가 의원과 손을 잡으려는 최상의 이유지."

네드 보몬트가 진지하게 말했다.

"아니, 그게 아냐, 형. 그건 최악의 이유야. 머리 아프더라도 잘 생각해 봐. 의원의 그 아찔한 금발머리 딸내미한테 도대체 얼마나 홀린 거야?"

"난 헨리 양이랑 결혼할 거다."

네드 보몬트가 휘파람을 부는 듯한 입모양을 했다. 그는 눈을 가늘게 뜨고 물었다.

"그것도 거래의 일부인가?"

매드빅이 아이처럼 활짝 웃었다.

"아직 아무도 몰라. 너랑 나만 빼고."

네드 보몬트의 마른 뺨에 불그레한 기운이 비쳤다. 그는 최대한 환하게 웃더니 말했다.

"그거 떠벌리고 다니진 않을 테니까 걱정하지 말고, 조언 한마디 하자. 원하는 게 그거라면, 문서로 남기게 하거나, 공증인 앞에서 맹세하고 보석금을 걸어 두게 하거나, 아니면 더 좋은 방법으로, 아예 선거일 전에 결혼하자고 요구해. 그러면 적어도 형 몫은 챙기겠지. 안 그러면 형한테 떨어지는 건 아무것도 없을걸?"

매드빅이 발을 움직였다. 그는 네드 보몬트의 눈길을 피하며 말했다.

"난 네가 왜 의원이 도둑놈이라도 되는 것처럼 말하는지 모르겠다. 그 사람은 신사야, 그리고……"

"당연하지. 《포스트》에도 나오는 얘기잖아. 미국 정치판에 몇 남지 않은 귀족이라고. 그의 딸도 귀족이고. 그렇기 때문에 옷을 살에 꿰매지 않으면 아예 발가벗겨질지 모른다고 경고하는 거잖아. 그 인간들한테 형은 저급한 동물일 뿐이고, 그래서 신사도 따윈 상관없다는 소리야."

매드빅이 한숨을 쉬고는 말했다.

"이런, 네드, 너무 그러지 마라……."

하지만 뭔가를 떠올린 네드 보몬트의 두 눈이 악의로 반짝였다.

"게다가 젊은 테일러 헨리 역시 귀족이라는 걸 잊어선 안 되지. 형도 그래서 오팔이 테일러랑 놀아나지 못하게 한 걸 테고. 형이 그자의 여동생이랑 결혼해서 그자가 형 딸내미 오팔의 외삼촌 따위가 된다면 어떻게 되는 거지? 그럼 둘이 다시 엮일 기회가 생기는 건가?"

매드빅이 하품했다.

"너 내 말을 제대로 안 들었구나, 네드. 내가 언제 그런 거 묻든. 난 그냥 헨리 양에게 무슨 선물을 해야 하는지 물었을 뿐이다."

네드 보몬트의 얼굴이 활기를 잃더니, 다소 쌜쭉한 표정이 되었다. 그는 자기가 무슨 생각을 했는지 전혀 드러나지 않는 목소리로 말했다.

"그 여자랑 어디까지 간 거야?"

"아무 데도. 의원이랑 얘기 좀 하려고 그 집에 한 대여섯 번쯤 갔지. 헨리 양을 본 적도 있고 아닌 적도 있지만 다른 사람들도 있어서 '안녕하시오.' 따위만 건넨 게 다야. 그게, 아직 아무 말도 할 기회가 없었다."

네드 보몬트의 눈이 재미있다는 듯이 반짝이다가 곧 원래대로 돌아왔다. 그는 엄지손톱으로 한쪽 콧수염을 쓸어 넘기며 말했다.

"내일이 거기서 처음 저녁 먹는 날인가?"

"그래, 내일이 처음이자 마지막이 되진 않겠지."

"생일 파티에 초대는 못 받았다고?"

매드빅은 주저하다 말했다.

"아직은."

"그렇담 내 답은 듣고 싶지 않겠네."

매드빅은 무표정했다.

"뭔데?"

"아무것도 주지 마."

"젠장, 네드!"

네드 보몬트는 어깨를 으쓱했다.

"하고 싶은 대로 하든지. 형이 물어봤잖아."

"대체 왜냐?"

"상대가 형한테 선물을 받고 싶다는 게 확실하지 않으면 주지 않는 법이거든."

"하지만 선물은 누구나……"

"그야 그럴지 모르지만, 그게 다가 아니거든. 누군가에게 뭔가를 준다는 건, 그 사람이 형한테 뭔가를 받고 싶어 한다는 걸 형이 안다고 세상에 떠벌이는……"

"그렇군."

매드빅은 오른손 손가락으로 턱을 문질렀다. 그러고는 얼굴을 찌푸리더니 말했다.

"네 말이 맞는 거 같다." 그의 얼굴이 밝아졌다. "하지만 이번 기회를 놓치면 난 망하는 거야."

네드 보몬트가 맞받았다.

"뭐 그럼 꽃이나 그런 거면 괜찮을걸."

"꽃이라고? 망할! 내가 주고 싶은 건……."

"물론, 형은 오픈카나 진주 꾸러미를 안겨주고 싶겠지. 그런 건 나중에 주면 돼. 차근차근 하라고."

매드빅은 찡그렸다.

"그런 거 같다, 네드. 이런 건 네가 나보다 잘 알지. 꽃이라 이거군."

"그것도 너무 많이 하진 마." 그는 숨도 쉬지 않고 이어 말했다. "월터 아이번스가, 자기 형이 감옥에서 나오도록 형이 도와줘야 한다고 나불대고 있어."

매드빅은 조끼 아랫부분을 끌어당겼다.

"선거 끝날 때까지는 그냥 있어도 된다고 해."

"재판받게 하려고?"

"그래." 매드빅은 대답하더니 좀 더 열을 올리며 말했다. "젠장, 너도 어쩔 수 없다는 건 잘 알잖냐, 네드. 다들 재선에 투입돼 있는 데다 여성 클럽은 싸움이 터지기 일보직전이라 녀석들 문제에 신경 쓸 겨를 따윈 없다."

"귀족층에 끼기 전에는 여성 클럽 걱정 같은 건 없었잖아."

네드 보몬트가 비꼬듯 웃으며 늘어지는 목소리로 말했다.

"이젠 아니다."

매드빅의 눈은 짙었다.

"팀의 여자가 다음 달에 애를 낳는대."

그 말에 매드빅이 짜증을 와락 뱉어냈다.

"설상가상이로군. 그 인간들 일 저지르기 전에 생각 좀 하면 어디가 덧난다더냐? 하나같이 덜떨어져 가지고는."

"그래도 투표권은 있다고."

"바로 그게 끔찍한 거야."

매드빅이 으르렁대듯 말했다. 그는 바닥을 잠시 노려보더니 고개를 들었다.

"개표가 끝나는 대로 돌봐주겠지만 그 전엔 한 푼도 없어."

네드 보몬트가 매드빅을 비스듬히 쳐다보며 말했다.

"그거 그 녀석들한테 안 먹힐걸. 덜떨어졌든 아니든 보호받는 데 익숙해져 있잖아."

매드빅이 턱을 살짝 내밀었다. 둥글고 짙푸른 그의 눈이 네드 보몬트의 눈에 고정되어 있었다. 그는 부드러운 목소리로 말했다.

"그래서?"

네드 보몬트는 웃으며 사무적인 투로 대답했다.

"알다시피 얼마 안 가서 그 녀석들, 형이 헨리 의원과 얽히더니 달라졌다고 떠들기 시작할걸."

"그런데?"

네드 보몬트는 목소리를 바꾸거나 웃음을 보이지 않은 채 자기 입장을 고수했다.

"그런 사소한 것들이, '섀드 오로리는 지금도 자기 애들 뒤를 봐준다'는 얘기로 퍼지는 게 순식간이라는 건 알잖아."

매드빅이 지극히 주의 깊게 이야기를 듣다가, 짐짓 매우 조용한 목소리로 말했다.

"난 그 녀석들이 그렇게 떠들고 다니도록 네가 그냥 두지 않을 거라고 믿는다, 네드. 그리고 혹시 그런 소리를 듣게 된다면 네가 최선을 다해서 그걸 막을 거라고 믿어."

두 사람은 잠시 눈과 눈을 마주보며 아무 말 없이 있었고, 둘 다 표정에 아무 변화가 없었다. 네드 보몬트가 정적을 깨며 말했다.

"팀의 여자와 아이를 보살펴 주면 좀 도움이 될지도 몰라."

매드빅의 턱이 제자리로 돌아가고 눈은 빛을 되찾았다.

"바로 그거야. 네가 좀 처리해, 알겠지? 해 달라는 대로 해 줘."

월터 아이번스가 계단 아래서 밝은 눈으로 희망에 차서 네드 보몬트를 기다리고 있었다.

"머, 뭐라고 해?"

"내가 말한 대로야. 안 된대. 선거 끝나면 수단과 방법 가리지 않고 팀을 나오게 하겠지만 그 전엔 조용히 있어야 돼."

월터 아이번스는 고개를 떨어뜨리고 가슴에서 낮게 그르렁대는 소리를 냈다.

네드 보몬트가 아이번스의 어깨에 손을 얹고 말했다.

"힘들 거란 건 누구보다 폴이 잘 알지만 지금은 폴도 방법이 없어. 팀의 여자한테는 청구서가 와도 돈 내지 말라고 전하라더라. 폴에게 보내. 집세든, 먹을 거든, 병원비든, 뭐든지."

월터 아이번스가 고개를 치켜들고 네드 보몬트의 팔을 양손으로 붙잡았다. 짙푸른 그의 눈이 젖어 있었다.

"마, 맙소사 정말 너그러우셔! 하, 하, 하지만 형을 꺼, 꺼내주시면 좋겠는데."

"글쎄, 언제 무슨 일이 일어나서 나오게 될지는 아무도 모르는 거지."

네드 보몬트는 아이번스의 팔을 치우고 "또 보자고."라고 말하고는 아이번스를 빙 돌아 당구장 문을 향해 걸어갔다.

당구장은 텅텅 비어 있었다.

그는 모자와 코트를 챙겨서 정문으로 갔다. 굴 빛깔로 내리는 긴 빗줄기가 차이나가의 거리로 비스듬히 떨어졌다. 그는 미소 짓더니 비에게 수군댔다.

"내려오너라, 이 귀여운 것들아, 3250달러짜리 비로구나."

그는 안으로 들어가 택시를 불렀다.

네드 보몬트가 시체의 몸에서 손을 떼고 일어났다. 시체의 머리가 왼쪽으로 살짝 돌아가며 보도에서 멀어지자, 길모퉁이 가로등 불빛에 얼굴이 훤히 드러났다. 젊은 얼굴이었고, 금발의 고수머리 아래서 이마를 가로질러 눈썹으로 이어지는 시커먼 돌출부가 성난 표정을 더욱 강조했다.

네드 보몬트는 차이나가를 위아래로 쳐다보았다. 위쪽으로는 아무리 봐도 그림자 하나 없었다. 아래쪽으로는 두 블록 아래 있는 '로그 캐빈 클럽' 앞에서 두 남자가 차에서 내리고 있었다. 그들은 클럽 앞에 네드 보몬트를 향하도록 차를 세워 두고 클럽으로 들어갔다.

네드 보몬트는 몇 초간 자동차를 응시하다가 고개를 획 틀어 다시 거리 위쪽을 쳐다보았다. 그러고는 두 동작이 연속된 한 동작처럼 보일 정도로 신속하게 몸을 돌려 보도 위로 튀어 올라, 가장 가까이 있는 나무 그림자 속으로 이동했다. 그는 입으로 숨을 쉬었고, 작은 땀방울들이 손 위에서 빛에 반사되어 반짝였지만 몸을 떨며 오버코트 칼라를 세웠다.

그는 약 1분간 한 손을 나무에 짚은 채 나무 그림자에 숨어 있었다. 그러더니 불쑥 몸을 일으키고는 로그 캐빈 클럽을 향해 걷기 시작했다. 그는 점점 속도를 높이며 몸을 앞으로 기울였고, 거의 속보에 가깝게 걷고 있을 때 길 건너편에서 다가오는 남자가 눈에 들어왔다. 그는 즉시 속도를 늦추고 똑바로 서서 걸었다. 남자는 네드 보몬트 반대편에 오기 전에 어떤 집으로 들어가 버렸다.

클럽에 도달할 때쯤 네드 보몬트는 이미 입으로 숨쉬기를 멈춘 상태였다. 그런데도 아직 입술은 다소 메말랐다. 그는 곧장 빈 차 안을 들여다보고는 가로등 두 개 사이로 나 있는 클럽 계단을 따라 올라가 문으로 들어갔다.

해리 슬로스와 또 다른 남자가 물품 보관소에서 로비를 가로지르고 있었다. 그들은 동작을 멈추고는 합창했다.

"안녕하신가, 네드." 슬로스가 덧붙였다. "듣자하니 오늘 페기 오툴 샀다며."

"그래."

"얼마나 땄어?"

"3200."

슬로스가 혀로 아랫입술을 핥았다.

"잘됐군. 오늘 밤에 한판 해야지."

"나중에 하지. 폴 안에 있나?"

"모르겠어. 우리도 막 왔어. 너무 늦지 마. 여편네한테 오늘은 일찍 들어가겠다고 약속했다고."

네드 보몬트가 "알았어."라고 말하고는 물품 보관소로 가서 종업원에게 물었다.

"폴 안에 있나?"

"네, 한 10분 전에 오셨습니다."

네드 보몬트가 손목시계를 보았다. 10시 30분이었다. 그는 2층 앞방으로 올라갔다. 매드빅이 저녁 식사용 옷을 입고 식탁에 앉아 전화기로 손을 뻗고 있을 때 네드 보몬트가 들어갔다.

"잘 지내냐, 네드?"

매드빅이 손을 뻗다 말고 말했다. 커다랗고 잘생긴 그의 얼굴은 불그레하고 차분했다.

네드 보몬트가 "최악은 아니었어."라고 말하며 등 뒤로 문을 닫았다. 그는 매드빅이 앉은 의자에서 멀지 않은 곳에 있는 의자에 앉았다.

"헨리 의원 댁에서 하기로 한 저녁 건은 어땠어?"

매드빅의 눈가에 잔주름이 잡혔다.

"최악은 아니었지."

네드 보몬트가 희끄무레해진 시가의 끝부분을 잘라냈다. 떨리는 손이 안정된 목소리와 어울리지 않았다. 그는 고개를 들지 않고 매드빅을 올려다보았다.

"테일러는 거기 있었어?"

"저녁 식사엔 안 왔던데. 왜?"

네드 보몬트가 꼬았던 다리를 펴고 의자 뒤로 몸을 기대더니, 시가를 들고 있던 손을 부주의하게 휘두르며 말했다.

"배수로에 죽어 있더군."

"그래?"

매드빅이 침착함을 잃지 않고 물었다.

네드 보몬트가 몸을 앞으로 숙였다. 마른 얼굴의 근육이 팽팽해졌다. 시가 포장지가 희미하게 꾸깃거리는 소리를 내며 손가락 사이에서 바스러졌다. 그는 짜증스레 물었다.

"내 말 알아들은 거야?"

매드빅이 고개를 천천히 끄덕였다.

"그런데?"

"그런데 뭐?"

"살해당했다고."

"알았다. 내가 히스테리라도 부리길 바라는 거냐?"

"경찰에 전화할까?"

네드 보몬트가 의자에서 허리를 쭉 펴고는 물었다.

매드빅이 눈썹을 살짝 치켜들었다.

"경찰이 몰라?"

네드 보몬트가 매드빅을 가만히 쳐다보며 대답했다.

"내가 봤을 때는 주변에 아무도 없었어. 뭘 하든 간에 먼저 형을 만나야 할 것 같았어. 내가 발견했다고 해도 되겠어?"

매드빅의 눈썹이 원상태로 돌아갔다. 그는 멍하게 물었다.

"안 될 게 뭐지?"

네드 보몬트가 자리에서 일어나 전화기 쪽으로 두 걸음 가다가 멈추고, 매드빅을 다시 응시했다. 그는 천천히 강조하며 말했다.

"그 자식 모자가 안 보이던데."

"더 이상 필요도 없잖아." 매드빅은 네드 보몬트를 쏘아보며 말했다. "너 못 말리는 바보로구나, 네드."

네드 보몬트는 "우리 둘 중 하나는 그렇지." 하고 말하고는 전화기로 갔다.

테일러 헨리 살해되다

의원 아들의 시신 차이나가에서 발견되다

노상강도의 피해자로 추정되는 26세의 테일러 헨리가 어젯밤 10시경 파멜라로 모퉁이 근처의 차이나가에서 죽은 채 발견되었다. 테일러 헨리는 랄프 밴크로트 헨리 위원의 아들이다.

코로너 윌리엄 J. 훕스는 테일러 헨리의 사인이 두개골 골절과 뇌진탕이며, 검은 철제 곤봉 등의 둔기로 이마를 가격당한 후 쓰러지면서 보도 끝부분에 부딪혀 일어난 것으로 보인다고 발표했다.

시신은 랜들로 914번지 거주자인 네드 보몬트가 발견하고는 두 블록 떨어진 로그 캐빈 클럽에 가서 전화한 것으로 추정된다. 그러나 그가 수사본부와 통화가 되기 전에, 순찰 경관 마이클 스미트가 시신을 발견하여 보고했다.

프레더릭 M. 레이니 경찰서장은 의심스러운 인물을 모조리 추리라고 즉각 명령한 뒤 당장 살인자를 검거하기 위해 필요한 모든 조치를 취하겠다고 발표했다.

테일러 헨리의 가족들은 9시 30분경 테일러가 찰스가에 있는 집에서 나가서……

네드 보몬트는 신문을 옆으로 치우고, 잔에 남아 있던 커피를 삼킨 뒤 컵과 받침을 침대 옆 탁자에 얹어놓고서 베개에 몸을 기댔다. 얼굴이 피로하고 누렇게 떴다. 그는 이불을 목까지 덮고 머리 뒤로 깍지를 끼고서, 침실 창문 사이에 걸려 있는 동판화를 못마땅한 눈으로 응시했다.

그는 반시간 동안 누워서 눈꺼풀만 움직였다. 그러더니 신문을 집어 들고 다시 기사를 읽었다. 기사를 읽는 그의 얼굴에 불만이 퍼져 나갔다. 그는 다시 신문을 옆에다 놓고 침대에서 천천히, 지친 듯 내려와 흰색 파자마 차림의 마른 몸에 갈색과 검정이 섞인 자그마한 기모노를 걸치고는, 갈색 슬리퍼에 발을 우겨넣고서 기침을 좀 하더니 거실로 나갔다.

거실은 공간이 넓었고, 고전풍으로 천장이 높고 창문이 넓었고, 벽난로 위에는 커다란 거울이 있었으며, 진홍색 플러시 천이 가구에 걸려 있었다. 그는 탁자 위에 놓인 상자에서 시가를 하나 집더니 널찍한 붉은 의자에 앉았다. 그의 발은 늦은 아침 햇살이 만들어내는 평행사변형 모양의 볕을 받으며 쉬었고, 그가 내뱉은 연기는 공기를 떠다니다 햇볕에 닿더니 갑자기 형체를 드러냈다. 그는 인상을 찌푸렸고, 시가를 입에 물고 있지 않을 때면 손톱을 씹었다.

문 두드리는 소리가 났다. 그는 날카로운 눈으로 정신을 차리고 몸을 곧추세웠다.

"들어오세요."

흰 상의를 입은 웨이터가 들어왔다.

네드 보몬트는 "아, 괜찮소."라고 실망한 투로 말하고는 다시 의자의 붉은 플러시 천에 몸을 기댔다.

웨이터는 침실로 가서 쟁반을 들고 나오더니 가 버렸다. 네드 보몬트는 남은 시가를 벽난로에 던지고 화장실로 들어갔다. 면도하고, 목욕하고, 옷을 입었을 때쯤 얼굴에는 누렇게 뜬 기미가 사라졌고 행동거지에는 피로가 거의 가셔 있었다.

아직 정오도 되지 않았는데 네드 보몬트는 집을 나서서 여덟 블록을 걸어 링크가에 있는 옅은 회색 아파트로 갔다. 그는 현관에 있는 버튼을 눌렀고, 자물쇠가 찰칵 소리를 내자 건물로 들어간 뒤 작은 엘리베이터를 타고 6층으로 올라갔다.

그는 611이라는 번호가 붙은 문의 벨을 눌렀다. 즉시 문을 연 사람은 나이가 갓 10대를 벗어났을까 말까 한 작은 여자였다. 눈은 검고 분노에 찼으며 눈 주위를 제외한 흰 얼굴에도 역시 분노가 가득했다. 여자가 "오, 안녕하세요." 하고 말하더니 웃음과 모호한 팔 동작으로 화내서 미안하다고 표현했다. 여자의 목소리는 쇳소리가 났고 가냘팠다. 그녀는 갈색 털 코트를 입고 있었지만 모자는 쓰지 않았다. 짧게 친 머리카락은 (거의 검정색이었다.) 둥근 머리 위에서 에나멜처럼 부드러웠고 윤기가 흘렀다. 귓불에 달려 있던 펜던트의 보석은 금을 박아 넣은 홍옥수였다. 여자는 뒤로 물러나며 문을 열었다.

네드 보몬트가 통로를 따라 걸으며 물었다.

"버니는 아직인가?"

다시금 여자의 얼굴에 분노가 들끓었다. 여자는 새된 소리로 말했다.

"그 머저리 같은 놈!"

네드 보몬트가 돌아서지 않은 채로 문을 닫았다.

여자는 그에게 가까이 오더니 팔 위쪽을 붙잡고 그를 흔들려고 했다.

"내가 그 놈팡이를 위해서 어떻게 했는지 알아요? 여자들이라면 누구라도 부러워할 만한 최고의 집과, 날 순수의 결정체라고 여기던 부모님을 버렸어요. 두 분은 그 인간이 좋은 사람이 아니라고 하셨죠. 다들 그렇게 말했어요. 모두가 옳았는데 나만 멍청하게도 몰랐던 거예요. 뭐, 지금은 안다고 말할 수 있으면 좋겠네요. 그……."

나머지는 거슬리는 욕설이었다.

네드 보몬트는 부동자세로 심각하게 들었다. 그의 눈은 이제 병자의 눈처럼 보였다. 그는 여자가 숨이 차서 말을 멈춘 틈에 끼어들었다.

"무슨 짓을 했는데?"

"무슨 짓을 했냐고요? 날 버리고 도망쳤죠, 그 망할……."

이번에도 문장이 욕설로 끝났다.

네드 보몬트는 움칠했다. 그가 희미하게 웃음 지으며 말했다.

"버니가 나한테 남긴 건 없나?"

여자는 치아를 딱딱거리며 그에게 얼굴을 들이밀었다. 여자의 눈이 커졌다.

"그 인간 당신한테 빚이라도 졌나요?"

"내가 딴……." 그는 기침했다. "어제 네 번째 경주에서 3250달러를 따기로 돼 있었지."

여자가 그의 팔에서 손을 떼고는 조소하듯 웃었다.

"맘대로 하세요. 봐요."

여자는 양손을 내밀었다. 홍옥수 반지가 왼쪽 새끼손가락에 끼워져 있었다. 여자는 양손을 들어 홍옥수 귀고리를 만졌다.

"이게 그 자식이 남기고 간 전부고, 그마저도 몸에 차고 있지 않았으면 남기지 않았을 걸요."

"언제 그랬어?"

네드 보몬트가 묘하게 초연한 투로 물었다.

"어젯밤에요. 발견한 건 오늘 아침이지만요. 그 개자식이 날 만난 걸 죽도록 후회하게 만들어 줄 거예요."

여자는 드레스 안에 손을 넣더니 주먹을 쥔 채로 손을 꺼냈다. 그러고는 주먹을 네드 보몬트의 얼굴에 들이대고는 손을 폈다. 구겨진 종잇조각 세 개가 놓여 있었다. 그가 종이를 잡으려고 손을 뻗자 여자는 다시 주먹을 쥐며 뒤로 물러서서 손을 빼냈다.

네드 보몬트는 초조하게 입가를 씰룩이고는 손을 아래로 내려놓았다.

여자가 들떠서 말했다.

"오늘 아침에 테일러 헨리에 관한 기사 봤나요?"

네드 보몬트는 "그래."라고 차분히 대답했지만 가슴은 가쁜 호흡으로 들썩였다.

"이게 뭔지 알아요?"

여자가 한 번 더 종잇조각 세 개를 손바닥에 펼쳐보였다.

고개를 가로젓는 네드 보몬트의 눈이 가늘어지며 빛을 발했다.

여자가 의기양양하게 말했다.

"이건 테일러 헨리의 차용증서에요. 1200달러짜리죠."

네드 보몬트가 말을 꺼내려다가 그만두고, 이내 생기 없는 목소리로 말했다.

"테일러가 죽었으니 이제 한 푼도 못 받을걸."

여자가 종잇조각을 다시 드레스에 쑤셔 넣고 네드 보몬트에게 다가섰다.

"잘 들어요. 이건 어차피 한 푼도 안 나가는 거였어요. 그래서 그도 죽은 거고요."

"그건 추측인가?"

"뭐라고 부르든 당신 마음이에요. 하지만 이건 알아 둬요. 버니가 지난 금요일에 테일러에게 전화해서 딱 사흘만 주겠다고 했다고요."

네드 보몬트가 엄지손톱으로 콧수염을 쓸더니 조심스레 물었다.

"화나서 그냥 하는 소린 아니겠지?"

여자가 성난 표정을 지었다.

"화야 당연히 났죠. 이걸 경찰에 넘길 만큼요. 실제로 넘길 거예요. 하지만 내 말이 거짓이라고 생각한다면 당신은 단지 멍청이일 뿐이에요."

네드 보몬트는 여전히 확신이 서지 않았다.

"그건 어디서 났지?"

"금고에서요."

여자는 윤기 나는 머리로 아파트 내부를 가리켰다.

"버니는 어젯밤 몇 시에 튀었어?"

"나도 몰라요. 난 9시 30분에 집에 와서 버니가 오기를 기다리며 시간을 보냈죠. 아침나절이 돼서야 의심이 들기 시작해서 주위를 둘러봤더니, 돈이며 내가 차고 있지 않던 보석이며 깡그리 털어 간 거예요."

네드 보몬트는 다시 손톱으로 콧수염을 쓰다듬고 물었다.

"어디로 간 것 같나?"

여자는 발을 구르더니 양 주먹을 위아래로 흔들며 다시 새된 분노의 목소리로 버니가 떠난 것을 욕하기 시작했다.

"그만해." 그는 여자의 손목을 붙잡아 멈추고 말했다. "소리 지르는 것 말고는 아무것도 안 하겠다면, 그 종이를 나에게 넘겨. 내가 해 볼 테니."

여자가 손목을 틀어 빼내며 외쳤다.

"그럴 순 없어요. 이건 오직 경찰에게만 넘길 거예요."

"좋아, 그럼 그렇게 하라고. 그가 어디로 갔다고 생각하지, 리?"

리는 자기도 그가 어디로 갔는지 모르겠지만, 어디로 보내버리고 싶은지는 안다며 비통하게 말했다.

네드 보몬트가 싫증났다는 투로 말했다.

"재미있어. 농담 따먹기 퍽도 도움 되는군. 그자가 뉴욕으로 돌아갔을까?"

"내가 어떻게 알아요?"

리의 눈에 불쑥 경계심이 서렸다.

네드 보몬트의 뺨이 짜증으로 불그레해졌다. 그는 의심스러운 듯 물었다.

"지금 무슨 꿍꿍이야?"

여자는 무고한 얼굴이었다.

"내가 뭘요. 무슨 소리예요?"

그가 여자를 향해 몸을 기울였다. 그는 지극히 진지하게, 고개를 좌우로 천천히 흔들며 말을 뱉었다.

"당신 그거 갖고 다른 짓 할 생각 마, 리, 경찰에 넘기라고."

"당연하죠."

네드 보몬트는 아파트 건물 지상층의 일부를 차지하고 있는 약국에서 전화를 걸었다. 그는 경찰서 번호를 대고서 둘런 부서장을 바꾸라고 한 뒤 말했다.

"여보세요. 둘런 부서장님? ……저는 리 월셔 양을 대신해서 전화를 걸었습니다. 월셔 양은 지금 링크가 1666번지에 있는 버니 데스페인의 아파트에 있습니다. 버니가 어젯밤 갑자기 사라진 모양인데 테일러 헨리의 차용증서를 남기고 갔답니다. ……그렇습니다. 그리고 월셔 양 말로는 버니가 며칠 전에 테일러를 위협하는 소릴 했다는군요. ……네, 되도록 서둘러 부서장님을 만나고 싶어 합니다. ……아뇨, 최대한 빨리 직접 오시거나 사람을 보내시는 편이 좋겠습니다. ……네. ……그건 아무래도 좋습니다. 전 부서장님이 아는 사람이 아닙니다. 전 월셔 양이 버니의 아파트에서 전화하고 싶지 않다고 해서 대신 전할 뿐입니다……."

그는 잠시 상대편 이야기를 듣다가 아무 말도 더 하지 않고 수화기를 내려놓고 약국에서 나갔다.

네드 보몬트는 템스가 위쪽에 늘어선 깔끔한 붉은 벽돌집 중 한 곳으로 갔다. 그가 벨을 누르자 한 어린 흑인 여자아이가 갈색 얼굴로 환히 웃으며 문을 열어주고는 "안녕하세요, 보몬트 씨." 하고 말하며 상냥하게 초대하듯 그를 맞았다.

"여어, 준. 집에 누구 있어?"

네드 보몬트가 물었다.

"네, 아직 저녁 먹고 있어요."

그가 걸어서 식당으로 들어서자 폴 매드빅과 그의 어머니가 빨강과 흰 천으로 씌워놓은 식탁에 서로 마주보고 앉아 있었다. 식탁에 의자가 하나 더 있었지만 자리가 비어 있었고 식탁 위에 놓인 접시와 식기도 새것이었다.

폴 매드빅의 어머니는 키가 크고 수척한 여자로, 일흔이 넘었지만 금발이 다 하얗게 세지는 않았다. 눈은 아들보다도 더 파랗고 맑고 젊었는데, 네드 보몬트가 식당으로 들어서는 모습을 볼 때는 더욱 젊어 보였다. 부인이 이마를 찌푸리며 말했다.

"이제야 왔구나. 늙은 여자를 이런 식으로 무시하다니 쓸모없는 녀석 같으니."

네드 보몬트가 무례하게 씩 웃고서 말했다.

"에이, 엄마, 난 이제 다 컸고 해야 할 일도 있잖아요." 그는 매드빅을 향해 손을 휙 흔들었다. "여, 형."

"앉아. 준이 먹을 걸 좀 긁어다 줄 거다."

매드빅이 말했다.

네드 보몬트는 매드빅 부인이 내민 앙상한 손에 몸을 숙여 입을 맞췄다. 그녀는 뒤틀어 손을 빼더니 그를 나무랐다.

"그런 짓은 어디서 배운 거냐?"

"이제 다 컸다고 말씀드렸잖아요."

네드 보몬트는 매드빅에게 말했다.

"고마워. 아침 먹은 지 얼마 안 됐어." 그러고는 빈 의자를 보며 물었다. "오팔은 어딨어?"

"누워 있다. 몸이 안 좋아." 매드빅 부인이 대답했다.

네드 보몬트가 고개를 주억거리고, 잠시 기다리더니 예의 바르게 물었다.

"심각한 거 아니지?"

그는 매드빅을 보고 있었다. 매드빅이 고개를 흔들었다.

"머리가 아프다나 뭐라나. 너무 춤을 많이 추는 거 같아."

"딸이 두통이 생겼는데도 모르는 걸 보면 분명 좋은 애비인 게지."

부인의 말에 매드빅의 눈가가 자글자글해졌다.

"어이쿠, 엄마, 그런 말 마세요." 그렇게 말하고서 매드빅은 네드 보몬트를 쳐다보며 물었다. "좋은 소식은?"

네드 보몬트가 매드빅 부인을 비켜가 빈 의자에 앉더니 말했다.

"버니 데스페인이 지난밤에 내 페기 오툴 우승 상금을 들고 도시를 떴어." 매드빅이 눈을 치켜떴다. 네드 보몬트가 말을 이었다. "1200달러에 상당하는 테일러 헨리의 차용증서를 남기고 갔더군. 리가 그러는데, 버니가 금요일에 테일러에게 전화해서 사흘 안에 갚으라고 했대."

매드빅의 눈이 갑자기 가늘어졌다. 그는 손등으로 턱을 만졌다.

"리가 누구지?"

"버니 애인."

"아."

네드 보몬트가 더 이상 아무 말도 하지 않자 매드빅이 물었다.

"테일러가 갚지 않으면 어떻게 하겠다고 했다든?"

네드 보몬트는 팔뚝을 식탁에 얹고는 매드빅을 향해 몸을 숙였다.

"못 들었어. 날 보안관 대리 같은 거로 만들어 줘, 형."

매드빅이 눈을 깜박이며 외쳤다.

"제발 좀! 도대체 그런 게 왜 필요하냐?"

"그럼 좀 더 편해질 거야. 그 자식을 쫓을 생각인데 배지가 있으면 곤경에 빠지지 않을 수도 있잖아."

매드빅이 걱정스런 눈으로 네드 보몬트를 쳐다보며 천천히 물었다.

"왜 그렇게 열 받은 건데?"

"3250달러 때문에."

매드빅이 여전히 천천히 말했다.

"좋아. 하지만 넌 어젯밤에, 그러니까 버니한테 속았다는 걸 알기 전에도 뭔가 켕겼잖아."

네드 보몬트가 초조하게 팔을 움직였다.

"형은 나더러 시체를 발로 차고도 눈 하나 깜짝하지 말란 거야? 그건 관두자고. 지금 중요한 건 그게 아니야. 이거지. 난 그자를 잡아야 돼. 잡아야 한다고."

그의 얼굴은 파리하고 뻣뻣했고, 목소리는 필사적일 정도로 진지했다.

"잘 들어, 형. 단지 돈 문제가 아니야, 3200여 달러가 큰돈이기는 하지만 5달러였더라도 마찬가지였을 거야. 두 달 동안이나 한 번도 못 이겨서 기분이 좋지 않다고. 운이 다 새어 나가 버리면 나란 인간이 무슨 쓸모가 있겠어? 그럴 때 운이 왔거나, 왔다고 생각하면 다시 괜찮아지는 거야. 나를 당당히 내보일 수 있고 내가 여기저기 발에 차이는 물건이 아니라 인간이라고 느낄 수도 있지. 돈도 중요하지만, 그건 핵심이 아냐. 지고, 지고, 또 지는 게 문제지. 이해하겠어? 패배자가 되는 거라고. 그런데 징크스에서 벗어났다고 생각했는데 이 자식이 나한테 사기를 치잖아. 참을 수 없어. 그냥 두면 난 패배자가 될 거고, 배짱도 없어질 거라고. 그냥 두지 않겠어. 그자를 찾아낼 거야. 어쨌거나 난 갈 거지만 형이 도와준다면 한결 수월해지겠지."

매드빅이 커다란 손을 펼쳐 들더니 네드 보몬트의 핼쑥한 얼굴을 거칠게 밀었다.

"오, 젠장 네드! 당연히 도와줘야지. 난 단지 네가 그런 일에 얽히는 게 싫을 뿐이다. 하지만…… 망할…… 그런 상황이라면…… 지방검사 사무실의 특별 조사관으로 만드는 편이 제일 무난할 것 같구나. 그러면 파 밑에 있게 될 테니 그가 쓸데없이 들쑤시고 다니지 않겠지."

매드빅 부인은 메마른 양손으로 접시를 들고 일어섰다. 그녀는 가혹하게 말했다.

"내가 남자들 일에 끼어들지 않기로 했으니 망정이지, 아니었으면 너희 둘에게 한마디 했을 거다. 도대체 무슨 하느님만 아시는 바보짓을 꾸미고 있는 건지 몰라도 십중팔구 하느님만 아시는 문제에 빠질 거라고."

네드 보몬트는 그녀가 접시를 들고 식당을 나갈 때까지 씩 웃고 있었다. 그러더니 표정을 바꾸고 말했다.

"오늘 오후까지 준비되도록 지금 처리해 줄 수 있어?"

"그럼." 매드빅이 동의하며 일어났다. "파에게 전화하마. 그 밖에 필요한 게 있으면, 알지?"

네드 보몬트는 "그럼."이라고 말했고 매드빅은 식당에서 나갔다.

브라운 준이 들어와 식탁을 치우기 시작했다.

"오팔 지금 자고 있을 것 같아?" 네드 보몬트가 물었다.

"아뇨, 제가 막 차와 토스트를 가져다 드렸는데요."

"올라가서 내가 잠시 들어가도 되겠느냐고 물어봐."

"네, 그럴게요."

준이 나가자 네드 보몬트는 식탁에서 일어나 식당을 서성거렸다. 메마른 뺨에 화색이 돌면서 광대뼈 밑이 따스해 보였다. 매드빅이 들어오자 그는 걸음을 멈췄다.

"다 됐다. 파가 없으면 바베로를 만나. 그가 처리해 줄 거다. 그에게 아무것도 말하지 않아도 돼."

네드 보몬트는 "고마워."라고 말하고는 복도에 있는 흑인 소녀를 보았다.

"지금 올라오시래요."

오팔 매드빅의 방은 주로 파란 톤으로 꾸며져 있었다. 네드 보몬트가 들어갔을 때 오팔은 파란색과 은색이 들어간 가운을 입고서 침대에 베개를 깔고 있었다. 그녀는 아버지와 할머니를 닮아서 눈이 파랬고, 뼈가 길고 단단했으며, 밝은 분홍빛 피부 덕에 아직도 어린애 같았다. 지금은 눈이 벌게져 있었다.

오팔은 무릎에 놓인 쟁반에 토스트 조각을 떨어뜨리고 네드 보몬트를 향해 손을 내밀며 흰 치아가 드러나게 웃었다.

"안녕, 네드 오빠."

그녀의 목소리가 떨렸다.

그는 오팔의 손을 잡지 않았다. 그저 그녀의 손등을 가볍게 치고는 "여, 말썽쟁이 아가씨."라고 말하며 침대 아래쪽에 앉았다. 그러고는 긴 다리를 꼬고 주머니에서 시가를 꺼냈다.

"담배 피우면 머리 아프려나?"

"아, 아니."

그는 자신에게 하듯 고개를 끄덕이고는 시가를 도로 주머니에 넣고서 평소의 무심한 태도를 버렸다. 그는 침대 위에서 몸을 틀어 그녀를 똑바로 쳐다보았다. 그의 눈은 동정심으로 젖어 있었고, 목소리는 쉬어 버렸다.

"나도 알아, 꼬맹아, 힘들지."

오팔은 아기 같은 눈으로 그를 응시했다.

"아냐, 정말, 두통도 거의 가셨고 끔찍할 정도로 비참한 것도 아니었어."

네드 보몬트가 입술을 앙다물고 웃었다.

"이제 날 따돌리는 건가?"

오팔이 미간을 살짝 찌푸렸다.

"무슨 소린지 모르겠어, 오빠."

"테일러 말이야."

그가 입과 눈에 힘을 주고 답했다.

무릎 위에 놓여 있던 쟁반이 조금 움직이기는 했지만 얼굴은 미동도 없었다. 오팔이 말했다.

"그래, 하지만 알다시피 난 몇 달 동안 그 사람을 못 만났잖아. 아빠가 만나지……"

네드 보몬트가 벌떡 일어났다. 그는 문으로 움직이면서 "알겠어."라고 어깨너머로 말했다.

침대 위에 있던 오팔은 아무 말도 하지 않았다.

그는 방을 나서서 아래층으로 내려왔다.

폴 매드빅이 1층 현관에서 코트를 입고 있다가 말했다.

"하수 계약 건 때문에 사무실에 나가 봐야겠어. 필요하면 파 사무실에 내려주마."

네드 보몬트가 "좋아."라고 말했을 때 오팔의 목소리가 위층에서 들려왔다.

"네드 오빠, 오, 네드 오빠!"

그는 "갈게."라고 외치고는 매드빅에게 말했다.

"급하면 먼저 가."

매드빅이 시계를 쳐다봤다.

"가야겠어. 오늘 밤 클럽에서 보는 건가?"

네드 보몬트는 "응."이라고 말하고 위층으로 다시 올라갔다.

오팔은 침대 아래쪽으로 쟁반을 밀어놓고 말했다.

"문 닫아 줘."

그가 문을 닫자 오팔은 그가 곁에 앉을 수 있도록 침대 한쪽에 앉았다. 그러더니 물었다.

"왜 그러는 거야?"

"나한테 거짓말하면 안 되지."

그가 앉으면서 진지하게 말했다.

"하지만 네드 오빠!"

오팔의 푸른 눈이 네드의 갈색 눈을 살폈다. 그가 물었다.

"테일러를 마지막으로 본 게 언제야?"

오팔의 얼굴과 목소리는 솔직했다.

"직접 만난 거 말야? 몇 주 됐어. 그리고……"

네드 보몬트가 벌떡 일어섰다. 그는 문으로 걸어가면서 "알았다."라고 어깨너머로 말했다.

오팔은 네드 보몬트가 문 바로 앞에 갈 때까지 가만히 있다가 말했다.

"오, 네드 오빠, 그렇게 나 힘들게 하지 마." 그가 천천히, 공허한 얼굴로 돌아섰다. "우리 친구 아냐?"

그는 성의 없는 태도로 선선히 말했다.

"친구지. 하지만 서로 거짓말하다 보면 그걸 잊어버리기 쉽지."

오팔은 침대에서 몸을 돌려 가장 위쪽에 놓인 베개에 뺨을 대고 울기 시작했다. 소리 없는 눈물이 베개에 떨어져 회색 얼룩을 남겼다.

네드 보몬트는 다시 침대로 돌아가 그녀 옆에 앉더니 오팔의 머리를 자기 어깨에 기대게 했다.

오팔은 그대로 몇 분간 조용히 울었다. 그러더니 그의 어깨에 눌린 입 틈새로 작은 소리가 나왔다.

"내가 그일 만나고 있었다는 거, 알고 있었어?"

"그래."

오팔이 놀라서 똑바로 앉았다.

"아빠도 아셔?"

"아닐 거야. 모르겠다."

오팔이 그의 어깨에 머리를 묻고 다시 웅얼거렸다.

"오, 네드 오빠, 바로 어제 오후에도 함께 있었어. 오후 내내 말야!"

그는 오팔을 더 꼭 안을 뿐 아무 말도 하지 않았다.

잠시 조용히 있던 오팔이 물었다.

"혹시, 누가 그이를 그랬는지 짐작 가는 데 없어?"

그가 움찔했다.

오팔이 획 고개를 들었다. 더 이상 약한 목소리가 아니었다.

"아는 거야, 네드 오빠?"

그는 주저하며, 입술에 침을 묻히더니 중얼댔다.

"그런 것 같아."

"누구야?"

오팔이 격하게 물었다.

네드 보몬트가 다시 주저하며 오팔의 눈길을 피하더니, 천천히 그녀에게 물었다.

"때가 오기 전까지 비밀로 하겠다고 약속할 수 있어?"

오팔은 "그래." 하고 재빨리 답했지만, 그가 말하려 하자 양손으로 자신과 가까운 쪽에 있는 그의 어깨를 붙잡으며 말을 막았다.

"잠깐. 그놈들이 달아나지 못하게 하겠다고, 잡아서 벌을 받게 하겠다고 약속하기 전에는 나도 약속 못해."

"그건 나도 약속할 수 없어. 누구도 못하는 거야."

오팔은 그를 노려보며 입술을 깨물더니 말했다.

"알았어, 그럼. 약속할게. 누구야?"

"테일러가 버니 데스페인이라는 도박꾼에게 감당하지 못할 만큼 빚 졌다고 너한테 말한 적 있어?"

"그, 그 데스페인이라는 자가?"

"그런 것 같기는 한데, 빌린 것에 대해 너한테 뭔가 말한 적 없어?"

"그이가 문제에 빠졌다는 건 알았지. 그건 말해 줬지만, 그이 아버지랑 돈 때문에 싸웠고 그이가, 그이 표현을 빌자면 '필사적'이었다는 것 외에는 말해 주지 않았어."

"데스페인은 언급한 적 없고?"

"없어. 어떻게 된 건데? 왜 그 데스페인이란 자가 그랬다고 생각해?"

"그자는 1000달러가 넘는 테일러의 차용증서를 갖고 있었는데 돈을 받지 못했어. 어젯밤 황급히 이곳을 떠났지. 지금 경찰이 찾는 중이야." 그는 목소리를 낮추고 그녀를 비스듬히 쳐다보았다. "경찰이 그자를 잡아서 기소하도록 도와줄래?"

"응, 어떻게?"

"좀 괴상한 일이라서. 그게 말이지, 그자를 기소하기가 쉽지 않을 텐데, 그가 죄인이라면 확실히 잡아넣도록 네가 조금, 음, 이상한 일이라도 해 줄 수 있어?"

"뭐든지." 그가 한숨을 쉬더니 입술을 문질렀다. "뭘 하면 되는데?" 오팔이 열렬히 물었다.

"테일러의 모자를 하나 가져다줬으면 해."

"뭐라고?"

"테일러의 모자를 하나 갖다 달라고. 갖다줄 수 있어?"

네드 보몬트의 얼굴이 붉어졌다.

오팔은 당황한 기색이었다.

"하지만 뭘 하려, 네드 오빠?"

"데스페인을 확실하게 잡아넣으려고. 지금은 더 이상 말할 수 없어. 할 수 있어, 없어?"

"아, 아마 할 수 있을 거야, 하지만 무슨 일인……."

"언제까지?"

"오늘 오후까지? 하지만 나한테도……."

네드 보몬트가 다시 말을 잘랐다.

"아무것도 모르는 게 나아. 아는 사람이 적을수록 더 좋고, 그건 모자를 가져오는 일도 마찬가지야." 그는 오팔을 팔로 감싸더니 자신에게 끌어당겼다. "이 말썽쟁이야, 너 정말 그를 사랑했어? 아니면 그냥 아버지 때문에……."

그녀가 흐느꼈다.

"정말 사랑했어. 확실해. 난 분명히 사랑했어."

2장

모자 트릭

네드 보몬트는 그다지 잘 맞지 않는 모자를 쓰고서, 짐꾼을 따라 그랜드 센트럴 터미널을 지나 42번가 출구로 가서는 고동색 택시를 잡았다. 그는 짐꾼에게 팁을 주고서 택시에 탄 다음 택시 기사에게 40번가의 오프브로드웨이에 있는 한 호텔의 이름을 불러 주고서, 뒤로 기대 시가에 불을 붙였다. 그가 시가를 피운다기보다 씹고 있는 동안 택시는 브로드웨이를 향해 움직이는 차량들 틈새로 기어갔다.

매디슨로에서 한 초록색 택시가 신호를 위반하고 방향을 틀더니 네드 보몬트의 고동색 택시를 향해 전속력으로 달려와 부딪혔다. 그가 타고 있던 택시가 길가에 주차해 둔 차에 부딪히며 구석에 처박혔고, 네드 보몬트에게 유리조각이 비처럼 쏟아졌다.

그는 몸을 펴더니 몰려드는 군중 속으로 기어나갔다. 그는 다치지 않았다고 말했다. 경찰관의 질문에도 답했다. 자신에게 그다지 잘 맞지 않는 모자를 찾아서, 머리에 썼다. 그는 짐을 다른 택시에 싣고서, 택시 기사에게 호텔 이름을 말해 준 뒤 목적지에 도착할 때까지 창백한 얼굴로 떨며 구석에 웅크리고 있었다.

호텔에 도착해 체크인하면서 그는 자기 앞으로 온 우편물이 없는지 확인하여 전화 메모 두 장과 우표가 찍히지 않은 봉투 두 개를 받았다.

그는 자기를 방까지 안내해 준 벨보이에게 호밀 위스키를 한 잔 가져다 달라고 부탁했다. 벨보이가 사라지자 그는 열쇠를 돌려 방으로 들어간 다음 전화 메모를 읽었다. 둘 다 그날 온 것으로, 하나는 오후 4시 50분에 왔고 하나는 오후 8시 5분에 왔다. 그는 손목시계를 보았다. 8시 45분이었다.

4시에 온 메모에는 이렇게 쓰여 있었다. '가고일에서.' 다음 것은 이랬다. '톰과 제리에서. 다시 전화하겠음.' 둘 다 '잭'이라고 서명되어 있었다.

그는 두 봉투 중 하나를 열었다. 종이 두 장에 남성적이고 두터운 필체로 글이 쓰여 있었는데, 어제 날짜였다.

그 여자는 시카고에서 온 아일린 데일이란 이름으로 매턴

1211호에 투숙 중. 정류장에서 전화를 몇 번 걸더니 이스트 30번가에 사는 어떤 남녀와 통화했음. 그들은 여러 곳에 들렀는데 대부분 불법 술집이었고, 그를 쫓는 것 같지만 그리 운이 좋지는 않은 듯. 내 방은 734호. 남녀의 성은 브룩.

다른 봉투에도 같은 필체로 같은 날짜가 적혀 있었다.

오늘 아침에 드워드를 만났지만 그는 버니가 이곳에 있다는 걸 모른다고 함. 다시 전화하겠음.

두 개 모두 같은 이름이 서명되어 있었다. 잭.

네드 보몬트가 몸을 씻고, 가방에 들어 있던 새 리넨 옷을 입고서 시가에 불을 붙이는데 벨보이가 위스키를 가지고 왔다. 그는 벨보이에게 돈을 주고, 화장실에서 텀블러를 가지고 와서는 창문 가까이로 의자를 끌고 갔다. 의자에 앉아서 담배를 태우고 술을 마시며 건너편 거리를 내려다보고 있는데 전화벨이 울렸다.

"여보세요. 그래, 잭. ……방금. ……어디? ……그럼. ……그럼, 지금 가지."

네드 보몬트는 위스키를 한 잔 더 마시고, 그다지 잘 맞지 않는 모자를 쓰고서, 의자에 걸어둔 오버코트를 집어서 걸친 뒤 한쪽 주머니를 두드려 보더니, 시가를 끄고 바깥으로 나갔다.

9시 10분이었다.

브로드웨이가 보이는 한 건물 입구, '톰과 제리'라는 전광 사인 아래 유리로 된 두 쪽짜리 스윙도어를 열며 네드 보몬트가 좁은 복도로 들어섰다. 복도 왼쪽 벽에 붙은 한 쪽짜리 스윙도어를 하나 더 지나자 작은 음식점이 나왔다.

한쪽 모퉁이에 있던 한 남자가 일어나서 그에게 검지를 들어올렸다. 남자는 중키에, 젊고 말쑥했으며 꽤 윤기 있고 짙은 피부에 잘생긴 얼굴이었다.

네드 보몬트가 그에게 다가가 말하며 악수했다.

"여, 잭."

"위층에 있어요, 그 여자와 브룩이라는 남녀 말이에요. 계단을 등지고 여기 앉아 있으면 될 겁니다. 그들이 나가거나 그자가 들어오면 내가 알아볼 수 있고, 중간에 사람도 충분하니 당신을 알아보진 못할 겁니다."

네드 보몬트가 잭의 테이블에 앉았다.

"저들, 그자를 기다리는 건가?"

잭이 어깨를 으쓱했다.

"모르겠네요. 하지만 뭔가 시간을 끌고 있어요. 뭣 좀 드시겠어요? 여기 아래층에서는 술은 안 팔아요."

"한잔하고 싶은데. 위층에 저들한테 안 보일 만한 곳 없나?"

"그리 큰 가게가 아니라서요. 위에 가면 저들에게는 안 보일 만한 부스가 두어 개 있는데 그자가 들어오면 우리를 바로 보게 될 겁니다."

"한번 해 보지. 한잔하고 싶기도 하고, 그자가 정말 나타난다면 그 자리에서 말해보는 게 나을지도 몰라."

잭이 네드 보몬트를 신기하다는 듯 쳐다보더니 눈길을 돌리고 말했다.

"당신이 보스니까요. 부스가 비었는지 보고 오죠."

그는 주저하더니, 어깨를 다시 으쓱하고서 자리를 떠났다.

네드 보몬트는 의자에 앉은 채로 몸을 틀어, 말쑥한 어린 동료가 계단으로 돌아가 위로 올라가는 모습을 보았다. 그는 잭이 돌아올 때까지 계단을 쳐다보고 있었다. 둘째 계단에서 잭이 손짓했다. 네드 보몬트가 가까이 가자 잭이 말했다.

"제일 좋은 자리가 비어 있는 데다 여자가 이쪽을 등지고 있으니 지나가면서 그자들을 슬쩍 볼 수 있을 겁니다."

둘은 위층으로 올라갔다. 가슴 높이의 나무 칸막이 안으로 탁자와 의자가 놓여 있는 부스는 계단 오른쪽에 있었다. 2층 식당을 보려면 방향을 틀어, 커다란 아치 뒤에 있는 바 아래쪽을 쳐다봐야 했다.

네드 보몬트의 눈길이, 소매 없는 얇은 황갈색 가운과 갈색 모자를 걸친 리 윌셔의 등에 꽂혔다. 리의 갈색 털 코트가 의자 뒤쪽에 걸려 있었다. 그는 리와 함께 있는 사람들을 보았다. 리의 왼편에는 매부리코에 턱이 긴 창백한 남자가 있었는데, 육식동물 같은 분위기에 마흔쯤 되어 보였다. 리의 맞은편에는 피부가 부드럽고 빨강머리에 눈 사이가 넓은 여자가 있었다. 여자는 웃고 있었다.

네드 보몬트는 잭을 따라 자기 부스로 갔다. 두 남자는 탁자를 사이에 두고 앉았다. 네드 보몬트는 식당을 등지고 벤치 끝부분에 앉아 나무 칸막이를 최대한 이용할 심산이었다. 그는 모자는 벗었지만 오버코트는 벗지 않았다.

웨이터가 오자 네드 보몬트가 말했다.

"호밀 위스키."

"리키."

잭은 주문하고 나서 담뱃갑을 열어 한 개비를 꺼낸 뒤 가만히 응시하다 말했다.

"이건 당신 일이고 나야 당신한테 고용된 것뿐이지만, 이 자리는 그자에게 동료들이 있다면 맞붙기 썩 좋은 자린 아니에요."

"동료가 있나?"

잭이 입 가장자리에 담배를 물고 있었던지라 말할 때마다 담배가 바통처럼 움직였다.

"저치들이 그를 기다리는 게 맞다면, 여기가 그의 소굴 중 하나일지 모르죠."

웨이터가 음료를 가지고 왔다. 네드 보몬트는 단숨에 잔을 비우더니 불평했다.

"이건 물이야 술이야."

"그러게 말이에요."

잭이 말하고는 잔을 홀짝였다. 그는 담배에 불을 붙이고 한 모금 더 마셨다.

"음, 그 자식 나타나자마자 맞붙을 생각이야."

네드 보몬트가 말했다.

"좋으실 대로. 난 뭘 하죠?"

잭의 잘생긴 검은 얼굴은 읽어낼 수가 없었다.

네드 보몬트가 "내게 맡겨."라고 말하고는 웨이터를 불렀다.

그는 더블스카치를, 잭은 다시 리키를 시켰다. 네드 보몬트는 술이 오자마자 잔을 비웠다. 잭은 첫 잔을 반도 마시지 않은 채 둘째 잔을 홀짝거렸다. 잭이 한 잔도 채 비우지 않는 동안 네드 보몬트는 더블 스카치 두 잔을 들이켰다.

그때 버니 데스페인이 위층에 나타났다.

잭은 계단 입구를 지켜보다가 버니를 보고서 탁자 아래로 네드 보몬트의 발을 건드렸다. 빈 잔을 보다가 고개를 든 네드 보몬트는 눈빛이 갑자기 강렬하고 차가워졌다. 그는 탁자에 손을 집고서 일어났다. 부스에서 나가서 데스페인을 마주보며 말했다.

"내 돈 내놔, 버니."

데스페인을 따라서 위층으로 올라온 남자가 그의 뒤로 돌아가 네드 보몬트의 몸통을 왼 주먹으로 강타했다. 그는 키가 크지는 않았지만 어깨가 떡 벌어지고 주먹도 거대했다.

네드 보몬트가 칸막이에 부딪혔다. 몸이 앞으로 기울고 무릎이 꺾였지만 넘어지지는 않았다. 그는 잠시 그대로 있었다. 눈이 흐리멍덩했고 피부에 초록빛이 감돌았다. 그는 아무도 알아들을 수 없는 말을 지껄이더니 층계 입구로 갔다.

그는 비틀대며, 파리한 얼굴로 모자도 쓰지 않고 아래층으로 내려갔다. 그는 아래층 식당을 지나 거리로 나가더니 길모퉁이에다가 토해 버렸다. 그러고 나서 몇 미터 떨어져 서 있던 택시로 다가가 올라타고는 그리니치빌리지에 있는 주소로 가자고 했다.

네드 보몬트가 택시에서 내린 집 앞은, 갈색 돌계단 아래 열린 지하층 문 틈으로 잡음과 불빛이 어두운 거리로 쏟아져 나오고 있었다. 그가 지하층 문을 지나가 좁은 공간으로 들어서자, 흰색 코트를 입은 바텐더 두 사람이 6미터 길이의 바에서 여남은 명의 남녀에게 서빙하고 있었고 웨이터 두 사람이 탁자에 앉아 있던 손님들 사이를 누비고 있었다.

머리가 더 벗겨진 바텐더가 "이런, 네드!"라고 외치고는 커다란 유리잔에 흔들고 있던 분홍색 혼합물을 내려놓고 젖은 손을 바 위로 내밀었다.

네드 보몬트가 "여어, 맥."이라고 말하며 젖은 손을 흔들었다.

웨이터 중 한 사람이 다가와 네드 보몬트와 악수했고, 다음으로 네드 보몬트가 토니라고 부른 둥글고 발그레한 이탈리아 남자가 인사했다. 환영 인사가 끝나자 네드 보몬트는 자기가 한잔 사겠다고 말했다.

"퍽도 잘 사겠다."

토니는 바를 쳐다보며 빈 칵테일 잔으로 바를 두드렸다. 바텐더가 쳐다보자 그는 말했다.

"이 친구 오늘 밤 물 한잔도 못 사. 이 친구가 바라는 건 공짜 술이라고."

"그거 괜찮은데, 그걸로 가지. 더블 스카치."

네드 보몬트가 말했다.

술집 끝에 있던 한 테이블에서 두 여자가 일어나더니 외쳤다.

"유후, 네드!"

그는 토니에게 "잠깐만."이라고 말하고는 여자들 테이블로 갔다. 여자들은 그를 껴안고 이것저것 물어보더니 같이 있던 남자들을 소개하고서 그에게 앉을 자리를 마련해 주었다.

네드 보몬트는 자리에 앉아, 뉴욕엔 잠시만 있다가 갈 거라고, 자기가 마시는 건 더블 스카치라고 대답했다.

3시 조금 못 미쳐, 그들은 테이블에서 일어나 토니의 술집에서 나가서, 세 블록 떨어진 곳에 있는 거의 똑같은 술집으로 들어가더니 처음 앉아 있던 테이블과 구별하기도 어려운 테이블에 앉은 다음 그때까지 마시던 것과 같은 술을 마셨다.

남자 중 한 명이 3시 30분에 가 버렸다. 그는 남은 사람들에게 인사하지 않았고, 남은 사람들도 마찬가지였다. 10분 후 네드 보몬트와 또 다른 남자와 두 여자는 자리를 떴다. 그들은 길모퉁이에서 택시를 잡아타고는 워싱턴스퀘어 근처에 있는 호텔로 가서 그곳에서 보몬트와 한 여자를 남기고 둘이 내렸다.

네드 보몬트가 페딩크라고 부르던 남은 여자는 그를 데리고 73번가에 있는 아파트로 향했다. 아파트는 무척 따뜻했다. 여자가 문을 열자 따스한 공기가 그들을 맞이했다. 여자는 거실로 세 걸음 들어가더니 한숨을 쉬고서 바닥에 쓰러져 버렸다.

네드 보몬트가 문을 닫고 여자를 깨우려고 했지만 여자는 일어나지 않았다. 그는 힘겹게 여자를 옆방으로 끌고 가서 친츠(면, 인견 등의 평직물에 작은 무늬를 화려하게 나염한 것으로 커튼이나 의자 커버 등 실내 장식에 쓰임 — 옮긴이)로 마감된 침대에 눕혔다. 옷을 좀 벗기고는 담요를 찾아 덮어준 뒤 창문을 열었다. 그러고는 화장실에 들어가서 토했다. 다시 거실로 돌아온 그는 옷을 다 입은 채 소파에 누워서 잠들었다.

전화벨 소리가 가까이서 들려와 네드 보몬트를 깨웠다. 그는 눈을 뜨고 바닥에 발을 내려놓고 몸을 뒤집은 뒤 방을 둘러보았다. 전화기가 보이자 눈을 감고 긴장을 풀었다.

전화벨이 계속 울렸다. 그는 신음하고는 다시 눈을 뜬 뒤 몸을 꿈틀거려 왼쪽 팔을 몸 아래에서 빼냈다. 손목을 눈 가까이에 가져가 눈을 가늘게 뜨고 시계를 보았다. 시계 뚜껑은 사라지고 없었고 바늘은 12시 12분 전에 멈춰 있었다.

네드 보몬트는 다시 몸을 꿈틀대며 왼쪽 팔꿈치를 소파에 받치고 머리를 왼손에 괴었다. 전화벨은 여전히 울리고 있었다. 그는 지독하게 멍한 눈으로 방을 둘러보았다. 햇살이 이글거렸다. 열린 방문으로, 담요를 덮은 페딩크의 발이 침대 끝에 걸쳐 있는 모습이 보였다.

그는 다시 신음하고는 일어나 앉아, 헝클어진 검은 머리카락을 쓸어 넘기고 양 손바닥으로 관자놀이를 눌렀다. 입술은 건조했고 갈색 막이 붙어 있었다. 그는 입술을 혀로 핥더니 인상을 썼다. 그러고는 일어나 기침을 좀 하고서, 장갑과 오버코트를 벗어서 소파에 놓고 화장실로 갔다.

화장실에서 나온 그는 침대로 가서 페딩크를 내려다보았다.

그녀는 엎드린 채 깊이 잠들어 있었고 파란 소매 한쪽이 머리를 덮고 있었다. 전화벨은 이미 멈췄다. 네드 보몬트는 타이를 고쳐 매고 거실로 돌아갔다.

무라드 담배 세 개비가 탁자 위에 놓인 열린 상자에 있었고 탁자 옆에는 의자가 두 개 있었다. 그는 한 개비를 집더니 "태연하게."라고 장난기 없이 중얼대고는 성냥갑을 찾아 불을 붙인 뒤 부엌으로 갔다.("당혹스러운 순간 : '기대하지도 않은' 롱 드라이브가 앞에서 골프 치는 4인조 중 한 사람을 때리면…… 태연하게, 무라드 담배를 피워라."라는 담배 광고 문구를 흉내 낸 것 — 옮긴이) 오렌지 네 개를 커다란 유리잔에 짜서 마신 후, 커피 두 잔을 타서 마셨다.

그가 부엌에서 나오는데 한쪽 눈을 반쯤 뜬 페딩크가 슬플 정도로 단조로운 목소리로 말했다.

"테드 어딨어?"

네드 보몬트가 그녀에게 다가갔다.

"테드가 누군데?"

"어제 같이 있던 애."

"어제 누구랑 같이 있었는데? 내가 어떻게 알아?"

그녀는 입을 벌리더니 기분 나쁘게 딱 소리를 내며 다물었다.

"몇 시야?"

"나도 몰라. 대낮이겠지."

페딩크는 친츠 쿠션에 얼굴을 부비고 말했다.

"정말 대단한 여자가 돼 버렸어. 어제 결혼하자고 해 놓고, 그를 보내고 처음 만난 놈팡이를 데리고 집으로 오다니. 가만, 집은 맞는 거야?"

그녀는 머리 위에 놓인 손을 쥐었다 폈다.

"열쇠는 갖고 있던데. 오렌지 주스랑 커피 마실래?"

"죽고 싶을 뿐이야. 네드, 이 집에서 나가서 다시는 오지 말아 줄래?"

"쉽지는 않겠지만 시도는 해 보지."

그가 심술궂게 말했다.

그는 오버코트를 걸치고 장갑을 끼고, 주름진 짙은 색 모자를 코트 주머니에서 꺼내어 쓰고는 집을 나섰다.

30분 후에 네드 보몬트는 자기가 묵던 호텔의 734호를 두드렸다. 이윽고 잭의 졸린 목소리가 들렸다.

"누구요?"

"보몬트다."

"오, 알겠어요."

반기는 기색은 없었다.

잭은 문을 열고 불을 켰다. 그는 초록색 무늬 파자마를 입고 있었다. 맨발이었고, 눈은 멍했고, 얼굴은 졸음으로 상기돼 있었다. 그는 하품을 하고 고개를 끄덕인 뒤 침대로 돌아가 드러누워 기지개를 켜더니 천장을 응시했다. 그러고는 그다지 흥미롭지 않다는 듯 물었다.

"오늘 아침은 어때요?"

네드 보몬트가 문을 닫았다. 그는 문과 침대 사이에 서서 침대에 있는 잭을 부루퉁하게 쳐다보았다. 그는 물었다.

"내가 나간 뒤 어떻게 됐지?"

잭이 다시 하품했다.

"아무 일도 없었죠. 아, 내가 뭘 했느냐는 건가요?" 그는 대답을 기다리지 않고 말했다. "바깥으로 나가서 길 건너편에서 그들이 나올 때까지 망을 봤어요. 데스페인과 여자와, 당신을 친 남자가 나오더군요. 그들은 48번가에 있는 벅맨으로 갔어요. 거기가 데스페인이 있는 곳이죠. 938번 아파트고, 바튼 듀이라는 이름이 붙어 있어요. 난 3시 좀 넘게까지 거기 계속 있다가 철수했고요. 날 속인 게 아니라면 아직 거기 있을 겁니다." 잭은 방 한구석으로 고개를 획 돌렸다. "당신 모자 저기 있어요. 챙겨 두는 게 좋을 것 같아서."

네드 보몬트는 의자로 다가가 그리 잘 맞지 않는 모자를 집었다. 주름진 짙은 색 모자를 오버코트에 욱여넣고서 잘 맞지 않는 모자를 머리에 썼다.

"탁자에 진이 좀 있으니 필요하면 드시죠."

"아니, 고맙군. 총 있나?"

잭이 천장을 응시하다 말고 일어나 앉았다. 그는 팔을 활짝 펴 기지개를 켜고 세 번째로 하품하더니 점잖은 호기심 외에 아무것도 묻어나지 않는 목소리로 물었다.

"뭘 하려는 겁니까?"

"데스페인을 만나야지."

잭은 무릎을 끌어당기고 팔로 무릎을 감싸고는 침대 끝부분을 잠시 응시하며 웅크리고 있었다. 그는 천천히 말했다.

"가지 말아야 할 것 같은데요, 지금은."

"가야 해, 지금."

그 목소리를 듣고 잭이 그를 쳐다보았다. 네드 보몬트의 얼굴은 핼쑥하고 시커멓고 누랬다. 눈은 탁했고 핏발이 서 있었으며 흰자위가 보이지도 않을 정도로 반쯤 감겨 있었다. 입술은 메말랐고 평소보다 두터웠다.

"밤새 안 잤어요?"

"잠깐 잤어."

"취했어요?"

"그래, 근데 총은 있는 건가?"

잭은 이불 아래서 다리를 휙 틀어 빼서 침대 옆에 내려놓았다.

"먼저 한숨 자는 게 어때요? 그런 다음 같이 가죠. 지금 몰골이 말이 아닌데."

"지금 간다."

"좋아요. 하지만 이건 아니죠. 떨리는 손으로 감당할 상대들이 아니라는 거 당신도 알 텐데. 그 자식들 진심이라고요."

"총 어딨지?" 잭은 일어서서 파자마 상의 단추를 풀기 시작했다. "총 주고 다시 자. 내가 간다."

그러자 잭은 막 푼 단추를 다시 채우고 침대로 돌아갔다.

"총은 서랍장 제일 위에 있어요. 필요하면 여분의 탄약통이 있으니 가져가시죠."

그는 옆으로 누워 눈을 감았다.

네드 보몬트는 권총을 찾자 엉덩이 주머니에 찔러 넣은 뒤 "나중에 보자."라고 말하고 불을 끄고는 나갔다.

벅맨은 한 블록을 거의 다 차지하고 있는 노란색의 네모난 아파트 건물이었다. 안으로 들어간 네드 보몬트는 듀이 씨를 만나고 싶다고 했다. 이름이 뭐냐는 물음이 돌아오자 그는 말했다.

"네드 보몬트."

5분 뒤 그는 엘리베이터에서 내려, 열린 문을 향해 긴 복도를 따라 걸어갔다. 문 앞에는 버니 데스페인이 서 있었다.

데스페인은 작은 남자로, 마르고 탄탄한 몸에 어울리지 않게 머리가 컸다. 너무나 커서, 길고 두꺼운 덥수룩한 고수머리까지 더해지니 기형처럼 보였다. 얼굴은 거무튀튀했고 눈만 빼면 큼직큼직했으며, 이마에서 콧구멍을 지나 입으로 내려오는 선이 강했다. 한쪽 뺨에는 희미한 붉은 흉터가 있었다. 파란 정장은 세심하게 다림질한 상태였고, 보석은 하지 않았다.

그는 복도에 서서 가소롭다는 듯 웃으며 말했다.

"잘 잤나, 네드."

"너랑 할 말이 있다, 버니."

"그럴 줄 알았다. 전화로 네 이름을 듣자마자 생각했어. '틀림없이 나랑 얘기하고 싶은 거겠지.'"

네드 보몬트는 아무 말도 하지 않았다. 누렇게 뜬 얼굴로 입을 다물고 있었다.

데스페인의 웃음이 옅어졌다. 그는 안으로 들어가며 말했다.

"자, 친구, 거기 그렇게 서 있을 필요 없어. 안으로 들어오라고."

문으로 들어서자 작은 현관이 나왔다. 열려 있는 반대편 문으로, 네드 보몬트에게 한방 먹인 남자와 리 월셔를 볼 수 있었다. 그들은 여행가방 두 개를 싸다 말고 네드 보몬트를 보았다.

네드 보몬트가 현관으로 들어섰다.

데스페인이 그를 따라 들어가 복도 문을 닫고서 말했다.

"키드는 성질이 좀 급해서 네가 그런 식으로 나한테 다가오니 뭔가 소란을 피우려고 하는 줄 알았을 거야, 알겠어? 내가 혼쭐을 내줄 테니 네가 말하면 아마 사과할 거다."

키드가 리 윌셔에게 나직하게 뭐라고 말했고, 네드 보몬트를 노려보고 있던 그녀는 사악하게 잠시 웃고는 대답했다.

"그래, 뼛속까지 스포츠맨이지."

"들어가시게, 보몬트 선생. 친구들은 이미 만나 봤지?"

버니 데스페인이 말했다.

네드 보몬트는 리와 키드가 있는 방으로 움직였다.

"배는 어떠시우?" 키드가 물었다.

네드 보몬트는 아무 말도 하지 않았다.

"세상에! 대화하고 싶다고 여기까지 온 사람이 이렇게 조용한 건 또 처음 보는군."

버니 데스페인이 소리쳤다.

"난 너하고만 얘기하고 싶은데. 이 사람들 다 여기 있어야 하는 건가?"

"그렇지. 맘에 들지 않으면 그냥 걸어 나가서 네 할 일이나 하면 되는 거야."

"내 일은 여기 있어."

"그렇군, 돈에 관련된 일이 있었지." 데스페인이 키드를 보고 씩 웃었다. "무슨 돈 문제가 있지 않았나, 키드?"

키드는 네드 보몬트가 들어온 문 앞으로 이동했다. 그는 거슬리는 목소리로 말했다.

"있었는데 뭔지 생각이 안 납니다."

네드 보몬트는 오버코트를 벗어 갈색 안락의자 뒤에 걸었다. 그는 의자에 앉아 모자를 뒤에 놓았다.

"이번 일은 그게 아니야. 난, 그러니까……." 그는 코트 안주머니에서 종이를 꺼내어 펴서 흘끗 쳐다보고는 말했다. "……지방검사 사무실 특별 조사관으로 여기 온 거다."

일순간 데스페인의 눈에서 반짝임이 흐려졌지만, 그는 즉시 말했다.

"이거 출세하셨구먼! 지난번 봤을 때만 해도 폴 똘마니 짓이나 하더니."

네드 보몬트는 종이를 다시 접어서 주머니에 넣었다.

데스페인은 네드 보몬트와 마주보며 앉아서 거대한 머리를 흔들었다.

"그래, 해 보셔, 어떻게 하는지 좀 보여 줄 겸 뭔가, 뭐든 조사해 보시게. 설마 테일러 헨리 살인 건에 관해 물어보려고 뉴욕까지 온 건 아닐 테지?"

"맞아."

"참 딱하군. 굳이 오지 않아도 됐을 텐데 말이야. 리한테 자초지종 듣기가 무섭게, 돌아가서 네 함정을 비웃어 주려고 짐을 싸기 시작했는데."

데스페인은 바닥에 놓여 있던 여행가방 쪽으로 팔을 흔들어 댔다.

네드 보몬트는 의자에 느긋하게 기댔다. 한 손을 뒤쪽에 향한 채로 그가 말했다.

“그게 함정이라면 내가 아니라 리가 꾸민 거지. 경찰한테 정보를 준 건 리야.”

“그래요, 어쩔 수 없었어요. 당신이 거기로 경찰을 보냈잖아요, 망할 인간.”

리가 성내며 말했다.

“그래, 리는 멍청한 계집이지, 맞아, 하지만 그 종잇조각은 아무 의미도 없어. 그건…….”

리가 데스페인의 말에 분개해서 소리쳤다.

“내가 멍청한 계집이라고? 온 집 안을 싹싹 긁어서 도망친 인간한테 이 먼 데까지 경고해 주려고 달려왔더니…….”

데스페인이 유쾌하게 동의했다.

“맞아, 바로 그게 네가 멍청한 계집이란 걸 보여 주지. 그 덕분에 저 친구가 나를 찾아왔으니까.”

“당신이 그렇게 생각한다면 그 차용증서를 경찰한테 넘기길 백번 잘했군. 그건 어떻게 생각해?”

“우리 손님께서 가시고 나면 내가 널 어떻게 생각하는지 똑바로 알려 주지.”

데스페인이 네드 보몬트를 쳐다보았다.

"그러니까 네가 날 함정에 빠뜨리도록 정직한 폴 매드빅이 내버려 둔다 이 말인가?"

네드 보몬트가 웃었다.

"넌 함정에 빠지는 게 아냐, 버니, 그건 너도 알잖아. 리가 실마리를 제공했고, 나머지 단서들이 아귀가 맞아떨어진 것뿐이지."

"리가 준 것 말고도 더 있다는 건가?"

"많지."

"뭐라고?"

네드 보몬트가 다시 웃었다.

"구경꾼 앞에서는 하고 싶지 않은 이야기가 산더미야, 버니."

"헛소리!"

데스페인이 외쳤다.

키드가 거슬리는 목소리로 복도에서 데스페인에게 말했다.

"얼간이는 걷어차 버리고 움직이시죠."

"기다려." 데스페인은 인상을 찌푸리고 네드 보몬트에게 물었다. "영장 있나?"

"글쎄, 난 잘……"

"있어 없어?"

데스페인의 목소리에서 장난기가 가셨다. 네드 보몬트는 느릿느릿 말했다.

"내가 알기론 없다."

데스페인은 일어서며 의자를 밀쳐냈다.

"그럼 당장 여기서 꺼져 버려, 지금 당장, 아니면 키드에게 다시 맛을 보여 주라고 할 테다."

네드 보몬트는 일어서서 오버코트를 집었다. 코트 주머니에서 모자를 꺼내어 한 손에 들고 다른 팔로 코트를 들고는 진지하게 말했다.

"후회할 거다."

그러고는 품위 있게 걸어 나갔다. 키드의 거슬리는 웃음소리와 리의 째지는 폭소가 그를 따라 나왔다.

벅맨에서 나온 네드 보몬트는 거리를 따라 빠르게 걸었다. 피로한 얼굴이었지만 눈은 빛났고 짙은 콧수염은 희미한 웃음 위에서 꿈틀거렸다.

첫 모퉁이에서 그는 잭과 마주쳤다.

"여기서 뭐 하고 있나?"

"내가 알기로는 아직까지 당신한테 고용된 몸이거든요. 그래서 뭔가 할 일 없나 하고 와 봤죠."

"잘했군. 어서 택시를 잡자. 그놈들 빠져나가고 있어."

잭은 "예, 예."라고 말하고는 걸어갔다.

네드 보몬트는 모퉁이에 머물렀다. 벅맨의 정문과 옆문이 보였다.

잠시 후 잭이 택시를 타고 돌아왔다. 네드 보몬트는 택시에 올라타서 운전수에게 주차할 곳을 알려주었다.

"녀석들에게 뭘 한 거죠?"

두 사람이 가만히 앉아 있을 때 잭이 물었다.

"여러 가지."

"오."

10분이 지났고 잭이 "저기."라고 말하며, 벅맨의 옆문으로 다가가는 택시를 집게손가락으로 가리켰다.

키드가 여행가방 두 개를 끌고서 먼저 건물에서 나왔고, 그가 택시에 타자 데스페인과 여자가 뛰어나와 차에 탔다. 택시가 달려갔다.

잭은 몸을 앞으로 기대 운전수에게 지시했다. 택시는 앞 택시의 흔적을 따라 달렸다. 아침 햇살이 빛나는 길을 구불구불 달리며, 이리저리 빙빙 돌다가 마침내 웨스트 49번가에 있는 낡은 갈색 석조건물 앞에 도착했다.

데스페인의 택시가 그 집 앞에 멈췄고, 이번에도 키드가 셋 중에 먼저 보도로 나왔다. 그는 길을 이쪽저쪽 살폈다. 집 앞으로 다가가 문을 열었다. 그러고는 택시로 돌아갔다. 데스페인과 여자가 택시에서 내려 황급히 집으로 들어갔다. 키드가 가방을 들고 따라갔다.

"여기 좀 있어." 네드 보몬트가 잭에게 말했다.

"어쩌려고 그래요?"

"내 운을 시험해 보려고."

잭이 머리를 흔들었다.

"여기도 말썽을 부리기엔 안 좋은 동네인데."

"내가 데스페인과 함께 나오거든, 넌 튀어. 다른 택시를 잡아타고 벅맨으로 돌아가 감시해. 내가 나오지 않으면 스스로 판단해서 행동하고."

네드 보몬트는 택시 문을 열고 나갔다. 몸이 떨렸지만 두 눈은 반짝였다. 그는 잭이 몸을 내밀어 뭐라고 하는 것을 무시하고 서둘러 길을 건너, 두 남자와 여자가 들어간 집으로 갔다.

그는 곧장 층계를 올라가서 문손잡이를 잡았다. 손잡이가 돌아갔다. 잠겨 있지 않았다. 그는 문을 열고 뿌연 통로를 들여다보다가 안으로 들어갔다.

뒤에서 문이 쾅 하고 닫히며 키드의 주먹이 그의 머리를 비스듬히 강타해 모자를 날려 버리고 그를 벽에 부딪치게 했다. 그가 아찔하여 조금 주저앉으며 거의 한쪽 무릎을 꿇었을 때, 키드의 다른 주먹이 머리 위의 벽을 가격했다.

네드 보몬트는 입술을 깨물며 키드의 사타구니에 짧고 날카롭게 주먹을 먹였고, 키드가 으르렁대며 뒤로 쓰러진 틈에 자세를 가다듬을 수 있었다.

통로 저쪽에서 버니 데스페인이 벽에 기대어 서서 입술을 앙다물고 눈을 가늘게 뜬 채로, 낮은 음성으로 반복해 말하고 있었다.

"갈겨, 키드, 갈기라고……."

리 월셔는 보이지 않았다.

키드의 다음 주먹이 두 차례 가슴을 때리며 네드 보몬트를 벽에 짓이겼고, 그는 기침을 토해냈다. 얼굴을 노린 세 번째 주먹은 피했다. 그러고는 팔뚝으로 키드의 목을 떠밀고는 키드의 배를 걷어찼다. 키드는 성내며 포효하더니 양손을 휘두르며 달려들었지만, 뒤로 밀려난 탓에 거리가 생겼고, 그 틈에 네드 보몬트는 주머니에서 잭의 권총을 꺼냈다. 네드 보몬트는 총을 조준할 시간은 없었지만 아래쪽으로 겨눠 방아쇠를 당겼고 키드의 오른쪽 허벅지를 맞췄다. 꽥 소리를 내며 통로 바닥에 쓰러진 키드는 두려움에 찬 핏발 선 눈으로 네드 보몬트를 올려다보았다.

네드 보몬트는 키드에게서 물러서며 왼손을 바지 주머니에 찔러 넣고 버니 데스페인에게 말했다.

"나랑 같이 나가자. 할 얘기가 있다."

그의 얼굴은 뚱해 보일 정도로 단호했다.

머리 위로 발소리가 쿵쿵대며 건물 안 어딘가의 문이 열리고 통로에서 흥분한 목소리들이 들려왔지만, 아무도 나타나지 않았다.

데스페인은 얼이 완전히 빠져 버린 듯이 잠시 네드 보몬트를 응시했다. 그러더니 한마디 말도 없이, 바닥에 쓰러져 있던 키드를 넘어서 네드 보몬트를 앞장서 건물 바깥으로 나갔다. 네드 보몬트는 거리로 내려가기 전에 권총을 주머니에 넣었지만, 아직 총에서 손을 떼지는 않았다.

그는 데스페인에게 "택시에 타."라고 말하며 잭이 내리고 있는 차를 가리켰다. 택시에 도착하자 그는 어디로든 가라며 "목적지를 말해줄 때까지" 그대로 달리라고 했다.

차가 움직이자 데스페인이 말문을 열었다.

"이건 강도짓이야. 죽고 싶은 생각은 없으니 달라는 대로 다 줄게. 하지만 이건 강도짓이라고."

네드 보몬트는 불쾌하게 웃으며 고개를 흔들었다.

"내가 지방검사실에서 한 자리 꿰찼다는 걸 잊으면 곤란해."

"하지만 난 기소된 것도 아니잖아. 난 수배 중이 아니라고. 네가 말했잖아……."

"그건 장난이었어, 버니. 이런저런 이유가 있었거든. 넌 수배 중이야."

"무슨 혐의로?"

"테일러 헨리 살인 혐의로."

“그거? 염병, 그거라면 돌아가서 조사받지. 무슨 증거가 있다고? 내가 그자의 어음을 갖고 있었던 건 맞아. 그리고 내가 떠난 날 밤 그가 죽은 것도 맞지. 그리고 그자가 돈을 갚으려고 하지 않아서 내가 혼을 내 준 것도 맞아. 그건 일급 변호사까지도 필요하지 않은 일이라고. 젠장, 내가 금고에 9시 30분 이전에 어음을 놔뒀다면…… 리가 주장하는 대로 말이야……. 바로 그게 내가 그날 밤 돈을 회수하려고 한 게 아니라는 걸 보여 주지 않나?”

“아니, 우리가 갖고 있는 증거는 그것뿐이 아니야.”

“그거 말고는 있을 리가 없어.”

데스페인이 진지하게 말했으나 네드 보몬트가 조소했다.

“틀렸어, 버니. 내가 오늘 아침 널 만나러 갈 때 모자 쓰고 있던 거 기억해?”

“아마도. 그랬던 것 같군.”

“내가 나올 때는 오버코트 주머니에서 다른 모자를 꺼내서 쓴 것도?”

거무튀튀한 데스페인의 작은 눈에 당혹과 두려움이 비치기 시작했다.

“염병! 그래서? 대체 뭔 소리를 하고 싶은 거야?”

“증거를 대려는 거지. 모자가 나에게 그리 잘 맞지 않았던 것도 기억하나?”

버니 데스페인이 쉰 목소리로 말했다.

"모르겠어, 네드. 제발 좀, 무슨 소리야?"

"그러니까 그게 나한테 안 맞은 건 내 모자가 아니었기 때문이라고. 테일러가 살해되었을 때 쓰고 있던 모자가 발견되지 않았다는 거 기억해?"

"몰라. 테일러에 관해선 아무것도 모른다고."

"그러니까, 내가 오늘 아침에 쓰고 있던 모자가 테일러 거였고 지금 그게 벅맨 아파트의 갈색 안락의자 쿠션과 의자 뒤쪽 사이에 숨겨져 있다는 말이다. 다른 정황에, 그것까지 더해지면 곤란해질 것 같지 않아?"

데스페인은 공포로 비명을 질렀을 것이다. 네드 보몬트가 그의 입을 틀어막고 "닥쳐."라고 귀에 뇌까리지 않았다면.

데스페인의 얼굴에 땀이 흘렀다. 그는 네드 보몬트 쪽으로 쓰러져 양손으로 네드의 코트 자락을 움켜쥐며 꿍얼거렸다.

"이봐, 그러면 안 되지, 네드. 내가 빚진 건 모조리, 이자까지 쳐서 가져도 좋으니 그러면 안 돼. 네 돈을 훔칠 생각은 아니었어, 네드, 맹세해. 그냥 돈이 달려서 대출한 것처럼 할 생각이었다고. 정말이야, 네드. 지금은 가진 게 별로 없지만, 오늘 리의 보석 팔아서 돈 받을 계획이니까, 거기서 한 푼도 남김없이 돌려줄게. 얼마였지, 네드? 오늘 아침에 모조리 줄게."

네드 보몬트는 데스페인을 원래 자리로 밀어 버리고 말했다.

"3250달러다."

"3250달러. 줄게, 한 푼도 빠짐없이, 오늘 아침에 다 줄게." 데스페인은 시계를 보았다. "그래요, 선생, 도착하는 대로 드리겠습니다요. 올드 스타인이 이미 자기 집에 가 있을 겁니다. 날 놔준다고만 해 주라, 네드, 옛정을 생각해서라도."

네드 보몬트는 생각에 잠겨 양손을 비볐다.

"반드시 가게 해 준다곤 할 수 없어. 지금 당장은 말이야. 지방검사와 관계도 있고, 넌 어쨌거나 심문을 받아야 해. 그러니까 우리가 흥정할 수 있는 건 모자뿐이야. 내가 제안하지. 내 돈을 돌려주면, 내가 모자를 찾을 때 아무도 없었던 거고 아무도 그 일에 관해 모르게 해 주마. 아니면 뉴욕 경찰의 절반이 내 편이 될 거고, 알겠지. 선택해."

버니 데스페인이 신음했다.

"오, 맙소사! 올드 스타인의 집으로 가라고 해. 주소는……."

3장

사이클론 탄

뉴욕발 기차에서 내린 네드 보몬트는 눈이 맑고 등이 꼿꼿하고 키가 커 보였다. 오직 납작한 가슴만이 연약한 체질을 암시했다. 얼굴은 빛깔도 선도 건강했다. 보폭은 크고 발걸음은 탄력 있었다. 그는 열차 격납고와 도로를 연결하는 콘크리트 계단을 가볍게 올라가, 대합실을 지나간 뒤, 안내 창구 뒤에 있던 지인에게 손을 흔든 다음 역 바깥으로 나왔다.

인도에서 짐꾼이 짐을 가지고 나오기를 기다리면서, 그는 신문을 샀다. 택시에 짐을 싣고 랜들 로로 가는 길에 신문을 펼쳤다. 1면에 실린 반 칼럼짜리 기사를 읽었다.

둘째 살해

프랜시스 F. 웨스트

형이 죽은 곳에서 살해되다

2주 만에 1342 N. 애슐랜드 로에 있는 웨스트 가(家)에 두 번째 비극이 닥쳤다. 어젯밤 프랜시스 F. 웨스트(31세)가, 지난 달 불법으로 추정되는 자동차에 치어 형 노먼이 죽는 것을 목격한 장소에서 한 블록도 떨어지지 않은 거리에서 사살되었다.

프랜시스 웨스트는 록어웨이 카페에서 웨이터로 일하던 인물로, 자정 직후 퇴근하여 집으로 돌아가던 길이었다. 참사를 목격한 사람들에 따르면, 고속으로 애슐랜드 로를 달리던 검정색 관광차가 그에게 다가가며 보도 쪽으로 붙자, 총알이 수십 발 발사되었다고 한다. 웨스트는 총알이 여덟 발 박힌 채 쓰러졌고, 누가 다가가기도 전에 사망했다. 범행 차량은, 증언에 따르면 멈추지 않고 계속 달리다가 다시 속도를 올려 보먼 가 모퉁이로 사라졌다. 경찰은 증인들의 설명이 상이하여 차량을 찾아내는 데 난항을 겪고 있으며, 차량에 탄 사람을 보았다는 증인은 한 명도 없었다.

형제 중 유일한 생존자 보이드 웨스트는 (그도 지난 달 노먼 사건을 목격했다.) 프랜시스가 살해된 이유를 모른다고 말했다. 그는 자기가 아는 한 프랜시스에게 적이 없었다고 했다. 베이커 로 1917번지의 마리 셰퍼드 씨도 (다음 주 프랜시스 웨스트와 결혼할 예정이었음.) 약혼자를 죽일 만한 사람을 모른다고 했다.

지난 달 우연히 노먼 웨스트를 받아 살해한 차량의 운전수로 추정되는 티모시 아이번스는 현재 시립 교도소의 감방에 수감 중이나, 인터뷰를 거부하고 있다. 그는 보석금 없이 구류 중이며 살인 혐의로 재판받을 예정이다.

네드 보몬트는 조심스럽게 천천히 신문을 접어 오버코트 주머니에 넣었다. 그의 입술은 다소 힘이 들어가 있었고 생각에 잠긴 눈은 빛났다. 그 둘을 빼면 평온한 얼굴이었다. 그는 택시 구석에 몸을 기대고, 불을 붙이지 않은 시가를 장난치듯 만지작거렸다.

집에 도착한 그는 모자나 코트도 벗지 않고 곧장 전화기로 가서 네 곳에 전화를 걸어 매번 폴 매드빅이 있는지, 어디에 있는지 아느냐고 물었다. 네 번째 통화 후 그는 찾기를 그만두었다.

네드 보몬트는 전화기를 내려놓고, 탁자에 내려놓은 시가를 집어 들고 불을 붙인 뒤 시청에 전화했다. 그는 지방검사실을 요청했다. 기다리는 동안 한 발을 의자 다리에 걸어 끌어당긴 뒤 자리에 앉아 시가를 입에 넣었다.

그러고는 전화기에 대고 말했다.

"여보세요. 파 씨 있소? ……네드 보몬트요. ……좋아, 고맙소."

그는 담배를 천천히 들이쉬고 내쉬었다.

"여보세요, 파? ……방금 막 들어왔어. ……그렇지. 지금 볼 수 있겠나? ……맞아. 폴이 웨스트 사건에 관해 뭐라고 얘기 안 하던가? ……폴 어디 있는지 모르는군? ……음, 당신한테 말해 주고 싶은 게 있어서. ……좋아, 한 30분 뒤에…… 그러지."

그는 전화기를 치워놓고 방을 가로질러 문가의 탁자에 놓인 우편물을 보았다. 잡지와 편지 아홉 통이 있었다. 그는 봉투를 빠르게 훑어보고는 하나도 열어 보지 않고 다시 탁자에 내려놓은 뒤, 침실로 가서 옷을 벗고 화장실에 들어가 면도를 하고 목욕했다.

지방검사 마이클 조지프 파는 40세의 통통한 남자였다. 발그레하고 호전적인 얼굴 위로 짧은 머리가 비죽비죽 솟아 있었다. 호두나무 색 책상에는 전화기와 녹색 마노 재질의 사무용품 세트 한 벌뿐이었다. 사무용품 세트 위로, 비스듬한 각도로 벌어져 있는 만년필 사이에 비행기를 높이 든 금속 나신상이 한 발로 서 있었다.

그는 네드 보몬트의 손을 양손으로 잡고 흔들고는 가죽 의자에 앉게 한 뒤 자기 자리로 돌아갔다. 그러고는 의자 뒤로 몸을 기대고 물었다.

"여행은 좋았고?"

그의 눈에 깃든 친근함 사이로 호기심이 새어 나왔다.

"괜찮았지. 프랜시스 웨스트 말인데. 그가 사라졌으니 티모시 아이번스 사건은 어떻게 되는 거지?"

네드 보몬트가 대답했다.

파는 움칠하더니, 그 놀란 동작을 좀 더 편하게 자리를 잡기 위한 의도적인 꿈틀거림의 일부로 바꿔 버렸다.

"글쎄, 그다지 크게 달라지지는 않겠지. 그러니까 전반적으로는 아니라는 얘기야. 아이번스의 범죄를 증언할 다른 형제가 남아 있으니까. 왜 그러시나? 무슨 생각이라도 있나?"

그는 눈에 띄게 네드 보몬트의 얼굴을 피하며 호두나무 색 책상의 구석을 보았다.

네드 보몬트는 자신을 보지 않고 있는 파를 근엄하게 쳐다보았다.

"그냥 궁금해서. 하지만 남은 형제가 티모시를 알아볼 수 있고 실제로 알아볼 거라면 괜찮을 것 같군."

파는 여전히 아래를 보며 말했다.

"물론."

파는 의자를 천천히 앞뒤로, 일이 인치 정도를 대여섯 차례 흔들었다. 통통한 볼이 턱 근육을 감싼 부위에서 작게 물결쳤다. 그는 목을 가다듬고는 일어섰다. 이제는 친근한 눈길로 네드 보몬트를 바라보았다.

"잠시 기다리게. 처리할 게 좀 있어서. 내가 쫓아다니지 않으면 다들 잊어버린다니까. 가지 말라고. 데스페인 문제에 대해 이야기하고 싶거든."

네드 보몬트는 지방검사 파가 사무실을 나설 때 "서두를 것 없어."라고 웅얼거리고는, 앉아서 그가 방을 비운 15분간 내내 차분하게 담배를 피웠다.

파가 인상을 쓰며 돌아와 자리에 앉으며 말했다.

"그렇게 내버려 두고 가서 미안하지만, 일에 거의 압사할 지경이야. 계속 이런 식이면……."

그는 손으로 가망 없다는 동작을 하여 문장을 끝맺었다.

"괜찮아. 테일러 헨리 살인 사건 관련 새로운 소식 없나?"

"아무것도. 내가 묻고 싶었던 게 그거야, 데스페인 말이야."

이번에도 파는 네드 보몬트의 얼굴을 똑바로 보지 않고 있었다.

조소하는 듯한 엷은 웃음이, 상대에게는 보이지 않는 웃음이 네드 보몬트의 입가에 순간 스쳤다.

"가만히 들여다보면 그자를 잡아들일 만한 게 별로 없지."

그가 말했다.

파가 책상 모서리에서 천천히 끄덕였다.

"그럴지도, 하지만 같은 날 이곳을 떴다는 건 썩 좋아 보이지 않는군."

"거기엔 다른 이유가 있지, 아주 좋은 이유가."

어슴푸레한 웃음이 네드 보몬트에게 일었다가 사라졌다.

파가 납득하는 듯한 태도로 다시 끄덕였다.

"정말 그자가 살해했을 가능성은 없다고 보는군?"

"그자가 했다고는 생각지 않지만, 가능성이야 늘 있는 법이니 원한다면 잡아 둘 건수는 많아."

네드 보몬트가 무심하게 대답했다.

파가 고개를 들고 네드 보몬트를 쳐다보았다. 그는 소심함과 동지애가 뒤섞인 웃음을 짓더니 말했다.

"내가 상관할 바가 아니라면 욕해도 좋지만, 도대체 폴은 왜 당신한테 버니 데스페인을 쫓아 뉴욕에 가라고 한 거지?"

네드 보몬트는 생각에 잠긴 채 대답하지 않았다. 그러더니 어깨를 조금 으쓱하고는 말했다.

"폴은 날 보낸 게 아니야. 내가 가게 내버려 둔 거지."

파는 아무 말 하지 않았다.

네드 보몬트가 시가 연기를 한껏 들이마셨다 내뱉고 말했다.

"버니가 내 내기 돈을 가로챘어. 그래서 도망친 거고. 하필이면 테일러 헨리가 살해된 날에, 내가 1500달러를 건 페기 오툴이 1등으로 들어온 것뿐이야."

파가 성급하게 말했다.

"그렇군, 네드. 당신과 폴이 뭘 하든 나와는 상관없지. 난…… 그게, 그날 데스페인이 운 좋게도 헨리와 길에서 마주쳐서 무슨 짓을 저지를 수도 있지 않을까 해서 말이야. 만일을 대비해서 잡아 두는 게 좋을 것 같아." 그는 무딘, 돌출한 턱으로 환심을 사려는 듯 웃었다. "내가 폴이나 당신 일에 냄새를 맡고 다닌다고는 생각지 말게, 하지만……."

그의 발그레한 얼굴이 부푼 듯 빛나고 있었다. 그는 갑자기 몸을 숙이더니 책상 서랍을 잡아당겼다. 종이가 그의 손 아래서 부스럭거렸다. 그의 손이 서랍에서 나오더니 책상을 가로질러 네드 보몬트에게 향했다. 손에는 개봉된 작은 흰색 봉투가 놓여 있었다.

"이거." 굵은 목소리였다. "한번 보고 생각해 봐. 그냥 말도 안 되는 헛소리일 뿐일까?"

네드 보몬트는 봉투를 받았지만 곧바로 열어 보지는 않았다. 그는 차갑게 빛나는 눈을 파의 불그레한 얼굴에 고정했다.

파는 네드 보몬트의 눈길에 얼굴이 더 붉어졌고, 통통한 손으로 달래는 듯한 손짓을 해 보였다. 목소리도 달래는 듯했다.

"난 그게 중요하다고는 생각지 않아, 네드, 하지만…… 그러니까 내 말은, 사건이 발생할 때마다 우리가 그런 쓰레기를 한 꾸러미 받게 된다는 거야……. 자, 읽어 보라고."

네드 보몬트는 한참이 지난 후에야 파에게서 눈을 떼어 봉투를 보았다. 주소가 쓰여 있었다.

시청

지방검사

M. J. 파 씨

개인 서신

소인은 지난 주 토요일로 찍혀 있었다. 안에는 인사말도 서명도 없이 타자기로 세 문장이 적힌 흰색 종이가 한 장 들어 있었다.

폴 매드빅은 테일러 헨리가 살해된 후 왜 그의 모자 중 하나를 훔쳤는가?

테일러 헨리가 살해되던 날 쓰고 있던 모자는 어떻게 되었나?

테일러 헨리의 시신을 처음 발견했다고 주장하는 사람이 당신의 부하가 된 까닭은 무엇인가?

네드 보몬트는 편지를 접어서 봉투에 넣고 책상에 올려놓은 뒤, 엄지손톱으로 콧수염을 가운데서 왼쪽으로, 다시 가운데서 오른쪽으로 쓸어 넘기고 지방검사 파를 침착한 눈으로 보며 침착한 어조로 말했다.

"그런데?"

파의 턱 근육을 감싸는 볼 부위가 다시 물결쳤다. 그는 애원하는 듯한 눈길로 인상을 찌푸리고 열을 올리며 말했다.

"오, 네드, 내가 이걸 진지하게 받아들인다고 생각지 마. 우린 일이 발생할 때마다 이런 잡소리를 수도 없이 받는다고. 그저 당신에게 보여주고 싶었을 뿐이야."

네드 보몬트는 여전히 침착한 눈빛에 침착한 어조였다.

"그렇게 생각하기만 한다면 상관없지. 폴에게 뭐라고 얘기한 건 아니고?"

"편지에 관해서? 아니. 오늘 아침에 편지 온 후로 폴은 못 봤는데."

네드 보몬트는 책상에서 봉투를 들어 코트 안주머니에 넣었다. 파는 편지가 주머니로 들어가는 모양을 보며 불편한 듯싶었지만 아무 말도 하지 않았다.

네드 보몬트는 편지를 집어넣고 다른 주머니에서 얇고 얼룩덜룩한 시가를 떠낸 다음 말했다.

"내가 당신이라면 폴에게 아무 말도 하지 않을 것 같은데. 폴은 지금도 이미 생각할 게 많아."

파는 네드가 말을 마치기도 전에 "물론이야, 그렇게 하지, 네드."라고 말했다.

잠시 두 사람 다 말 없이 앉아 있는 동안 파는 다시 책상 모서리를 응시했고 네드 보몬트는 생각에 잠겨 파를 응시했다. 이 침묵을 깨뜨린 것은 파의 책상 아래서 들리는 작은 벨소리였다.

"그래 ……그래."

파가 전화기를 들고 말했다. 돌출된 아랫입술이 윗입술의 윗부분으로 기어 올라갔고 발그레한 얼굴이 붉으락푸르락해지더니 그가 호통쳤다.

"망할, 안 돼! 그 머저리를 불러들여서 증언하게 하고, 안 하면 가만 두지 마. ……그래. ……서둘러."

그는 수화기를 쾅 하고 내려놓고 네드 보몬트를 노려보았다.

네드 보몬트는 시가에 불을 붙이려다가 중단했다. 시가는 한쪽 손에 있었다. 불이 켜진 라이터는 다른 손에 있었다. 그의 얼굴은 양손보다 약간 앞으로 나와 있었다. 눈은 반짝였다. 그는 혀끝을 입술에 댔다가 집어넣고는, 유쾌함과는 상관없는 웃음을 지어 보인 뒤 낮고 설득력 있는 어조로 물었다.

"무슨 소식이라도?"

"보이드 웨스트, 아이번스를 지목한 나머지 형제 말이야. 우리가 얘기하고 있을 때 그 작자 생각이 나서, 아직도 그가 아이번스를 알아볼 수 있는지 알아보라고 했거든. 잘 모르겠다고 했다는군, 그 새끼."

파의 목소리는 사나웠다.

네드 보몬트는 예상에서 벗어난 얘기가 아니라는 듯 끄덕였다.

"그럼 어떻게 되는 거지?"

"그런 식으로 도망치게 둘 순 없어. 한번 아이번스라고 했으면 배심원 앞에서도 똑같이 해야지. 그자를 이리 불러들였으니 내가 얘기를 끝낼 때쯤엔 착한 아이가 돼 있을 거야."

파가 으르렁거렸다.

"그래? 만약 그렇게 안 되면?"

파의 책상이 주먹에 흔들렸다.

"그렇게 될 거야."

네드 보몬트는 시큰둥해 보였다. 그는 시가에 불을 붙이고, 라이터를 꺼서 주머니에 넣고는 연기를 내뿜은 뒤 다소 재미있다는 투로 물었다.

"당연히 그렇겠지, 하지만 만약 안 그런다면? 그자가 티모시를 보고 '그 사람이 맞는지 모르겠다'고 한다면?"

파가 다시 책상을 내리쳤다.

"그러지 않을걸. 나랑 만나고 나서는, 배심원 앞에서 '그가 맞다'고 말할 수밖에 없을 거라고."

네드 보몬트의 얼굴에서 장난기가 사라졌다. 그는 피곤한 듯 물었다.

"그자는 주장을 굽힐 심산이고 그건 당신도 알고 있어. 그렇다면 이제 뭘 할 수 있지? 당신이 할 수 있는 건 없어, 아닌가? 티모시 아이번스를 잡아넣겠다는 계획이 틀어지게 된 거야. 그가 차를 버려 둔 곳에서 술은 한 가득 발견했지만, 그 차가 노먼 웨스트를 들이받았을 때 그자가 그 차를 몰았다는 유일한 증거는 두 형제가 목격했다는 증언뿐이었어. 그런데 프랜시스는 죽고 보이드는 겁나서 말하지 않으려 하니, 사건이 성립되지 않는다는 거 당신도 알잖아."

분개한 목소리로 파가 소리쳤다.

"내가 이 자리에 앉아 있는……."

하지만 네드 보몬트가 시가를 들고 있던 손으로 짜증스럽게 끼어들었다.

"앉아 있든 서 있든 자전거를 타든 간에, 당신은 망했고 그건 당신도 알 거야."

"그런가? 난 이 카운티와 도시의 지방검사고 더구나……."

파의 고함 소리가 뚝 멈췄다. 그는 헛기침을 하더니 침을 삼켰다. 호전적인 눈빛이 사라지더니, 혼란이 인 다음 두려움 비슷한 뭔가가 자리를 대신했다. 그는 책상 너머로 몸을 숙였다. 너무나 걱정스러워서, 발그레한 얼굴에서 걱정을 숨기지 못하고 있었다. 그가 말했다.

"물론 만약 당신이…… 폴이…… 그러니까 내 말은 이유만 충분하다면, 그게, 그냥 넘어갈 수도 있다는 얘기지."

유쾌함과는 상관없는 웃음이 네드 보몬트의 입술 끝에 다시 걸렸고, 그의 눈빛이 시가 연기 사이로 반짝였다. 그는 고개를 천천히 흔들며 불쾌할 정도로 다정한 투로 느릿느릿 말했다.

"아니야, 파, 그럴 이유는 전혀 없지. 폴은 선거 후에 아이번스를 꺼내 주겠다고 약속했지만, 믿거나 말거나, 사람을 죽이라고 한 적도 없고, 그런 적이 있다고 해도 아이번스를 위해 누굴 죽일 만한 가치는 없지. 아니야, 파, 그럴 이유는 없어. 당신이 그렇게 생각하고 다니는 건 원치 않아."

파가 저항했다.

"제발, 네드, 오해하지 마. 이 도시에서 폴과 당신에게 나만큼 충성하는 사람 없다는 건 잘 알잖아. 그건 알아 주라고. 난 그저…… 언제라도 날 믿어도 좋다고 말하고 싶었을 뿐이야."

네드 보몬트는 다소 시큰둥하게 "잘됐군." 하고 말하고는 일어섰다.

파는 일어서서 붉은 손을 내밀며 책상을 돌아갔다.

"뭐가 그렇게 급해? 좀 기다렸다가 웨스트를 불러들이면 그 자가 어떻게 하는지 보지 않고? 아님……." 그가 시계를 보았다. "오늘 밤 뭐 해? 오늘 저녁 같이 하면 어떨까?"

"미안하지만 안 돼. 가야 해서."

네드 보몬트가 대답했다.

그는 파가 위아래로 팔을 흔들게 내버려 두고, 자주 들르라며 언제 밤에 한번 뭉치자고 고집하는 말에 "그래, 그러지."라고 대답하고는 나갔다.

월터 아이번스가 자신이 감독으로 일하는 박스 공장에서 못 박는 기계를 다루는 일꾼들 옆에 서 있을 때, 네드 보몬트가 들어왔다. 월터는 곧바로 네드 보몬트를 보고서 팔을 흔들더니 가운데 줄을 따라 다가갔지만, 애써 기쁜 표정을 짓고 있는 것과 달리 질푸른 눈과 둥글고 흰 얼굴은 그리 기뻐 보이지 않았다.

네드 보몬트는 "여, 월터." 하고 말하더니, 월터가 내민 손을 대놓고 무시할 필요도, 그렇다고 그의 손을 잡아야 할 필요도 없도록 문 쪽으로 살짝 몸을 돌렸다.

"좀 조용한 데로 가자."

아이번스가 뭔가 말했지만 금속을 나무에 박아 넣는 소음에 묻혔고, 두 사람은 네드 보몬트가 들어온 문으로 나갔다. 바깥에는 단단한 목재로 만든 넓은 플랫폼이 있었다. 6미터 높이의 플랫폼과 지면 사이에는 나무 계단이 놓여 있었다.

나무 플랫폼에 멈춰 서서 네드 보몬트가 말했다.

"네 형의 범행을 증언한 목격자 중 한 사람이 어젯밤 당한 거 알아?"

"으, 응, 시, 시, 신문에서 봤어."

"나머지 한 녀석이 팀을 알아볼 수 있을지 잘 모르겠다고 한 것도 알아?"

"아, 아니, 그건 모, 몰랐는데, 네, 네드."

"그러면 팀이 석방될 거라는 건 알지."

"으, 응."

"생각만큼 기쁘지 않은 것 같군."

아이번스는 셔츠 소매로 이마를 훔쳤다.

"하, 하, 하지만 기쁜걸, 네, 네드, 저, 정말이야!"

"웨스트랑 아는 사이였어? 죽은 놈 말이야."

"아, 아니, 하, 한 번 만난 적은 이, 있어. 티, 팀 형한테 너무 시, 심하게 하지 마, 말라고 부탁하려고."

"그자가 뭐라고 하든?"

"아무 말도."

"그게 언제지?"

아이번스는 발 위치를 바꾸고 셔츠 소매로 다시 얼굴을 훔쳤다.

"이, 이삼 일 되, 됐어."

네드 보몬트가 부드럽게 물었다.

"누가 그자를 죽였는지 혹시 생각나는 사람 없어, 월터?"

아이번스는 고개를 절레절레 흔들었다.

"누가 그자를 죽였는지 혹시 생각나는 사람 없냐고, 월터?"

아이번스는 고개를 흔들었다.

네드 보몬트는 잠시 아이번스의 어깨 너머를 사색하듯 응시했다. 못 박는 기계 소리가 3미터 정도 떨어진 곳에서 들려왔고 다른 층에서는 톱이 윙 하는 소리가 들렸다. 아이번스는 길게 숨을 들이쉬었다 내쉬었다.

다시금 아이번스의 질푸른 눈을 바라보더니, 네드 보몬트는 동정하는 태도로 바뀌었다. 그는 조금 몸을 숙이더니 물었다.

"괜찮은 거냐, 월터? 네가 형을 구해 주려고 웨스트를 쐈을지 모른다고 생각할 사람들도 있을 텐데. 너 혹시……."

"나, 난 어젯밤 내내 크, 클럽에 있었어. 여, 여덟 시부터 두, 두시까지. 해리 슬로스랑 베, 벤 페리스, 브래거가 마, 말해 줄 거야."

월터 아이번스가 할 수 있는 한 빠르게 대답했다.

네드 보몬트가 웃었다. 그는 기뻐하며 말했다.

"그거 잘됐구나, 월터."

그는 월터 아이번스에게 등을 돌리고 계단을 내려갔다. 그는 월터 아이번스가 "잘 가, 네드."라고 매우 친근하게 말하는 것을 듣지도 않았다.

박스 공장에서 나온 네드 보몬트는 네 블록을 걸어 한 음식점으로 가서 전화를 걸었다. 그는 앞서 걸었던 네 군데에 전화하여 다시 폴 매드빅을 찾았지만, 없다는 얘기를 듣자 매드빅 앞으로 전화해 달라는 메모를 남겨 두었다. 그러고는 택시를 타고 집으로 갔다.

문가에 이미 놓여 있던 우편물 더미에 몇 개가 늘어나 있었다. 그는 모자와 오버코트를 벗고 시가에 불을 붙인 다음 우편물을 들고 가장 커다란 붉은 플러시 의자에 앉았다. 네 번째로 열어본 봉투는 파가 보여 준 봉투와 비슷했다. 거기에는 인사말이나 서명 없이 타자기로 인쇄한 글 석 줄이 써 있는 종이가 한 장 들어 있었다.

당신은 테일러 헨리가 죽은 뒤에 그를 발견했는가, 아니면 그가 죽을 때 자리에 있었는가?

당신은 왜 경찰이 시신을 발견할 때까지 이를 보고하지 않았는가?

무고한 자에게 덮어씌울 증거를 조작하여 죄인을 보호할 수 있다고 생각하는가?

네드 보몬트는 전언을 보며 눈가를 찌푸리고, 시가 연기를 한껏 빨아들였다. 그는 그것을 지방검사 파에게 온 것과 비교했다. 종이와 타이핑은 비슷했다. 각각 문장이 세 줄 있었고 소인도 같은 날짜였다.

그는 노려보며 두 편지를 봉투에 넣은 다음 주머니에 넣었지만, 곧바로 다시 꺼내어 읽어 보고 살펴보았다. 너무 서둘러 연기를 빨아서 시가가 한쪽으로 기우뚱하게 타들어갔다. 그는 불쾌한 표정으로 옆에 놓인 탁자 끝에 시가를 내려놓고 긴장한 듯 손가락으로 콧수염을 만졌다. 다시 편지를 치우고 의자에 기대 천장을 응시하며 손톱을 씹었다. 손으로 머리카락을 쓰다듬었다. 한 손가락 끝을 칼라와 목 사이에 넣었다. 그는 다시 똑바로 앉아서 주머니에서 봉투를 꺼냈지만, 보지는 않고 도로 넣어 버렸다. 그는 아랫입술을 깨물었다. 마침내 초조하게 몸을 떨고는 나머지 우편물을 읽기 시작했다. 읽고 있는데 전화벨이 울렸다.

그는 전화기로 다가갔다.

"여보세요. ……오, 여, 폴, 어디야? ……언제부터 거기 있었어? ……그래, 좋아, 가는 길에 잠깐 들러. ……알았어, 여기 있을게."

그는 다시 우편물을 보았다.

폴 매드빅은 길 건너편 회색 교회에서 삼종기도의 종소리가 울릴 때 네드 보몬트의 집에 도착했다. 그는 진심을 담아 말했다.

"어이, 네드. 언제 돌아왔어?"

폴은 육중한 몸에 회색 트위드 양복을 걸치고 있었다.

"오늘 아침 늦게."

폴과 악수하면서 네드 보몬트가 대답했다.

"일은 잘됐고?"

네드 보몬트가 만족스럽게 웃으며 치아를 드러냈다.

"찾으러 간 건 찾았지. 전부 다."

"그거 잘됐군."

매드빅은 의자에 모자를 던져놓고 벽난로 옆에 있는 의자에 앉았다.

네드 보몬트가 자기 의자로 돌아갔다.

"내가 없는 동안 별 일 없었어?"

그는 반쯤 차 있는 칵테일 잔을 집어 올리며 물었다. 잔이 놓여 있던 탁자는 팔꿈치께 있었고 그 위에는 은색 셰이커도 있었다.

"하수 계약 건 처리했지."

네드 보몬트가 칵테일을 한 모금 마시며 물었다.

"확 줄이기라도 했어?"

"엄청나게. 이제 이윤이라고 할 만한 것도 남지 않을 테지만, 이만큼 선거가 가까울 때 혹시라도 일 터지는 것보다야 낫지. 세일럼과 체스트넛 확장 건이 통과되는 내년이면 도로 공

사로 보상받을 거다."

네드 보몬트가 고개를 끄덕였다. 그는 쭉 뻗은 채 꼬여 있는, 매드빅의 발목을 쳐다보고 있다가 말했다.

"트위드에 실크 양말을 신으면 안 되지."

매드빅이 한쪽 다리를 그대로 들어서 발목을 보았다.

"그래? 난 실크의 촉감이 좋던데."

"그럼 트위드를 벗든지. 테일러 헨리는 묻었어?"

"금요일에."

"장례식엔 갔고?"

"그래." 매드빅은 대답하고서, 다소 시선을 의식하며 덧붙였다. "의원이 그러는 편이 어떻겠느냐고 하더라."

네드 보몬트는 탁자에 잔을 내려놓고 코트의 가슴에 붙은 주머니에서 흰 손수건을 꺼내 입술에 댔다. 그는 매드빅을 비스듬히 쳐다보며 재미있다는 기색을 감추지 않았다.

"헨리 의원은 어때?"

매드빅은 여전히 다소 시선을 의식하며 말했다.

"괜찮아. 오늘 오후에 거의 거기서 함께 있었어."

"의원 집에서?"

"그래."

"금발머리 골칫덩이 아가씨도 있었고?"

매드빅은 딱히 인상을 쓰지는 않았다.

"재닛도 있었어."

네드 보몬트는 손수건을 치우고 목이 막힌 듯 켁켁거리고는 말했다.

"음, 음, 음. 이젠 재닛이라 이거지. 진전은 좀 있었나?"

매드빅은 평정을 되찾고 차분히 말했다.

"난 아직도 그녀와 결혼할 거라고 믿고 있어."

"그 여자도 알아? 형이 결혼하고 싶어 한다는 거?"

"제발 좀, 네드! 날 언제까지 증인석에 세워 둘 셈이냐?"

매드빅이 되받았다.

네드 보몬트는 웃음을 터뜨리고, 은색 셰이커를 집어서 흔든 뒤 한 잔 더 따랐다. 그는 손에 잔을 들고 뒤로 기대며 물었다.

"프랜시스 웨스트가 어떻게 살해됐다고 생각해?"

매드빅은 잠시 어리둥절한 듯 보였다. 그러더니 정신을 차린 듯 말했다.

"아, 애슐랜드로에서 어젯밤 사살된 친구 말이로군."

"바로 그 친구 말이지."

매드빅의 파란 눈동자에 당혹스러운 기미가 방금 전보다 희미하게 다시 일었다.

"글쎄, 그 녀석은 몰라서."

"그자는 티모시 아이번스 사건의 증인 중 한 명이었어. 이제 나머지 증인인 보이드 웨스트도 증언하기 겁내는 상황이니, 혐의가 벗겨지겠지."

"그거 멋지군." 말이 끝날 때쯤 매드빅의 눈에 의심스러운 기색이 비쳤다. 매드빅은 다리를 끌어당기고 앞으로 몸을 숙였다. "겁낸다고?"

"그래, 아님 무섭다는 말이 더 맘에 들려나."

신경이 곤두서서 매드빅의 얼굴이 굳어졌고, 눈은 파란 돌덩이처럼 변했다. 그는 딱딱하게 물었다.

"무슨 소리를 하려는 거냐, 네드?"

네드 보몬트는 잔을 비우고 탁자에 내려놓았다. 그는 의도적으로 단조롭게, 마치 교훈을 암송하듯 말했다.

"형이 월터 아이번스에게 선거가 끝날 때까지는 팀을 꺼내주지 못하겠다고 말한 후에, 월터는 그 문제를 섀드 오로리에게 가져갔어. 섀드는 자기 게릴라 몇을 보내서 웨스트 형제 둘을 겁 먹여 팀에게 불리하게 증언하지 못하게 하려고 했지. 그런데 둘 중 한 놈이 겁을 안 먹으니까 놈들이 제거한 거야."

"염병, 섀드가 티모시 아이번스 문제에 무슨 상관이라고?"

매드빅이 쏘아보며 반박했다.

네드 보몬트는 칵테일 셰이커에 손을 뻗으며 짜증스레 말했다.

"관두자, 그냥 추측해 보는 거야. 잊어버려."

"집어치워, 네드. 네 추측이 내겐 충분하단 거 알잖아. 생각하는 게 있으면 뱉어 보라고."

네드 보몬트는 술을 한 방울도 따르지 않고 셰이커를 내려놓은 뒤 말했다.

"그냥 추측에 불과할지도 몰라, 형, 하지만 내 눈엔 이렇게 보여. 월터 아이번스가 3지구에서 형 똘마니로 일한다는 것도, 클럽과 기타 등등의 멤버라는 것도, 월터가 요청하면 형이 월터의 형 티모시를 궁지에서 내보내 주려고 무슨 일이든 할 거라는 것도, 다들 아는 사실이야. 음, 형이 사람을 시켜 티모시 사건의 목격자를 쏘라고 했는지, 겁을 줘서 입을 다물게 했는지도 다들, 아님 적어도 상당수가 궁금해하기 시작하겠지. 이게 외부인들, 형이 요즘 무척 두려워하는 여성 클럽과, 존경하는 시민들의 시각이야. 내부인들, 즉 형이 그렇게 했든 말든 상관하지 않을 인간들은 진짜 뉴스가 될 만한 얘기를 듣겠지. 그 인간들은 형의 똘마니 중 하나가 곤경에서 벗어나려고 섀드에게 갔고 섀드가 도와줬다는 걸 알게 될 거야. 자, 이게 섀드가 만들어놓은 구렁텅이야. 아님, 섀드가 형을 구렁텅이에 몰아넣으려고 이 정도도 하지 않을 거라고 생각해?"

매드빅이 이 사이로 으르렁대며 말했다.

"그러고도 남을 놈이지, 더러운 놈."

그는 융단에 수놓인 초록 잎사귀를 내려다보았다.

네드 보몬트가 매드빅을 주의 깊게 쳐다보다가 말을 이었다.

“이것 말고 또 다른 시각도 있어. 아마 그렇게 되지는 않겠지만, 섀드가 작업을 하려고 한다면 가능성은 있어.”

매드빅이 고개를 들고 물었다.

“뭐지?”

“월터 아이번스가 어젯밤 내내 클럽에 있었어. 오늘 새벽 2시까지. 전에는 선거일이나 연회가 있는 날 밤이 아니면 11시면 가 버리고 없던 녀석이 말이야. 이해하겠어? 그 녀석 우리 클럽에서 알리바이를 만들고 있었다고. 만약…….” 네드 보몬트의 목소리는 한 단계 낮아졌고, 짙은 눈은 둥글고 심각해졌다……. “섀드가 월터를 속이고, 월터가 웨스트를 죽였다는 거짓 증거를 만들어 낸다면? 여성 클럽과, 이런 거 지껄이기 좋아하는 사람들은 월터의 알리바이가 사기라고 생각할 거고, 우리가 월터를 보호하려고 만들어 낸 거라고 생각할 거야.”

“그 더러운 놈.” 매드빅은 일어서서 양손을 바지 주머니에 쑤셔 넣었다. “선거가 끝나 버렸거나 아직 멀었으면 좋았을 것을.”

“그럼 이런 일은 하나도 일어나지 않았겠지.”

매드빅이 방 가운데로 두 걸음 움직였다. 그는 “염병할 놈.”이라고 중얼거리고는 침실 문 옆에 있는 전화기 걸이를 찌푸린 얼굴로 보았다. 그는 네드 보몬트를 보지 않고 입 가장자리로 말했다.

"막을 방법을 찾아봐."

그는 전화기로 한 걸음 다가다가 멈췄다. 그는 네드 보몬트를 쳐다보았다.

"관둬라. 섀드를 이 작은 도시에서 차 내버려야 할 것 같다. 그 자식이 주위에 얼쩡거리는 것도 지겹군. 오늘 밤을 시작으로 당장 내보내야겠어."

"예를 들면 어떻게?"

매드빅이 씩 웃었다.

"예를 들면, 도그 하우스니 파라다이스 가든이니, 기타 섀드와 그 일당들이 관심을 보이는 쓰레기 술집을 레이니한테 시켜서 모조리 닫게 하는 거지. 레이니더러 오늘 밤 당장 그 작자들을 줄줄이 꿰어 하나씩 차례로 치게 하는 거다."

네드 보몬트가 주저하며 말했다.

"그럼 레이니가 곤란해질 텐데. 여기 경찰들은 금주법 위반 건에는 관여하지 않았잖아. 썩 좋아하지 않을 거야."

"날 위해서 한 번은 할 수 있다. 그 정도로 빚을 갚았다고 생각하지도 않을 거고."

네드 보몬트는 여전히 미심쩍은 표정이었다.

"그럴지도 모르지. 하지만 이 싹쓸이 방식은 사이클론 탄(군에서 쓰던 대포의 한 종류로 추정됨 — 옮긴이)으로 금고 문을 날려 버리는 것처럼 좀 과한 것 같은데. 간단한 도구 하나면 소동 일으키지 않고도 꺼낼 수 있는데 말이지."

"무슨 좋은 수라도 있는 거냐, 네드?"

네드 보몬트는 고개를 흔들었다.

"확실한 건 없지만, 하루 이틀 기다린다고 손해 볼 건……."

이젠 매드빅이 고개를 흔들었다.

"아니, 내가 원하는 건 행동이야. 난 금고 열기에 관해선 쥐뿔도 모르지만, 네드, 내 방식의 싸움이라면 알지. 양손을 휘두르는 싸움 말이다. 난 복싱처럼 섬세한 싸움은 배우지도 못했고 배우려고 해 봤을 땐 당하기만 했다. 오로리 선생에겐 사이클론 탄을 먹일 거다."

뿔테 안경을 낀 마르고 단단한 남자가 말했다.

"그러니까 그에 관해선 걱정할 것 없어."

그는 만족스러운 듯 의자에 기대앉았다.

그의 왼쪽에 앉은 남자가(앙상하게 마르고 콧수염은 무성하지만 머리칼은 많지 않은) 자기 왼쪽에 앉은 남자에게 말했다.

"내 귀엔 썩 괜찮게 들리지 않는걸."

마르고 단단한 남자가 고개를 돌려 안경 너머로 앙상한 남자를 쏘아보았다.

"그래? 글쎄, 폴이 직접 내 구역까지 올 필요가 없……"

"이런, 개소리!" 앙상한 남자가 말했다.

"파커 만나봤나, 브린?"

매드빅이 앙상한 남자에게 말했다.

"그래, 봤는데 다섯이라고 하더군. 하지만 내 생각엔 두엇 더 끌어낼 수 있을 거야."

안경 낀 남자가 경멸하듯 말했다.

"하느님 맙소사, 내 이럴 줄 알았지!"

브린이 냉소하며 그에게 말했다.

"그래? 그럼 넌 그만큼이라도 끌어낼 수 있어?"

널찍한 오크나무 문을 두드리는 소리가 세 번 들렸다.

네드 보몬트가 의자에 다리를 벌리고 앉아 있다가 일어나 문으로 다가갔다. 그는 문을 한 뼘 정도만 열었다.

문을 두드린 남자는 눈썹이 짧은 가무잡잡한 남자로, 다리지 않은 파란 양복을 입고 있었다. 그는 문으로 들어오려고 하지는 않은 채 낮은 목소리로 말하려고 했지만 흥분해서 방에 있는 사람들이 다 들리도록 말했다.

"섀드 오로리가 아래층에 있습니다. 폴을 만나고 싶답니다."

네드 보몬트는 문을 닫고 등을 문에 기대어 폴 매드빅을 보았다. 방에 있던 열 사람 중 두 사람만이 짧은 눈썹 남자의 발언에 아무렇지 않은 듯싶었다. 나머지는 흥분을 솔직히 드러내지는 않았지만(몇몇은 갑작스레 냉담한 태도로 이를 내비치기도 했다.) 호흡이 전과 똑같은 사람은 없었다.

네드 보몬트는 반복해 말해 줄 필요가 없다는 사실을 모르는 척하며, 적절히 흥미 있는 듯한 어조로 말했다.

"오로리가 만나고 싶다는군. 아래층이래."

매드빅이 시계를 보았다.

"지금은 바쁘지만 잠시 기다리면 만나러 가겠다고 말해."

네드 보몬트가 고개를 끄덕이고 문을 열었다.

"폴 지금 바쁘다고 해. 하지만 잠시 기다리면 만날 수 있다고 해."

그는 문을 두드린 남자에게 지시한 뒤 문을 닫았다.

매드빅은 얼굴이 네모나고 노란 남자에게 체스트넛가의 다른 쪽에서 표를 좀 더 끌어낼 가능성에 관해 묻고 있었다. 사각 얼굴의 남자는 지난번보다는 '엄청나게 많이' 늘어날 테지만 여전히 반대 진영에 타격을 주기에는 부족하다고 대답했다. 그는 말하는 동안 문 쪽을 계속 흘끗거렸다.

네드 보몬트는 다시 시가를 피우며 창가에 있는 의자에 다리를 벌리고 앉았다.

매드빅은 하트웍이라는 남자에게서 선거 자금을 얼마나 끌어낼 수 있냐며 다른 남자에게 물었다. 남자는 문을 보지는 않았지만 조리 있게 대답하지도 못했다.

매드빅과 네드 보몬트의 차분한 태도도, 선거 문제에 효율적으로 집중하는 모습도, 방 안에 긴장이 고조되는 것을 막지 못했다.

15분 뒤 매드빅이 일어나서 말했다.

"음, 우린 아직 형편이 넉넉하진 않지만 잘 되어가고 있다. 계속 애쓰다 보면 잘될 거다."

그는 문으로 갔고, 바깥으로 나가는 사람들과 일일이 악수했다. 그들은 다소 서두르며 나갔다.

네드 보몬트는 아직 의자에 앉아 있다가, 방에 자기와 매드빅만 남자 물었다.

"난 여기 있을까 아니면 꺼질까?"

"여기 있어."

매드빅은 창가로 다가가 해가 내리쬐는 차이나가를 내려다보았다.

"양손 다 휘두를 거야?"

네드 보몬트가 잠시 후에 말했다.

매드빅은 창가에서 몸을 돌리고 끄덕였다. 그는 의자에 앉아 있던 네드 보몬트에게 소년처럼 씩 웃었다.

"다른 건 모르겠지만…… 어쩌면 양발도 휘두를 거다."

네드 보몬트는 뭔가 말하려고 했지만, 문손잡이가 돌아가는 소리에 그만두었다.

한 남자가 문을 열고 들어왔다. 중키보다 조금 크고, 연약해 보이는 늘씬한 체격이었다. 머리칼은 윤기 있는 백발이었지만 나이는 서른다섯을 갓 넘겼을 것이었다. 눈은 매우 또렷한 청회색이었고 얼굴은 다소 좁고 길지만 대단히 정교하게 조각된 듯했다. 그는 짙푸른 색 정장 위에 짙푸른 색 오버코트를 입었고 검정 장갑을 낀 손으로 검정 중산모자를 들고 있었다.

그의 뒤에 들어온 남자는 안짱다리에 앞 남자와 키가 같은 거무스름한 악당으로, 넓은 어깨의 모양새와, 두터운 팔뚝의 길이와, 납작한 얼굴에 원숭이 같은 구석이 있었다. 머리에는 회색 페도라가 얹혀 있었다. 그는 문을 닫고 거기에 등을 기댄 뒤 격자무늬 오버코트 주머니에 손을 넣었다.

먼저 들어온 남자는 그때쯤 방으로 네다섯 걸음 들어온 참이었는데, 의자에 모자를 내려놓고 장갑을 벗기 시작했다.

매드빅은 바지 주머니에 손을 넣은 채로 친근하게 웃고서 말했다.

"잘 지내나, 섀드?"

"잘 지냅니다, 폴. 당신은 어떠신지?"

백발의 남자가 말했다. 음악 같은 바리톤 음성이었다. 극히 희미한 악센트가 배어나왔다.

매드빅은 의자에 앉아 있던 남자를 가리키며 머리를 살짝 까딱인 뒤 물었다.

"보몬트는 알겠지?"

"압니다." 오로리가 말했다.

"그래." 네드 보몬트가 말했다.

둘 다 서로 고개를 끄덕이지 않았고, 네드 보몬트는 의자에서 일어나지 않았다.

섀드 오로리는 장갑을 다 벗었다. 그는 장갑을 오버코트 주머니에 넣고서 말했다.

"정치는 정치고 사업은 사업입니다. 난 이제껏 대가를 치렀고 앞으로도 그럴 생각이지만, 값을 치른 만큼은 받고 싶군요."

그의 절제된 음성은 한마디로 유쾌할 정도로 진지했다.

"그게 무슨 뜻인가?"

매드빅은 그리 신경 쓰지 않는다는 투로 물었다.

"내 말은 이 도시의 경찰 중 절반은 나와 내 친구들이 먹이는 쩐으로 케이크와 맥주를 산다는 겁니다."

매드빅이 탁자 옆에 앉더니 여전히 무심하게 물었다.

"그래서?"

"값을 치른 대가를 받고 싶군요. 난 날 그냥 놔두라는 뜻으로 돈을 내는 겁니다. 그냥 놔주시길 바랍니다."

매드빅이 킬킬거렸다.

"혹시 말이지, 섀드, 자네 지금 경찰관들이 더 이상 매수되지 않는다고 나한테 불평하는 건 아니겠지?"

"내 가게들을 닫으라는 명령이 당신에게서 직접 왔다고 둘런이 어젯밤 내게 말해줬다는 뜻입니다."

매드빅은 다시 킬킬거리고는 네드 보몬트 쪽으로 고개를 돌려 말했다.

"어떻게 생각하나, 네드?"

네드 보몬트는 희미하게 웃을 뿐 아무 말도 없었다.

매드빅이 말했다.

"내가 어떻게 생각하는지 아나? 둘런 지서장이 일을 너무 열심히 하는 것 같네. 누군가 둘런 지서장에게 자아앙기 휴가라도 줘야 할 것 같군. 내가 잊어버리지 않게 해 주게."

"난 경찰의 비호를 샀습니다, 폴, 그리고 그걸 받고 싶습니다. 사업은 사업이고 정치는 정치지요. 분리해서 생각해 주시지요."

"싫은데."

섀드 오로리의 푸른 눈이 먼 곳에 있는 뭔가를 꿈꾸듯 쳐다보았다. 그는 다소 슬프게 웃었고, 다시 말할 때는 아일랜드 악센트가 살며시 묻어나는 음악 같은 목소리에 슬픈 기미가 어렸다.

"그럼 살육전이 될 텐데요."

매드빅의 푸른 눈은 뿌옜고 음성도 눈빛만큼이나 읽어내기 어려웠다.

"자네가 살육전이 되게 한다면 그렇겠지."

백발의 섀드가 고개를 끄덕이며 여전히 슬픈 어조로 말했다.

"살육이 될 수밖에 없습니다. 난 이제 너무 커서 당신 맘대로 걷어차 버리기엔 무리거든요."

매드빅은 의자에서 몸을 뒤로 기대고 다리를 꼬았다. 그의 목소리는 그의 말에 무게를 거의 실어 주지 못했다.

"어쩌면 너무 커져서 그냥 당하지는 않을지 모르지만, 어쨌거나 당하게 될 거야." 그는 입술을 오므리고 덧붙이듯 말했다. "되고말고."

꿈꾸는 듯한 눈빛과 슬픔이 섀드 오로리의 눈에서 순식간에 꺼졌다. 그는 머리에 검정 모자를 쓰고 코트 칼라를 목에 달았다. 그러고는 긴 흰색 손가락으로 매드빅을 가리키며 말했다.

"오늘 밤 도그 하우스를 다시 열 겁니다. 방해받고 싶지 않군요. 방해하면 나도 당신을 방해하겠습니다."

매드빅은 꼰 다리를 펴고 탁자 위에 있던 전화기에 손을 뻗었다. 그는 경찰서에 전화를 걸어 서장을 바꾸라고 한 뒤 말했다.

"여보세요, 레이니. ……그래, 잘 있지. 거긴 어때? ……잘됐군. 근데, 레이니, 듣자 하니 섀드가 오늘 밤 다시 열 생각이라는군. ……그래. ……그래, 문이 부서져라 세게 걷어차 주라고. ……그렇지. ……좋아. 끊지." 그는 전화기를 내려놓고 오로리에게 말했다. "이제 자기 처지를 좀 알겠나? 자넨 끝났어, 섀드. 여기선 영원히 끝났다고."

"알겠습니다."

오로리가 부드럽게 말했다. 그러고는 몸을 돌려 문을 열고 나갔다.

안짱다리 악당은 나가다가 앞에 있던 융단에 고의적으로 침을 뱉고는 대담하게 도전하는 눈빛으로 매드빅과 네드 보몬트를 노려보고는 나갔다.

네드 보몬트는 손수건으로 손바닥을 닦았다. 그는 매드빅에게 아무 말 하지 않았다. 매드빅은 왜 그러냐는 듯 그를 보았다. 네드 보몬트의 눈은 우울했다.

잠시 후 매드빅이 물었다.

"어때?"

"틀렸어, 폴."

매드빅은 일어서서 창가로 갔다. 그는 어깨 너머로 불평했다.

"젠장 맞을! 너한테 만족스러운 게 있긴 하냐?"

네드 보몬트는 의자에서 일어나 문으로 걸어갔다.

매드빅은 창가에서 몸을 돌려 성내며 물었다.

"또 그 멍청한 짓거리냐?"

네드 보몬트는 "그래."라고 말하고 방에서 나갔다. 그는 아래층으로 내려가 모자를 쓰고 로그 캐빈 클럽에서 나왔다. 그는 일곱 블록을 걸어서 기차역으로 가서 뉴욕행 열차표를 사고는 야간 열차를 예약했다. 그런 뒤 택시를 타고 집으로 돌아갔다.

회색 옷을 입은 통통하고 두루뭉술한 여자와 아직 덜 자란 통통한 소년이 네드 보몬트의 트렁크와 가죽 가방을 그의 감독 하에 싸고 있을 때, 초인종이 울렸다.

여자는 투덜대며 일어나서 문으로 다가갔다. 문을 활짝 열었다.

"어머나, 매드빅 씨. 어서 들어오세요."

매드빅은 들어오며 말했다.

"요즘 어떠세요, 듀빈 부인? 날마다 젊어지시는 것 같군요." 그의 눈길이 트렁크와 가방을 지나 소년으로 이동했다. "안녕, 찰리. 콘크리트 혼합기 탈 준비는 됐느냐?"

소년은 당혹스러운 듯 씩 웃더니 말했다.

"안녕하세요, 매드빅 씨?"

매드빅의 웃음이 네드 보몬트를 향했다.

"어디 가나?"

네드 보몬트는 예의 바르게 웃었다.

"응."

매드빅은 방을 둘러보고, 가방과 트렁크며 의자에 쌓인 옷가지와 열린 서랍장을 다시 보았다. 여자와 소년은 하던 일을 다시 시작했다. 네드 보몬트는 의자에 놓여 있던 옷 중에서 약간 색이 바랜 셔츠를 두 장 발견하고 옆에다 치워놓았다.

"30분 정도 있냐, 네드?"

"시간이야 많지."

"모자 챙겨."

네드 보몬트는 모자와 오버코트를 챙겼다.

"넣을 수 있는 대로 다 넣어. 그리고 남은 건 다른 물건들과 함께 보내면 돼."

그는 여자에게 말하며 매드빅과 함께 문으로 향했다. 그와 매드빅은 아래층으로 내려가 길가로 나갔다. 그들은 남쪽으로 한 블록 걸어갔다. 그때 매드빅이 물었다.

"어디 가는 거냐, 네드?"

"뉴욕."

그들은 골목으로 꺾어졌다.

매드빅이 물었다.

"아주?"

네드 보몬트가 으쓱했다.

"여길 뜰 생각이야."

두 사람은 한 벽돌건물의 붉은 벽에 붙은 초록색 나무문을 열고서 통로로 가더니, 또 다른 문을 열고 대여섯 명 정도가 술을 마시고 있던 바로 들어갔다. 그들은 탁자 네 개가 놓여 있던 작은 방으로 들어가면서 바텐더와 세 남자와 인사를 주고받았다. 거기엔 아무도 없었다. 그들은 한 탁자에 앉았다.

바텐더가 고개를 들이밀고 물었다.

"평소대로 맥주요?"

매드빅은 "그래."라고 말한 뒤 바텐더가 사라지자 네드 보몬트에게 물었다.

"왜?"

"시골뜨기 동네가 진절머리가 나서."

"내 얘기냐?"

네드 보몬트는 아무 말도 하지 않았다.

매드빅은 잠시 말 없이 있었다. 그러더니 한숨 쉬고는 말했다.

"참 절묘한 때 날 내버리는구나." 바텐더가 담색 맥주 두 잔과 프레첼 한 그릇을 가지고 왔다. 그가 다시 문을 닫으며 나가자, 매드빅이 소리쳤다. "젠장, 같이 놀기 정말 힘들구나, 네드!"

네드 보몬트는 어깨를 으쓱한 뒤 잔을 들고 마셨다.

"아니라고 한 적 없는데."

매드빅은 프레첼을 잘게 부수고 있었다.

"정말 가고 싶은 거냐, 네드?"

"갈 거야."

매드빅은 프레첼 부스러기를 탁자에 떨어뜨리고 주머니에서 수표첩을 꺼냈다. 그는 수표를 한 장 찢더니 다른 주머니에서 만년필을 꺼내어 내용을 기입했다. 그런 뒤 흔들어 잉크를 말리고는 네드 보몬트 앞에 내려놓았다.

수표를 내려다본 네드 보몬트는 고개를 흔들고 말했다.

"난 돈 필요 없고, 형도 나한테 빚진 거 없어."

"있어. 그보다 더 많이 빚졌지, 네드. 네가 받아 주면 좋겠다."

네드 보몬트는 "알았어, 고마워."라고 말하고 수표를 주머니에 넣었다.

매드빅은 맥주를 마시고 프레첼을 먹고 다시 맥주를 마시기 시작하다가 잔을 탁자에 내려놓고 물었다.

"혹시 생각하고 있는 거…… 어떤 개소리든 좋으니…… 오늘 오후에 클럽에서 말한 거 말고 있나?"

네드 보몬트는 고개를 가로저었다.

"그런 식으로 말하지 마. 누구라도 용납 못해."

"제길, 네드, 내가 뭐라고 하든."

네드 보몬트는 아무 말도 하지 않았다.

매드빅은 다시 술을 마셨다.

"오로리를 다룬 방식이 틀렸다고 생각하는 이유를 말해 줄 수 있겠냐?"

"아무 도움도 안 돼."

"그래도 해 봐."

"좋아, 하지만 아무 도움도 안 될 거야." 네드 보몬트는 의자를 뒤로 기울이며 한손으로 맥주잔을, 다른 손으로 프레첼을 들고 있었다. "섀드는 싸울 거야. 그럴 수밖에 없어. 형이 구석으로 몰았으니까. 형은 그자에게 여기서 영원히 끝났다고 했어. 그자는 이제 어쩔 수 없이 모험을 해야 하게 됐다고. 이번 선거를 틀어지게 만들 수 있다면, 그자는 이기기 위해서 틀림없이 뭐든 돈으로 사려고 할 테지. 형은 그자에게 경찰력을 동원하고 있어. 그자는 경찰과 싸워야 할 테고 싸울 거야. 그건 범죄 급증으로 보이는 상황이 연출될 수도 있다는 뜻이지. 형은 지금 이 도시의 행정부 전체를 재임되게 하려고 하고 있어. 그런데 선거 직전에 범죄가 급증한다면…… 게다가 십중팔구는 통제를 벗어날 텐데…… 그 사람들이 일을 잘해 낸다는 인상을 주기가 어렵지. 그들은……."

"넌 내가 그놈에게 굴복했어야 한다는 거냐?"

매드빅이 노려보며 다그쳤다.

"그런 건 아냐. 그자가 달아날 길, 도망칠 구멍은 남겨뒀어야 한다는 얘기지. 벽에 등을 지도록 몰아넣으면 안 되는 거였다고."

매드빅은 더 강하게 노려보았다.

"난 네가 싸우는 방식은 모른다. 그놈이 시작한 거야. 내가 아는 건 누군가 구석에 몰렸으면 가서 끝장을 내야 한다는 것뿐이다. 지금까지 난 그런 식으로 그럭저럭 해 왔어." 그는 조금 얼굴을 붉혔다. "그렇다고 내가 나폴레옹 같은 거라도 된다고 생각한다는 뜻은 아니다, 네드, 하지만 난 옛날 5번 가에서 패키 플러드의 심부름이나 하다가 지금은 제법 좋은 자리에 앉아 있다."

네드 보몬트는 잔을 비우고 의자의 앞다리를 바닥에 내려놓았다.

"말해 봤자 도움 안 될 거라고 했잖아. 알아서 해. 옛날 5번 가에서 통하던 게 언제까지나 통할 거라고 생각하시라고."

매드빅의 음성에는 분개와 굴욕 같은 것이 어려 있었다.

"넌 내가 대단한 정치가라고 생각하지 않는구나, 그렇지 네드?"

이제 네드 보몬트의 얼굴이 붉어졌다.

"그런 말 한 적 없어, 형."

"하지만 결국 그런 뜻이지, 아닌가?"

매드빅이 고집했다.

"아니, 하지만 이번에 자충수를 둔 건 맞다고 봐. 우선 형은 헨리 가의 구슬림에 넘어가 의원을 후원하기로 했어. 구석에 몰린 적에게 가서 끝장낼 기회가 있었는데, 그 적한테 마침 사회적 지위와 딸과 기타 등등이 있었고, 그래서 형은……"

"입 좀 닥쳐, 네드."

매드빅이 툴툴댔다.

네드 보몬트의 얼굴이 무표정해졌다. 그는 “자, 난 가 봐야겠어.”라고 말하며 일어서서 문 쪽으로 몸을 돌렸다.

매드빅은 즉시 일어나서 따라가며 네드 보몬트의 어깨에 손을 얹었다.

“기다려, 네드.”

“손 치워.”

네드 보몬트가 말했다. 그는 돌아보지 않았다.

매드빅은 다른 손을 네드 보몬트의 팔에 대고 돌아서게 한 뒤 말을 시작했다.

“이봐, 네드.”

“놔.”

네드 보몬트의 입술은 창백하고 뻣뻣했다.

매드빅이 그를 흔들었다.

“멍청한 짓 좀 하지 마. 너와 나는……”

네드 보몬트가 왼 주먹으로 매드빅의 입을 쳤다.

매드빅이 네드 보몬트의 몸에서 손을 놓고 두 걸음 물러났다. 심장이 한 세 번 뛰는 동안, 그의 입이 떡 벌어지고 놀라움이 얼굴에 번졌다. 그러더니 얼굴이 분노로 시커매졌고, 그가 입을 굳게 다물자 턱이 단단해지며 돌출했다. 그는 주먹을 쥐고, 어깨를 구부리고, 몸을 앞으로 숙였다.

네드 보몬트는 손을 휙 뻗어 탁자에 놓여 있던 무거운 유리

잔을 쥐었지만, 집어 들지는 않았다. 잔을 쥐려고 몸을 그쪽으로 기울여야 했기 때문에 몸이 약간 기울어 있었다. 그 외에는 금발의 매드빅을 똑바로 마주보고 서 있었다. 그의 얼굴은 마르고 빳빳해졌고, 입 주위에는 창백한 주름이 잡혔다. 짙은 눈동자가 매드빅의 파란 눈을 무섭게 노려보았다.

두 사람은 그렇게, 두 걸음도 떨어지지 않고 서 있었다…….
한쪽은 금발에 키가 크고 체격이 건장한 남자가 앞으로 몸을 푹 숙이고 널따란 어깨를 웅크린 채 커다란 주먹을 쥐고 있었고, 다른 한 쪽은 눈도 머리도 짙은 색에 키 크고 마른 남자가 몸을 한쪽으로 약간 튼 채 한쪽 팔로 무거운 유리잔 손잡이를 쥐고 있었다. 두 남자의 숨소리 외에는 아무 소리도 들리지 않았다. 얇은 문 건너편에서도 잔이 덜그럭거리는 소리나 웅웅대는 말소리나 물이 첨벙대는 소리도 들리지 않았다.

거의 2분이 지나자 네드 보몬트가 잔에서 손을 떼고 매드빅에게 등을 돌렸다. 네드 보몬트는 더 이상 매드빅을 보지 않게 되자 눈빛이 성난 듯 이글거리는 대신 차갑고 단단해졌다는 것만 빼면 달라진 점이 없었다. 그는 느긋하게 문으로 걸어갔다.

매드빅은 몸속 깊은 곳에서 쉰 소리를 내며 말했다.

"네드."

네드 보몬트는 멈췄다. 그의 얼굴이 더 창백해졌다. 그는 돌아보지 않았다.

“이 미친 개새끼야.”

그러자 네드 보몬트가 천천히 돌아섰다.

매드빅은 손바닥을 뻗어 네드 보몬트의 얼굴을 옆으로 밀쳤고, 네드 보몬트는 균형이 무너져 재빠르게 한쪽 발을 움직이며 탁자 옆 의자에 한 손을 짚어야 했다.

매드빅이 말했다.

“네 녀석을 질펀하게 두드려 줘야겠다.”

네드 보몬트는 멋쩍어 하며 씩 웃고는 손으로 짚은 의자에 앉았다. 매드빅은 그를 마주보며 의자에 앉아 잔을 탁자 위에 쿵 하고 내려놓았다.

바텐더가 문을 열고 머리를 들이밀었다.

“맥주 더 가져와.” 매드빅이 말했다.

열린 문으로, 바에서 사람들이 말하는 소리와 유리잔이 서로서로, 탁자에 부딪히는 소리가 들려왔다.

4장

도그 하우스

네드 보몬트는 침대에서 아침을 들다가 "들어와요."라고 외치고는, 바깥문이 열렸다가 닫히자 말했다.

"누구시죠?"

거실에서 낮고 거슬리는 음성이 물었다.

"어디예요, 네드?" 네드 보몬트가 대답하기도 전에 거슬리는 음성의 주인공이 침실 문으로 다가와 말했다. "꽤나 늘어져 있군요."

그는 건장한 젊은 남자로, 얼굴은 사각에 누렇게 떴고 두껍고 큰 입술 끝에는 담배가 매달려 있었으며 명랑해 보이는 짙은 눈은 사팔뜨기였다.

네드 보몬트가 말했다.

"여어, 위스키. 의자에 좀 앉으라고."

위스키가 방을 둘러보았다.

"제법 괜찮은 집구석이군요." 그는 입술에서 담배를 꺼내더니 고개를 돌리지 않은 채 담배로 어깨 너머의 거실을 가리켰다. "저 가방들은 뭡니까? 나가요?"

네드 보몬트는 스크램블 에그를 자근자근 씹어 삼킨 뒤 대답했다.

"생각 중이야."

위스키는 "그래요?"라고 말하고 침대 쪽으로 놓인 의자로 움직였다.

"어디로요?"

"아마 뉴욕으로."

"아마라니 무슨 뜻이에요?"

"뭐, 거기로 가는 표가 있거든."

위스키는 담뱃재를 바닥에 떨어뜨리고는 담배를 입술 왼쪽에 끼웠다. 그는 킁킁거렸다.

"얼마나 오래 가 있을 생각입니까?"

네드 보몬트는 쟁반에 놓인 커피 잔을 입으로 가져가는 도중에 멈췄다. 그는 잔 뒤에 있는 누런 젊은이를 생각에 잠긴 듯 쳐다보았다. 그는 마침내 입을 열어 "편도 표야."라고 말하고는 커피를 마셨다.

위스키는 눈을 가늘게 뜨고 네드 보몬트를 쳐다보았다. 한쪽 눈은 아주 감겼고 다른 쪽은 가늘게 검은 빛이 새어나올 정도였다. 그는 입에서 담배를 꺼내어 바닥에 재를 더 떨어뜨렸다. 거슬리는 목소리에 설득력 있는 어조를 싣고 그가 제안했다.

"가기 전에 섀드를 보는 건 어때요?"

네드 보몬트는 잔을 내려놓고 웃었다.

"섀드와 나는 딱히 친구 사이도 아니라 내가 인사도 없이 가 버린다고 상처 받진 않을 거다."

"그 말이 아니잖아요."

네드 보몬트가 무릎에 있던 쟁반을 침대 옆 탁자에 옮겨 놨다. 그는 한쪽으로 몸을 돌려 베개에 한쪽 팔꿈치를 받치고는 물었다.

"그럼 무슨 소린데?"

"내 말은 당신이 섀드랑 같이 사업을 할 수 있을 거란 얘깁니다."

네드 보몬트가 고개를 흔들었다.

"아닐걸."

"당신이 틀릴 수도 있잖아요?" 위스키가 따졌다.

"물론. 1912년에 그런 적이 있지. 무슨 일이었는지는 잊었지만."

위스키가 일어나서 쟁반에 있던 그릇에 담배를 짓이겼다.

침대 옆 탁자 근처에 서서 그는 말했다.

"한번 해 보지 그래요, 네드?"

네드는 인상을 썼다.

"시간 낭비 같은데, 위스키. 섀드와 내가 잘 지낼 것 같지가 않아."

위스키는 치아 사이로 공기를 빨아들이며 시끄러운 소리를 냈다. 밑으로 처진 두꺼운 아랫입술이 조롱하는 듯한 분위기를 가미했다.

"섀드는 될 거라고 생각하는데요."

네드 보몬트가 눈을 떴다.

"그래? 그가 널 보낸 건가?"

"제길, 그래요. 그러지 않았는데 내가 여기서 이런 식으로 말할 거라고 생각진 않겠죠."

네드 보몬트는 다시 눈을 가늘게 뜨고는 물었다.

"왜지?"

"왜냐하면 당신과 섀드가 같이 사업할 수 있을 거라고 생각했으니까죠."

"그러니까 왜 내가 같이 사업하고 싶어 할 거라고 생각했느냐는 말이지?"

위스키가 넌더리를 냈다.

"지금 나 놀리는 겁니까, 네드?"

"아니."

"아, 젠장, 어제 폴이랑 당신 사이가 펍 카슨에서 쫑 났다는 거 동네 사람들이 모를 거라고 생각합니까?"

네드 보몬트가 고개를 끄덕였다. 그는 혼잣말하듯 나직이 말했다.

"그렇게 된 거군."

"그거죠. 그리고 섀드는 폴이 섀드의 술집을 망쳐 놓은 걸 당신이 좋게 생각지 않는다는 걸 우연히 알게 됐고요. 그러니까 머리를 써 보면 섀드와 당신이 좋은 그림이 나온다는 거죠."

쉰 목소리로 설득하려는 위스키에게 네드 보몬트는 사려 깊게 대답했다.

"글쎄. 난 여기서 나가서 대도시로 돌아가고 싶어."

"머리를 써요. 대도시는 선거 끝난 뒤에 가도 돼요. 붙어 있어요. 섀드가 돈줄 넉넉하다는 거 알죠, 지금 매드빅을 쓰러뜨리려고 돈 꾸러미를 풀고 있다고요. 붙어서 한몫 챙겨요."

네드 보몬트가 천천히 말했다.

"음, 얘기해 보는 건 나쁘지 않겠군."

"그렇고말고요. 옷 걸치고 나갑시다."

위스키가 기꺼워하며 말했다.

네드 보몬트는 "그래."라고 말하며 침대에서 나왔다.

섀드 오로리가 일어나서 고개를 숙여 인사했다.

"만나서 반갑소, 보몬트. 모자와 코트는 아무 데나 놓으시지요."

그는 악수를 청하지는 않았다.

네드 보몬트는 "안녕하시오."라고 말하고 코트를 벗기 시작했다.

통로에 있던 위스키가 말했다.

"자, 저는 나중에 뵙지요."

오로리가 "그러지."라고 말하자 위스키는 나가면서 문을 닫아 두 사람만 남겨 두었다.

네드 보몬트는 소파 팔걸이에 오버코트를 내려놓고 그 위에 모자를 놓고서 그 옆에 앉았다. 그는 호기심 없는 눈으로 오로리를 쳐다보았다.

오로리는 패드를 두툼하게 댄, 칙칙한 와인색과 금색이 뒤섞인 땅딸막한 의자로 돌아가 앉았다. 그는 다리를 꼬고 손가락 끝이 서로 닿도록 하여 무릎 위에 얹었다. 그러고는 잘 조각된 듯한 머리를 가슴께로 숙여, 청회색 눈으로 네드 보몬트를 올려다보며 유쾌한 아일랜드 어투로 말했다.

"폴에게 그만두라고 말해 주었다니, 신세를 졌소이다."

"신세는 무슨."

"아닌가요?"

"아니요. 그때 난 폴의 편이었소. 내가 말한 건 그를 위해서였지. 그가 악수를 두고 있다고 생각했거든."

잠시 둘 사이에 침묵이 이어졌다. 오로리는 의자에 반쯤 잠겨 네드 보몬트를 향해 웃고 있었다. 네드 보몬트는 소파에 앉아 무슨 생각인지 알 수 없는 눈길로 오로리를 쳐다보고 있었다.

침묵을 깬 것은 오로리의 질문이었다.

"위스키가 얼마나 말했지요?"

"아무것도. 당신이 날 보고 싶어 한다고 전하더군."

오로리는 양 손가락 끝을 떼고 한쪽 손바닥으로 메마른 다른 쪽 손등을 두드렸다.

"거기까지라면 맞는 말만 했군요. 당신과 폴이 완전히 갈라섰다는 것이 맞습니까?"

"이미 알고 있지 않소. 그래서 날 부른 걸로 아는데."

"그렇게 들었지요. 하지만 항상 그대로 되는 건 아니더군요. 이제 어떻게 할 생각이신지?"

"주머니에 뉴욕행 표도 있고, 짐도 다 싸 놓았소."

오로리는 한 손을 들어 윤기 나는 백발을 쓰다듬었다.

"여기 오기 전에 뉴욕에 있으셨다지요?"

"어디서 왔는지는 누구에게도 말한 적 없소만."

오로리는 머리에서 손을 내려 항변하는 듯한 동작을 취했다.

"누가 어디서 왔든, 내가 그런 데 신경 쓸 사람이 아니라고 생각하시는군요?"

네드 보몬트는 아무 말도 하지 않았다.

백발의 오로리가 말했다.

"하지만 난 당신이 어디로 가는지는 신경이 쓰이는군요. 내 뜻대로만 할 수 있다면, 잠시 뉴욕으로 가지 않으셨으면 합니다. 바로 여기서 아직도 상당한 이익을 얻을 수 있으리라고는 생각해 보신 적이 없는지요?"

"없소. 그러니까 위스키가 말을 꺼내기 전까지는 말이오."

"그럼 지금은 어떠신지?"

"아직 아무것도 모르오. 당신 말을 들어봐야겠지."

오로리는 다시 머리에 손을 대었다. 그의 청회색 눈은 친근하고 예리했다. 그는 물었다.

"여기는 얼마나 계셨지요?"

"15개월."

"그리고 당신과 폴이 두 손가락처럼 가깝게 지내게 된 지는?"

"1년."

오로리가 끄덕였다.

"그러면 폴에 관해 여러 가지로 알고 계시겠군요."

"그렇소."

"내가 이용할 수 있는 것도 많이 알고 계시겠지요."

네드 보몬트가 침착하게 말했다.

"제안을 해 보시오."

오로리는 의자에서 몸을 일으켜 네드 보몬트가 들어온 문과 반대편 문으로 다가갔다. 그가 문을 열자 커다란 잉글리시 불도그가 뒤뚱대며 들어왔다. 오로리는 의자로 돌아갔다. 불도그는 와인색과 금색이 섞인 의자 앞 융단에 앉아 뚱한 눈으로 주인을 올려다보았다.

"내가 한 가지 제안할 수 있는 건 폴에게 크게 갚아 줄 기회를 드리는 겁니다."

"그건 필요 없는데."

"그런가요?"

"내가 아는 한 우린 엇셈이오."

오로리가 고개를 들었다. 그는 나직이 말했다.

"그래서 그를 해치는 일은 하지 않겠다는 건가요?"

네드 보몬트가 다소 짜증스레 답했다.

"그런 얘긴 아니오. 그를 해치는 건 상관없지만, 나 혼자서 언제라도 할 수 있는 일이고, 내게 기회를 준다는 구실로 당신이 내게 뭔가 해 준다고 생각하는 건 바라지 않소."

오로리는 고개를 유쾌하게 위아래로 흔들었다.

"좋아요, 그럼 폴은 당하겠군요. 그는 테일러 헨리를 왜 제거했지요?"

네드 보몬트가 웃었다.

"진정하시오. 아직 내게 제안도 하지 않았잖소. 좋은 개로군. 몇 살이나 됐소?"

"살 만큼 살았지요, 일곱 살입니다." 오로리는 발을 뻗어 끝으로 개의 코를 문질렀다. 개는 꼬리를 느릿느릿 흔들었다. "이런 건 어떨까요? 선거 후에 이 주에서 아직 선보인 적 없는 최고의 도박장을 당신에게 맡길 테니 원하는 대로 운영하고 최고의 보호를 받도록 해 드리지요."

네드 보몬트가 다소 지루하다는 듯 말했다.

"그건 '조건적' 제안이오. 당신이 '이긴다면' 말이지. 어쨌거나 난 선거 후는 물론이고 그때까지 여기 있고 싶은지도 모르겠어서."

오로리는 신발 끝으로 개의 코를 문지르다 말았다. 그는 다시 네드 보몬트를 올려다보고 꿈꾸듯 웃은 뒤 물었다.

"우리가 선거에 이기지 않을 거라고 생각하시나요?"

네드 보몬트는 웃었다.

"당신도 거기에 돈을 걸진 않을걸."

오로리는 여전히 꿈꾸듯 웃으며 다른 질문을 던졌다.

"당신은 나와 파트너가 되는 게 그리 달갑지 않은 모양이로군요, 보몬트?"

네드 보몬트는 일어서며 모자를 썼다.

"맞소. 어차피 내 생각도 아니었고." 그의 목소리는 태평했고 얼굴은 예의 바르지만 무표정했다. 그는 오버코트를 집었다. "위스키에게도 시간 낭비일 거라고 말했소만."

"앉으시지요. 얘기는 좀 더 할 수 있지 않나요? 어쩌면 얘기가 끝나기 전에 뭔가 달라질지도 모르지요."

백발의 오로리가 말했다.

네드 보몬트는 주저하며 어깨를 조금 으쓱하고는 모자를 벗고 오버코트를 소파에 내려놓고 그 옆에 앉았다.

"우리 쪽에 합류한다면 당장 1만 달러를 주고 우리가 선거에서 폴을 이긴다면 1만 달러를 더 줄 뿐 아니라 그 도박장 건도 당신 뜻대로 하게 해 드리지요."

네드 보몬트는 입술을 오므리고는 찡그린 미간 아래로 음울하게 오로리를 응시했다.

"당신은 내가 폴을 배신하길 바라겠지, 당연히."

"그가 연루되어 있는 모든 것의…… 하수 계약 건, 테일러 헨리 살해 동기와 방법, 지난겨울 슈메이커 폐기 건, 도시 운영 관련 비리들까지…… 실상을 《옵저버》에 낱낱이 까발려 주세요."

"하수도 사업 건은 건드릴 게 없는데. 냄새 나지 않을 정도로만 이윤을 조정해 두었거든."

네드 보몬트는 다른 생각에 마음이 가 있는 듯 말했다.

"좋습니다. 하지만 테일러 헨리 건은 파낼 게 있지요."

오로리는 침착하고 자신 있게 수긍했다.

"그렇소, 그걸로 엮을 수 있을 거요." 네드 보몬트는 인상을 쓰며 말했다. "하지만 슈메이커 건은 써먹을 수 있을지 모르겠군……. (그는 주저했다.) 나도 곤란해질 거라서."

오로리가 재빠르게 말했다.

"저런, 그건 안 되지요. 그건 뺍시다. 그 외에 뭐가 있지요?"

"아마 시내 전차 프랜차이즈 확장 건과 작년에 있었던 카운티 서기 사무실 사건을 써먹을 수 있을 거요. 하지만 먼저 파헤치기부터 해야겠지."

"당신에게나 내게나 유용할 겁니다.《옵저버》에 있는 힝클이란 친구를 시켜서 그럴 듯하게 만들라고 하겠습니다. 당신은 그냥 썰만 풀어놓고 쓰는 건 그 친구에게 맡기세요. 먼저 테일러 헨리 건부터 시작하지요. 언제든지 써먹을 수 있는 것이니까."

"아마도."

네드 보몬트는 엄지손톱으로 콧수염을 쓸며 웅얼거렸다.

"내가 1만 달러를 먼저 줘야 한다는 얘긴가요? 그거 뼈 있는 얘기로군요."

오로리가 웃었다. 그는 일어나서 방을 가로질러 개를 들여보냈던 문으로 갔다. 그리고 문을 열고 나가더니 닫았다. 개는 와인색과 금색이 섞인 의자 앞에서 움직이지 않았다.

네드 보몬트는 시가에 불을 붙였다. 개가 고개를 돌려 그를 쳐다보았다.

오로리는 녹색 100달러 지폐 한 다발을 들고 돌아왔다. 지폐 다발은 갈색 종이 띠가 둘러져 있었고, 종이 위에는 파란 잉크로 만 달러라고 쓰여 있었다. 그는 비어 있는 다른 손으로 돈뭉치를 두드리며 말했다.

"힝클은 지금 저기 있습니다. 내가 들어오라고 했습니다."

네드 보몬트가 인상을 찌푸렸다.

"생각을 정리하려면 시간이 좀 필요한데."

"그냥 떠오르는 대로 힝클에게 말하시지요. 그가 알아서 할 겁니다."

네드 보몬트가 끄덕였다. 그는 시가 연기를 내뿜고는 말했다.

"좋소, 그렇게 하지."

오로리가 지폐 다발을 내밀었다.

네드 보몬트는 "고맙소."라고 말하고는 다발을 받아 코트 안주머니에 넣었다. 평평한 가슴이 불룩 튀어나왔다.

섀드 오로리는 "나도 마찬가지."라고 말하고는 의자로 돌아갔다.

네드 보몬트는 입에서 시가를 꺼냈다.

"생각하는 동안 말해 주고 싶은 게 있소. 월터 아이번스를 웨스트 살해 사건에 엮어 봐야 폴에게 별 타격을 주지 못할 거요."

오로리는 호기심 어린 눈으로 잠시 네드 보몬트를 쳐다보다가 물었다.

"왜지요?"

"폴은 월터가 클럽 알리바이를 이용하게 내버려 두지 않을 거요."

"당신 말은 폴이 똘마니들한테 아이번스가 거기 있었다는 걸 잊어버리라고 명령할 거란 말인가요?"

"그렇소."

오로리는 혀를 쯧쯧 차며 물었다.

"내가 아이번스를 속일 거라는 걸 폴이 어떻게 알았지요?"

"아, 우리가 유추해서 알아냈소."

"당신이 알아냈다는 얘기겠지요. 폴은 그렇게 약삭빠르지 못하거든."

네드 보몬트는 얼굴을 살짝 찡그리고 물었다.

"아이번스에겐 어떤 수를 써 놓았지?"

오로리는 킬킬댔다.

"그 광대를 브레이우드에 보내 중고 총을 사게 했지요." 그의 청회색 눈이 갑자기 단단하고 날카로워졌다. 그러더니 다시 유쾌함이 돌아왔다. "오, 어쨌건 이제 그건 중요하지 않아요. 폴이 한바탕 소동을 일으킬 게 틀림없으니 말입니다. 하지만 바로 그것 때문에 그가 날 괴롭히기 시작한 건 맞지요?"

"그렇소. 어차피 언젠가는 일어날 일이기는 했지만. 폴은 자기가 당신에게 여기서 시작할 기회를 줬으니 당신이 자기 품에 머물러야지, 자기에게 맞설 정도로 크면 안 된다고 생각하오."

오로리가 부드럽게 웃었다.

"그런데 난 바로 그 기회를 줬다는 걸 후회하게 만들 놈이지요. 그는……."

문이 열리고 한 남자가 들어왔다. 그는 큼직한 회색 옷을 입은 젊은 남자였다. 귀와 코가 무척 컸다. 애매한 갈색 머리칼은 손질이 필요해 보였고 다소 지저분한 얼굴은 나이에 비해 주름이 깊었다.

"들어와, 힝클. 이쪽은 보몬트. 너에게 정보를 줄 거다. 모양새를 만들고 나면 내게 보여라. 내일 조간에 첫 발을 터뜨리는 거다."

힝클은 상한 이를 드러내며 웃고서 뭔가 이해할 수 없는 공손한 말을 네드 보몬트에게 웅얼거렸다.

네드 보몬트는 일어나며 말했다.

"좋소. 이제 내 집으로 가서 일을 시작하겠소."

오로리는 고개를 가로저었다.

"여기가 나을 겁니다."

네드 보몬트는 모자와 오버코트를 들고서 웃으며 말했다.

"미안하지만, 전화 올 것도 있고 할 일도 있어서. 모자 챙기게, 힝클."

힝클은 두려운 듯 멍하니 말 없이 서 있었다.

"여기 있어야 할 겁니다, 보몬트. 당신에게 무슨 일이 일어나게 할 수는 없어요. 여기 있으면 아주 안전할 겁니다."

오로리가 말했다.

네드 보몬트는 최대한 기분 좋게 웃었다.

"돈이 걱정이라면……." 그는 안주머니에 손을 넣어 돈을 꺼냈다. "내가 결과를 보여 줄 때까지 가지고 있으시오."

"난 아무 걱정도 없습니다. 하지만 당신이 내게로 왔다는 소식을 폴이 알게 된다면 당신은 곤란해질 것이고, 난 당신이 당할 위험을 감수하고 싶지 않군요."

오로리가 차분하게 말했다.

"감수해야 할 거요. 난 가겠소."

"안 됩니다."

"가겠소."

힝클은 재빨리 몸을 돌려 방에서 나갔다.

네드 보몬트는 몸을 돌려 자기가 들어온 문으로 서두르지 않고 똑바로 걷기 시작했다.

오로리가 발치에 있던 불도그에게 뭔가 말했다. 개는 묵중한 몸을 일으키더니 뒤뚱뒤뚱 걸어 네드 보몬트와 문 사이에 섰다. 그러고는 다리를 넓게 벌리고 문 앞에 서서 네드 보몬트를 뚱하게 응시했다.

네드 보몬트는 싱긋 웃고는 오로리를 다시 쳐다보았다. 100달러짜리 지폐 뭉치가 아직 그의 손에 있었다. 그는 손을 들고 "이걸로 밑이나 닦든지." 하고 말하고는 지폐 뭉치를 오로리에게 던졌다.

네드 보몬트의 팔이 내려오는 순간 불도그가 어설프게 뛰어오르더니 팔을 물었다. 불도그의 턱이 네드 보몬트의 팔목을 덮쳤다. 네드 보몬트는 충격에 왼쪽으로 몸이 돌아갔고, 개의 무게가 느껴지지 않도록 한쪽 무릎을 굽히고 팔을 바닥 가까이에 내렸다.

섀드 오로리는 의자에서 일어나 힝클이 달아난 문으로 갔다. 그는 문을 열고 말했다.

"당장 튀어 와."

그러더니 네드 보몬트에게 다가갔다. 네드 보몬트는 아직 바닥에 무릎을 꿇고서 불도그가 잡아당기는 힘에 팔을 맡기려고 하고 있었다. 불도그는 바닥에 거의 드러누워 네 발 모두 힘을 줘서 팔을 붙잡고 있었다.

위스키와 남자 둘이 방으로 들어왔다. 그중 한 명은 섀드 오로리를 따라 로그 캐빈 클럽에 왔던 원숭이 같은 안짱다리 남자였다. 다른 남자는 모래색 머리칼의 청년으로 열아홉이나 스물 정도 돼 보였고, 다부지고, 혈색이 발그레하고, 시무룩했다. 시무룩한 그 청년은 네드 보몬트와 문 사이로 돌아갔다. 안짱다리 악당은 네드 보몬트의 왼팔, 개가 물고 있지 않은 팔에 오른손을 댔다. 위스키는 네드 보몬트와 다른 문 사이의 중간에 멈춰 섰다.

오로리가 "패티." 하고 개를 불렀다.

개는 네드 보몬트의 손목을 놓고 뒤뚱대며 주인에게 갔다.

네드 보몬트는 일어섰다. 그의 얼굴은 파리했고 땀으로 축축했다. 그는 해진 코트 소매와 손목과 손에서 흘러내리는 피를 쳐다보았다. 손이 떨리고 있었다.

오로리가 음악 같은 아일랜드 어조로 말했다.

"가져가시지요."

네드 보몬트는 고개를 들어 백발의 오로리를 보았다.

"좋소, 대신 날 여기서 내보내지 않으려면 그걸론 부족할 거요."

네드 보몬트가 눈을 뜨고 신음했다.

빰이 발그레한 모래색 머리칼이 청년이 어깨 너머로 고개를 돌려 으르렁거렸다.

"입 다물어, 이 새끼야."

원숭이 같은 남자가 말했다.

"그냥 내버려 둬, 러스티. 또 나가려고 할지도 모르잖아. 그럼 우리도 재미 좀 보겠지." 그는 부풀어 오른 주먹을 내려다보며 씩 웃었다. "카드나 돌리라고."

네드 보몬트는 페딩크에 관해 뭔가 웅얼거리고는 일어나 앉았다. 그는 침대보 같은 거라고는 전혀 없는 좁다란 침대에 있었다. 매트리스는 혈흔으로 얼룩덜룩했다. 그의 얼굴은 붓고 째지고 피 범벅이었다. 피가 말라서 불도그가 문 손목에 셔츠 소매가 들러붙었고 손에 묻은 피도 굳고 있었다. 그가 있는 방은 노랑과 흰색이 섞인 작은 침실로 의자 두 개, 탁자 하나, 서랍장 하나, 벽에 붙은 거울, 침대 옆에 걸린 흰색 액자에 담긴 프랑스 그림 세 점이 있었다. 침대 아래쪽으로 문이 열려 있고, 그리로 흰색 타일로 마감한 화장실 내부가 보였다. 또 다른 문은 닫혀 있었다. 창문은 없었다.

원숭이 같은 시커먼 남자와 뺨이 발그레하고 머리카락이 모래색인 청년은 탁자에 앉아 카드놀이를 하고 있었다. 약 20달러 정도의 지폐와 동전이 탁자에 놓여 있었다.

네드 보몬트는, 저 밑바닥에서 끓어오르는 증오로 둔탁하게 이글거리는 갈색 눈으로 두 남자를 쳐다보더니 침대에서 내려오기 시작했다. 오른팔은 쓸모가 없었다. 그는 왼손으로 한 번에 한쪽 다리씩 침대 옆으로 내려놓아야 했고, 두 차례 옆으로 쓰러졌다가 다시 왼팔을 짚고 몸을 일으켜야 했다.

한번은 원숭이 같은 남자가 카드에서 눈을 떼어 그를 기분 나쁘게 쳐다보고는 장난하듯 물었다.

"좀 어떠신가, 형제?"

그러더니 두 사람은 그를 내버려 두었다.

그는 마침내 떨면서 침대 옆에 일어섰다. 왼손으로 침대를 붙잡아 균형을 잡고서, 침대 끝으로 이동했다. 거기서 몸을 똑바로 세워, 목표지점을 똑바로 응시하고 휘청거리며 닫힌 문으로 움직였다. 거의 다 가서 비틀대다 무릎을 꿇었으나, 왼손을 필사적으로 뻗어 문손잡이를 잡더니 다시 일어섰다.

그때 원숭이 같은 남자가 조심스레 카드를 탁자에 내려놓고 말했다.

"자."

그는 눈에 띄게 아름다운 흰 치아를 보이며 활짝 웃었고, 그 바람에 치아가 자연산이 아니라는 것이 드러났다. 그는 가서 네드 보몬트 옆에 섰다.

네드 보몬트는 문손잡이를 잡아당기고 있었다.

원숭이 같은 남자는 "이보라고, 후디니(탈출 마술의 대가 해리 후디니 — 옮긴이)."라고 말하고는 온 체중을 주먹에 싣고 네드 보몬트의 얼굴에 오른손 주먹을 날렸다.

네드 보몬트는 벽에 나동그라졌다. 뒤통수가 먼저 벽에 부딪혔고, 다음에 몸이 벽에 쾅 하고 충돌하더니 그대로 바닥으로 미끄러졌다.

빰이 발그레한 러스티는 아직 탁자에 앉아 카드를 들고서 우울하게, 하지만 감정을 담지 않고 말했다.

"저런, 제프, 그러다 잡겠다."

제프가 딱히 세다고 할 수 없을 정도로, 누워 있던 네드 보몬트의 허벅지를 걷어차며 가리켰다.

"이놈이? 이놈은 안 죽어. 튼튼하거든. 질긴 놈이지. 이런 걸 좋아해." 그는 몸을 굽혀 의식을 잃은 네드 보몬트의 옷깃을 양손으로 쥐고는 잡아당겨 무릎을 꿇렸다. "이런 거 좋아하지, 자기?"

그는 물으며, 네드 보몬트를 한 손으로 앉혀 두고 다른 한 주먹으로 얼굴을 쳤다.

바깥에서 문손잡이가 덜그럭거렸다.

제프가 외쳤다.

"누구야?"

"나다."

섀드 오로리의 유쾌한 목소리가 들렸다.

제프는 문이 열릴 정도로 네드 보몬트를 끌어당긴 뒤 자리에 내려놓고, 주머니에서 꺼낸 열쇠로 문을 열었다.

오로리와 위스키가 들어왔다. 오로리는 바닥에 누운 네드 보몬트를 보았다가, 제프를 보더니, 마지막으로 러스티를 보았다. 그의 청회색 눈에 구름이 끼었다. 그가 러스티에게 물었다.

"제프가 재미로 족쳐놓은 거냐?"

빰이 발그레한 러스티가 고개를 가로저었다.

"이 보몬트란 작자는 개자식이에요. 정신을 차릴 때마다 일어나서 뭔가 하려고 한다니까요."

오로리는 네드 보몬트를 내려다보았다.

"죽으면 안 돼, 아직은. 정신 차리게 할 수 있겠나. 얘기 좀 해야겠다."

러스티는 탁자에서 일어났다.

"모르겠습니다. 워낙 맛이 가서."

제프는 그보다 낙관적이었다.

"당연히 깨울 수 있어. 보여 드릴게요. 발 좀 잡아 봐, 러스티."

그는 네드 보몬트의 겨드랑이에 팔을 끼웠다.

그들은 의식을 잃은 네드 보몬트를 화장실로 데려가서 욕조에 넣었다. 제프는 욕조에 마개를 끼우고 머리 위에 걸린 샤워기와 수도꼭지 양쪽에서 모두 찬물이 나오게 틀었다. 그는 예측했다.

"이러면 당장 일어나서 노래를 부를걸."

5분 뒤 물방울이 뚝뚝 떨어지는 네드 보몬트를 그들이 욕조에서 끌어내 일으켜 세웠을 때, 네드 보몬트는 서 있을 수 있었다. 그들은 다시 그를 방으로 데려갔다. 오로리는 담배를 태우며 의자에 앉아 있었다. 위스키는 가고 없었다.

"침대에 내려놔."

오로리가 말했다.

제프와 러스티는 짐을 끌고 침대로 가서 방향을 바꾼 뒤 침대에 내려놓았다. 그들이 손을 떼자 네드 보몬트는 그대로 침대에 자빠졌다. 둘은 다시 네드 보몬트를 앉은 자세로 바꾸었고, 제프는 손바닥으로 퉁퉁 부은 얼굴을 톡톡 두드리며 말했다.

"일어나, 립 밴 윙클(미국 작가 워싱턴 어빙이 쓴 단편 소설 속의 주인공으로, 이상한 술을 마시고 20년간 자다 깨어남. — 옮긴이), 정신 차리라고."

"정신 차리기는 튼 것 같은데요."

시무룩한 러스티가 툴툴거렸다.

"안 차릴 것 같아?"

제프는 유쾌하게 묻고는 다시 네드 보몬트를 쳤다.

네드 보몬트는 그나마 덜 부은 쪽 눈을 겨우 떴다.

"보몬트." 오로리가 말했다.

네드 보몬트는 고개를 들어 방을 둘러보려고 했지만, 섀드 오로리를 알아보지 못하는 것 같았다.

오로리는 의자에서 일어나 네드 보몬트 가까이 가서 서더니, 몸을 숙여 얼굴을 바짝 들이댔다.

"내 말 들립니까, 보몬트?"

오로리의 눈을 향하는 네드 보몬트의 한쪽 눈에 둔탁한 증오가 어려 있었다.

"나 오로리요, 보몬트. 내 말 들립니까?"

부푼 입술을 힘겹게 움직이며, 네드 보몬트가 잠긴 목소리로 말했다.

"그래."

"좋아요. 이제 내 말을 잘 들으세요. 당신은 폴에 관한 정보를 내게 넘길 겁니다." 오로리는 목소리를 높이지 않고, 음악적인 느낌을 전혀 잃지 않고 또렷하게 말했다. "그러지 않겠다고 생각할지 모르겠지만, 결국은 넘기게 될 겁니다. 그렇게 할 때까지 당신과 놀아 드리지요. 내 말 이해하겠습니까?"

네드 보몬트는 웃었다. 얼굴 상태 때문에 끔찍스러운 웃음이 되었다.

"안 넘겨."

"놀아 줘라."

오로리가 뒤로 물러나 말했다.

러스티는 주저했지만, 원숭이 같은 제프는 들어 올린 네드 보몬트의 손을 쳐서 내리고는 침대에 밀쳐 눕혔다.

"시험해 볼 게 있어."

그는 네드 보몬트의 다리를 들어서 침대 위로 내팽개쳤다. 그러고는 네드 보몬트 쪽으로 몸을 숙이고, 손을 바삐 움직여 네드 보몬트를 두드렸다.

네드 보몬트의 몸과 팔과 다리가 발작하듯 뒤틀렸고 신음 소리가 세 차례 났다. 그러더니 잠잠해졌다.

제프는 똑바로 서서 침대에 누운 네드 보몬트에게서 손을 뗐다. 그는 원숭이 같은 입으로 숨을 거칠게 몰아쉬었다. 반쯤은 불평하듯 반쯤은 사과하듯 으르렁댔다.

"이젠 소용없겠군. 또 맛이 가 버렸잖아."

네드 보몬트가 의식을 되찾았을 때 방에는 그 혼자뿐이었다. 불이 켜져 있었다. 그는 전처럼 힘겹게 침대에서 내려가 방을 가로질러 문으로 다가갔다. 문은 잠겨 있었다. 그가 문손잡이를 만지작거리고 있을 때 문이 벌컥 열리며 누군가 그를 벽에 밀어붙였다.

속옷 차림의 제프가 맨발로 방에 들어왔다.

"머저리 아냐? 그놈의 꿍꿍이는 끝도 없어요. 바닥에 내팽개쳐지는 게 지겹지도 않아?"

그는 네드 보몬트의 목을 왼손으로 잡고 오른 주먹으로 한 번, 두 번 쳤지만 전처럼 세게 때리진 않았다. 그러고는 침대 쪽으로 밀쳐서 침대 위에 앉혀 놓았다.

"이번엔 너무 금방 까무러치지 말라고."

네드 보몬트는 눈을 감고 누워 있었다.

제프가 문을 잠그고 나갔다.

네드 보몬트는 고통스레 침대에서 기어나가 문으로 갔다. 그는 문을 열려고 해 보았다. 그러고는 두 걸음 물러나서 문에 몸을 부딪치려고 했지만, 휘청대며 픽 닿을 뿐이었다. 그는 다시 제프가 문을 확 열 때까지 계속 시도했다.

"이렇게 얻어터지는 걸 좋아하는 놈은, 이렇게 쥐어 패는 맛이 있는 놈은 첨이라니까."

제프는 한쪽으로 몸을 깊이 숙이고는 무릎 아래에서 주먹을 위로 휘둘렀다.

네드 보몬트는 보이지 않는 눈으로 주먹의 궤도에 서 있었다. 주먹은 그의 뺨을 쳐서 방에 대자로 뻗게 했다. 그는 넘어진 곳에 가만히 누워 있었다. 두 시간 후에 위스키가 들어왔을 때도 그대로였다.

위스키는 화장실에서 물을 가져다가 그를 깨운 뒤 침대로 가도록 도왔다. 위스키는 간청했다.

"머리를 써요. 이놈들 당신을 죽일 겁니다. 제정신이 아니라고요."

네드 보몬트는 멍하게 핏발 선 눈으로 위스키를 멍하게 쳐다보다가 겨우 말했다.

"죽이라지."

잠을 자던 그를 깨운 것은 오로리, 제프, 러스티였다. 그는 오로리에게 폴 매드빅에 관해 아무것도 말하지 않으려고 했다. 결국 침대 바깥으로 끌려 나가 의식을 잃도록 얻어맞은 뒤 침대에 버려졌다.

몇 시간 뒤에도 같은 일이 반복되었다. 음식은 일절 없었다.

마지막으로 얻어터진 뒤 다시 정신을 차리고 나서 기어서 화장실에 갔을 때, 네드 보몬트는 세면대 기둥 뒤 바닥에서 녹이 잔뜩 슨 얇은 안전 면도날을 보았다. 기둥 뒤에서 날을 꺼내는 데만 10분이 꽉 차게 걸렸고, 수차례 실패한 후에야 무감각한 그의 손가락은 타일 바닥에서 그것을 집어들 수 있었다. 그는 그걸로 목을 그으려고 해 보았지만, 턱만 세 차례 긁고서 바닥에 떨어뜨리고 말았다. 그는 화장실 바닥에 누워서 흐느끼다 잠들었다.

다시 깨어났을 때는 몸을 일으킬 수 있어서 일어났다. 차가운 물에 머리를 적시고 물을 넉 잔 마셨다. 그러자 욕지기가 났고 그 후에는 추워서 몸이 떨리기 시작했다. 방으로 가서 핏자국으로 얼룩진 매트리스 위에 누웠지만, 즉시 일어나 비틀거리고 추적대며 다시 화장실로 서둘러 가서는 무릎을 꿇고서 화장실 바닥을 뒤져 녹슨 면도날을 찾았다. 바닥에 앉아 면도날을 조끼 주머니에 넣었다. 넣다가 주머니에서 라이터가 만져졌다. 그는 라이터를 꺼내서 쳐다보았다. 라이터를 쳐다보는 그의 한쪽 눈에 교활한 번쩍임이 일었다. 제정신인 사람의 눈빛이 아니었다.

이가 딱딱거릴 정도로 떨던 그는 화장실 바닥에서 일어나 다시 방으로 갔다. 원숭이 같은 시커먼 남자와 뺨이 발그레한 시큰둥한 청년이 카드놀이를 하던 탁자 아래에서 신문이 보이자 거친 소리의 웃음이 튀어나왔다. 그는 신문을 찢고 헝클고 뭉쳐서 문으로 가져간 뒤 바닥에 놓았다. 서랍장을 열어 보니 서랍마다 바닥을 덮어 두기 위해 포장지가 접혀 있었다. 그는 포장지를 헝클어 신문과 함께 문 앞에 놓았다. 면도날로 매트리스를 길게 찢어, 속을 채운 거친 회색 면을 잔뜩 끄집어낸 뒤 문으로 가져갔다. 그는 이제 떨지도, 비틀대지도 않았고 양손을 능란하게 놀리고 있었지만 곧 매트리스 속을 빼내는 데 질려 버려서 남은 것을 싹싹 긁어 문으로 가져갔다.

그는 킬킬거리고는, 세 번 시도한 끝에 라이터에 불을 붙였다. 그는 문 아래 놓인 뭉치 밑에 불을 놓았다. 처음에는 뭉치 가까이 서서 쪼그리고 있었지만, 연기가 거세지면서 어쩔 수 없이, 기침하며 뒤로 물러나야 했다. 잠시 후 화장실로 가서 수건에 물을 적시고는 머리에 둘러 눈과 코와 입을 가렸다. 그는 비틀대며 다시 방으로 돌아가, 뿌연 방에서 희미한 형체가 되어 침대에 부딪혀 쓰러져 그 옆 바닥에 앉았다.

제프가 들어와서 네드 보몬트를 발견했다.

제프는 코와 입에 천을 대고서 욕하고 기침하며 들어왔다. 그는 문을 열면서 불에 탄 무더기를 뒤로 조금 밀어냈다. 발로 차서 무더기를 더 흩뜨리고는 나머지를 밟으며 네드 보몬트에게 다가갔다. 그러고는 네드 보몬트의 칼라 뒤를 붙잡고 방에서 끌어냈다.

바깥에서 여전히 네드 보몬트의 칼라 뒷부분을 잡고 있던 제프는 그를 발로 차서 일으켜 세우고는 복도 저쪽 끝으로 끌고 갔다. 거기서 열린 출입구로 네드 보몬트를 밀어 넣고 "돌아오면 한쪽 귀를 먹어 주지, 썩을 놈." 하고 고함치고는 그를 다시 발로 찬 뒤 뒷걸음쳐서 복도로 나간 다음 문을 쾅 닫고 열쇠를 끼우고 돌렸다.

발에 차여 밀려 들어간 방에서 네드 보몬트는 테이블을 붙잡아 겨우 넘어지지 않을 수 있었다. 그는 좀 더 몸을 똑바로 세우고는 주위를 둘러보았다. 두르고 있던 수건이 머플러처럼 목과 어깨에 걸쳐져 있었다. 방에는 창문이 둘 있었다. 가까운 창문으로 가서 열어 보려고 했다. 잠겨 있었다. 잠금장치를 풀고 창문을 올렸다. 바깥은 밤이었다. 그는 창문 난간에 한쪽 다리를, 다시 한쪽 다리를 올린 뒤 몸을 돌려 배를 난간에 걸친 다음 손으로 창틀에 매달려 발바닥이 닿는지 대어 보았으나 닿지 않자 손을 놓아 버렸다.

5장

병원

한 간호사가 네드 보몬트의 얼굴에 뭔가 하고 있었다. 그가 물었다.

"여기가 어디지?"

"세인트 루크 병원이에요."

키 작은 그 간호사는 아주 크고 초롱초롱한 녹갈색 눈에, 목소리는 숨이 가쁜 것처럼 나직했고, 미모사 향이 났다.

"요일은?"

"월요일요."

"몇 년 몇 월이지?" 간호사가 그에게 인상을 썼다. "아, 됐소. 내가 여기 얼마나 있었지?"

"오늘이 사흘째예요."

"전화기 어디 있소?"

그는 일어나 앉으려고 했다.

"관두세요. 전화기는 쓰실 수 없고 흥분하시면 안 돼요."

"그럼 당신이 거시오. 하트포트 6115에 전화해서 매드빅 씨에게 내가 당장 보자고 한다고."

"매드빅 씨는 매일 오후 여기 들르세요. 하지만 테이트 선생님께서 아직 면회를 허락하진 않으실걸요. 사실 지금도 이미 말씀을 너무 많이 하셨다고요."

"지금 몇 시지? 오전? 오후?"

"오전이에요."

"너무 오래 기다려야 해. 지금 전화하시오."

"테이트 선생님께서 잠시 후면 들어오실 거예요."

"테이트인지 뭔지는 필요 없소. 폴 매드빅을 불러 줘."

"시키는 대로 하세요. 거기 누워서 테이트 선생님이 오실 때까지 조용히 기다리세요."

그는 간호사를 쏘아보았다.

"거 참 대단한 간호사시군. 환자들이랑 싸우면 좋지 않다고 누가 안 가르쳐 줬소?" 간호사는 질문을 무시했다. "게다가 지금 턱을 아프게 하고 있잖소."

"가만히 다물고 계시면 안 아플 거예요."

그는 잠시 조용히 있다가 물었다.

"내가 무슨 일을 당한 거 같소? 아님 아직 그런 걸 알 정도로는 공부를 안 하셨나?"

"아마도 술 취해서 싸운 거겠죠." 간호사는 그에게 말했지만, 얼굴 표정을 그대로 유지하진 못했다. 그녀는 웃고서 말했다. "하지만 정말이지 그렇게 말 많이 하시면 안 돼요. 그리고 의사 선생님께서 허락할 때까지는 아무도 만나실 수 없어요."

폴 매드빅은 오후 일찍 도착했다.

"맙소사, 살아서 다시 보니 반갑다!"

그는 붕대를 묶지 않은, 환자의 왼팔을 양손으로 잡았다.

네드 보몬트가 말했다.

"난 괜찮아. 그보다 서둘러야 해. 월터 아이번스를 붙잡아다 브레이우드에 보내서 거기 총기 매매자들에게 그 낯짝을 보여줘. 그 녀석이……"

"너 그건 다 말했다. 끝난 얘기야."

네드 보몬트가 인상을 찌푸렸다.

"말했어?"

"그래, 널 데려온 날 아침에. 사람들이 널 응급병원으로 데려갔는데 네가 날 만날 때까지는 아무 치료도 못하게 해서 내가 그리 갔더니 네가 아이번스와 브레이우드 얘기를 하고는 졸도해 버렸지."

"전혀 기억 안 나는데. 그 녀석들 잡았어?"

"아이번스 형제는 잡았지. 그리고 월터 아이번스는 브레이우드에서 정체가 드러난 후에 사실대로 털어놨고, 대배심이 제프 가드너와 신원 미상의 남자 두 명을 기소하긴 했지만, 그걸로 섀드를 잡아넣을 수는 없을 거다. 가드너는 아이번스가 흉정한 작자고, 섀드가 시키기 전에는 그자가 아무것도 하지 않을 거란 것쯤은 누구나 다 알지만, 증명하는 건 또 다른 문제야."

"제프가 원숭이 같던 녀석 맞지? 그놈은 잡았나?"

"아니. 네가 도망친 뒤에 섀드가 어디 숨긴 모양이다. 그놈들이 널 가둔 거지?"

"맞아. 도그 하우스 위층에. 내가 덫을 놓으려고 들어갔더니 녀석이 한 수 앞질렀더군. 내 기억에 위스키 바소스랑 같이 들어가서 개한테 물리고 제프랑 금발머리 녀석한테 줘어 터졌어. 그러고는 불이 났고, 그게 거의 다야. 누가 날 발견했지? 어디서?"

"웬 경찰이 네가 콜먼가에서 새벽 3시에 혈흔을 남긴 채 네 발로 기어다니는 걸 발견했어."

"재미있는 게 생각났어."

키가 작고 눈이 커다란 그 간호사가 조심스레 문을 열고 머리를 들이밀었다.

네드 보몬트가 피곤한 목소리로 말했다.

"참 나…… 까꿍! 하지만 그런 걸 하기엔 좀 늙은 거 아니오?"

간호사는 문을 열고 문지방에 서서 한손으로 문 가장자리를 잡고 있었다.

"사람들이 당신을 패 준 이유를 알겠네요. 깨어 계신지 보려고 온 거예요. 매드빅 씨랑……." 숨 가쁜 듯한 그녀의 목소리가 더 또렷해지며 눈도 더 반짝였다. "……한 여자 분이 와 계세요."

네드 보몬트는 한편으로 궁금하다는 듯, 한편으론 다소 조롱하는 듯 간호사를 보았다.

"어떤 여잔데?"

"재닛 헨리 양이에요."

간호사는 뜻밖의 유쾌한 비밀을 털어놓는 양 말했다.

네드 보몬트는 몸을 옆으로 돌리며 간호사를 등졌다. 그는 눈을 감았다. 입 한쪽 끝이 씰룩거리긴 했지만, 목소리에서는 아무것도 느껴지지 않았다.

"아직 잠들어 있다고 전해 주시오."

"그러시면 안 되죠. 그분들도 잠들지 않은 거 아시는데…… 보몬트 씨가 말하는 걸 못 들었다고 해도요. 아니면 제가 벌써 돌아갔을 거니까요."

네드 보몬트는 연극하듯 신음하며 팔꿈치를 세워 몸을 받쳤다. 그는 투덜댔다.

"어차피 나중에 또 다시 올 테니, 그냥 해치우는 편이 낫겠군."

간호사는 경멸하는 눈길로 그를 쳐다보며 비꼬며 말했다.

"당신을 보려고 기를 쓰는 여자들을 내쫓느라 병원 앞에 경찰을 세워 둬야 했다고요."

"그렇게 말할 수도 있겠지. 어쩌면 당신은 허구한 날 로토(선명한 사진을 올리는 신문 섹션, 즉 유명인들이 나오는 지면인 '로토그라비어'—옮긴이)에 실리는 국회의원 딸들을 보고 감동했을지도 모르지만, 나처럼 그 여자들은 피해 다닌 적은 없을 거요. 그 여자들은 내 인생을 비참하게 만들었어, 그 여자들과 갈색의 로토 섹션 말이오. 국회의원 딸, 항상 국회의원 딸이었지 한 번도 대표의 딸이거나 장관의 딸이거나 시의원 딸처럼 다양한 적이 없었지. 단 한 번도 예외 없이…… 국회의원들이 더 자식을 많이 낳는다고 생각……?"

"별로 재미없어요. 그건 보몬트 씨가 머리 넘기는 모습 때문이에요. 들어오시게 할게요."

간호사는 방을 나갔다.

네드 보몬트는 숨을 길게 들이쉬었다. 그의 눈이 반짝였다. 그는 입술에 침을 바르고 입을 꼭 다물어 속내를 알 수 없는 미소를 지었지만, 재닛 헨리가 방으로 들어오자 무심한 듯 예의 바른 얼굴이 되어 있었다.

그녀는 곧바로 그의 침대로 가서 말했다.

"오, 보몬트 씨, 잘 회복하고 계시단 얘길 듣고 안 올 수가 없었답니다." 그녀는 그의 손에 자기 손을 얹고서 그에게 웃음 지었다. 그녀의 눈은 짙은 갈색은 아니었지만 밝은 금발 때문에 더 짙게 보였다. "제가 오는 걸 원치 않으셨더라도 폴을 탓하지는 마세요. 제가 오자고 했거든요."

네드 보몬트는 그녀에게 웃음 짓고 말했다.

"끔찍이 기쁘군요. 대단히 친절하세요."

폴 매드빅은 재닛 헨리를 따라 방으로 들어와 침대 반대쪽으로 갔다. 그는 재닛에게서 네드 보몬트에게로 다정하게 씩 웃은 뒤 말했다.

"그럴 줄 알았다, 네드. 내가 그렇게 말해 줬지. 오늘은 어떠냐?"

"훌륭하지. 의자 갖다 앉아."

"가야 돼. 머클로플린과 그랜드코트에서 만나기로 했다."

"하지만 전 아니에요." 재닛 헨리가 말했다. 그녀는 다시 네드 보몬트를 향해 웃었다. "여기 있으면 안 될까요, 잠시 동안?"

"그거 좋죠."

네드 보몬트가 대답하는 사이 매드빅은 재닛에게 의자를 놓아 주려고 침대를 돌며 두 사람에게 번갈아 환하게 웃고는 말했다.

"그거 좋겠네."

재닛이 침대 곁에 앉고 그녀의 검정 코트가 의자 등에 걸리자, 매드빅은 시계를 보면서 성난 소리로 투덜거렸다. 그는 네드 보몬트의 손을 흔들었다.

"가 봐야겠군. 뭐 내가 가져다줄 거 없어?"

"아니, 고마워, 형."

"자, 그럼."

매드빅은 재닛 헨리 쪽으로 돌아서다가 멈추고는 다시 네드 보몬트에게 말했다.

"이번이 첫 만남인데 머클로플린과 어느 정도까지 가야 한다고 생각하냐?"

네드 보몬트는 어깨를 조금 으쓱했다.

"하고 싶은 만큼. 대놓고 얘기하지만 않으면 될 거야. 그러면 겁먹을 거거든. 하지만 이런 식으로 돌려서 말하면 살인청부라도 할 수 있을걸. '이런저런 곳에 사는 스미스라는 남자가 있는데, 병이 걸렸든가 어쨌든가 했지만 낫지 않았는데 어쩌다 보니 당신이 나를 찾아오게 되었고 하필 운 좋게도 수신자가 당신인 편지가 나를 거쳐서 그리로 가게 돼 있었다면, 봉투 안에 500달러가 있는지 내가 어찌 알겠소?'"

매드빅이 고개를 끄덕였다.

"살인은 원치 않지만, 그 철로 건은 통과시켜야지." 매드빅은 인상을 썼다. "네가 나왔으면 좋았을 텐데, 네드."

"하루 이틀이면 나을 거야. 오늘 아침에 《옵저버》 봤어?"

"아니."

네드 보몬트는 방을 둘러보았다.

"누가 가져갔구먼. 1면 중간에 있는 사설에 실렸더군. '우리 시 공무원들은 이를 어떻게 하려는가?'라는 제목으로. 6주간 범죄 목록이 나오면서 범죄가 급증하고 있다는 걸 보여 줬어. 훨씬 작은 목록에는 그중 붙잡힌 자가 누군지 나오면서 경찰이 제대로 처리할 능력이 없다는 걸 보여 줬고. 짖어 대는 건 거의 테일러 헨리 살인 사건에 관한 거였어."

자기 오빠 이름이 나오자 움찔한 재닛 헨리의 입술 사이로 조용히 헉 하는 소리가 새어 나왔다. 매드빅은 그녀를 보고는 재빨리 네드 보몬트에게 작게 경고의 몸짓을 하려고 머리를 움직였다.

네드 보몬트는 자기 말이 두 사람에게 미친 영향을 무시하고 계속했다.

"가차 없던데. 경찰이 살인 사건에서 의도적으로 손을 떼서 정계의 한 도박꾼이 다른 도박꾼과의 불만을 해소하게 했다면서. 그러니까 내가 내 돈을 찾으려고 데스페인을 쫓아간 걸 얘기하는 거지. 헨리 의원이, 새로운 동지가 자기 아들 살인 사건을 그런 식으로 이용한 걸 어떻게 생각할지 궁금하다고 써

놨더군."

매드빅은 얼굴이 시뻘개져서 시계를 만지작거리다가 황급히 말했다.

"하나 사서 읽어 보마. 간다……."

네드 보몬트는 차분하게 말을 이었다.

"게다가 경찰이, 오랫동안 보호해 줄 땐 언제고 이제 와서, 막대한 선거 자금을 내놓지 않으려는 술집들에 급습했다고도 했어. 그게 형이 섀드 오로리와 다툰 걸 바라보는 이들의 시각이야. 그런 다음 녀석들은 선거 자금을 내놓았기 때문에 아직도 운영하고 있는 술집들 명단을 발표하겠다고 약속했지."

매드빅은 불편하게 "음, 음."이라고 말하고는 재닛 헨리에게 "안녕히, 잘 있다가 가요."라고 한 뒤 네드 보몬트에게 "나중에 보자."라고 하고는 나가 버렸다.

재닛 헨리는 의자에서 몸을 앞으로 숙였다. 그녀는 네드 보몬트에게 물었다.

"절 좋아하시면 안 되나요?"

"좋아하는 것 같습니다만."

그녀는 고개를 흔들었다.

"아니에요. 전 알아요."

"날 매너로 판단하면 안 됩니다. 난 항상 매너가 나쁘거든요."

그녀는 그의 웃음에 답하지 않고서 고집하며 말했다.

"당신은 절 좋아하지 않으세요. 절 좋아해 주셨으면 좋겠어요."

"왜죠?" 그는 부끄러운 듯 물었다.

"폴의 가장 절친한 친구니까요."

"폴은 친구가 많아요. 정치가니까."

그는 재닛을 비스듬히 쳐다보며 말했다.

재닛은 초조하게 머리를 움직였다.

"당신은 그의 가장 친한 친구예요." 그녀는 잠시 후 다시 덧붙였다. "폴은 그렇게 생각해요."

네드 보몬트는 그다지 진지하지 않게 물었다.

"당신 생각은 어떻고요?"

"맞는 것 같아요. 아니라면 여기 있지 않을 테죠. 그를 위해 그런 일을 하지 않았을 거예요."

재닛은 진지하게 대답했다.

네드 보몬트의 입술이 씰룩대며 무미건조한 미소를 지었다. 그는 아무 말도 하지 않았다.

그가 말하지 않으리라는 것이 명백해지자 재닛이 열을 올리며 말했다.

"당신이 저를 좋아하셨으면 좋겠어요, 그럴 수 있다면요."

"좋아하는 것 같습니다만."

그가 반복해 말했다. 그녀는 고개를 흔들었다.

"아니에요."

네드 보몬트는 웃음 지었다. 그 웃음은 매우 젊고 매력적이었고, 눈은 수줍었으며, 음성은 청년처럼 조심스럽고 은밀했다.

"당신이 왜 그렇게 생각하는지 말해 주지요, 헨리 양. 그건…… 그러니까, 폴은 1~2년 전에 소위 시궁창에서 날 끌어냈고, 그래서 난 당신처럼 전혀 다른 세상에 속한 사람들…… 상류 사회니 로토 섹션이니 하는 사람들 가까이에 있으면 어색하고 어설픈 겁니다. 그런데 당신은 그걸…… 음…… 어색함을 적의로 받아들이는 거고. 전혀 아닌데 말이죠."

그녀는 일어나더니 "절 놀리시는군요."라며, 성내지 않고 말했다.

재닛 헨리가 가자 네드 보몬트는 베개에 머리를 대고 누워 눈을 반짝이며 간호사가 들어올 때까지 천장을 응시했다.

"이번엔 또 뭔가요?" 간호사가 들어와서 물었다.

네드 보몬트는 심드렁하게 고개를 들어 간호사를 봤지만 말은 하지 않았다.

간호사가 말했다.

"거의 울면서, 울음을 꾹 참는 것처럼 나가던데요."

네드 보몬트는 다시 베개에 머리를 기댔다.

"내 수완이 약해지는 게 틀림없군. 예전 같으면 울렸을 텐데."

중키에 젊고 말쑥한, 얼굴이 윤기 있고 거무튀튀하며 제법 잘생긴 남자가 들어왔다.

네드 보몬트가 침대에서 일어나 말했다.

"여, 잭."

잭은 "생각보다는 상태가 괜찮군요."라고 말하고 침대 옆으로 갔다.

"아직 멀쩡하지. 앉으라고."

잭은 자리에 앉아 담뱃갑을 꺼냈다.

네드 보몬트는 베개 밑에 손을 넣었다가 봉투를 하나 꺼냈다.

"해 줄 일이 또 생겼어."

잭은 담배에 불을 붙이고 네드 보몬트의 손에서 봉투를 받았다. 세인트 루크 병원에 있는 네드 보몬트 앞으로 되어 있는 흰 봉투였고, 이틀 전 날짜로 지역 우체국 소인이 찍혀 있었다. 안에는 타자기로 인쇄된 종이가 한 장 있었고, 잭은 이것을 꺼내 읽었다.

당신이 알고 있는 폴 매드빅 관련 정보가 무엇이기에 섀드 오로리가 그토록 알고 싶어 했는가?

그것은 테일러 헨리 살인 사건과 연관되는가?

아니라면, 왜 비밀에 붙여 두려고 그렇게까지 애를 썼는가?

잭은 종이를 도로 접어서 봉투에 넣고는 고개를 들더니 물었다.

"말이 되나요?"

"내가 알기론 안 돼. 누가 썼는지 찾아내 주면 좋겠는데."

잭이 끄덕였다.

"제가 갖고 있을까요?"

"그래."

잭은 봉투를 주머니에 넣었다.

"누가 했을지 생각나는 사람은 없고요?"

"전혀."

잭은 불 붙은 담배 끝을 살펴보았다. 그는 잠시 후 말했다.

"이거 누가 장난치는 겁니다, 알죠?"

네드 보몬트가 동의했다.

"알지. 내가 말해줄 수 있는 건 지난주에 이런 게 아주 많이 돌아다녔다는…… 혹은 몇 개는 된다는…… 것뿐이야. 나한테도 이번이 세 번째고. 파도 적어도 한 번은 받았고. 또 누가 받았는지는 모르겠어."

"다른 것도 볼 수 있나요?"

"지금 가진 건 그것뿐이야. 다들 거의 비슷비슷해…… 같은 종이, 같은 타이핑, 질문 세 개, 같은 주제고."

잭은 네드 보몬트를 캐묻는 듯한 눈으로 쳐다보았다.

"하지만 똑같은 질문은 아니고요?"

"똑같진 않지만, 결론은 하나로 이어지지."

잭은 끄덕이고는 담배를 빨았다.

"알다시피 이건 아주 은밀히 진행해야 해."

잭은 입에서 담배를 빼냈다.

"물론입니다. 당신이 말한 '똑같은 결론'이란 건 매드빅과 살인 사건을 연결 짓는 건가요?"

"그래. 하지만 그건 사실이 아니야."

네드 보몬트는 탄력 있는 짙은 피부의 젊은 남자를 침착한 눈으로 바라보며 대답했다.

잭의 검은 얼굴은 읽어내기 어려웠다. 그는 일어나며 말했다.

"사실일 수 있을 것 같지가 않군요."

간호사가 커다란 과일바구니를 들고 들어왔다. 간호사가 자리에 앉으며 물었다.

"예쁘지 않나요?"

네드 보몬트는 조심스레 끄덕였다.

간호사는 바구니에서 작고 빳빳한 봉투를 꺼냈다.

"그 여자분이 보낸 거라는 데 내기해도 좋아요."

간호사가 말하며 네드 보몬트에게 건넸다.

"뭘 걸 테요?"

"뭐든지요."

네드 보몬트는 웬 시커먼 의심이 확인되기라도 한 듯 끄덕였다.

"이미 봤군."

"어머, 무슨……."

그가 웃자 간호사의 말이 끊겼지만, 그녀는 여전히 분개한 표정이었다.

그는 재닛 헨리의 카드를 봉투에서 꺼냈다. 카드에는 한 단어뿐이었다. *'제발요!'* 그는 카드에 인상을 쓰며 간호사에게 "당신이 이겼어."라고 말하고는 엄지손톱으로 카드를 톡톡 쳤다.

"이거나 잔뜩 먹어서 내가 먹은 것처럼 보이게 해요."

오후에 그는 이렇게 썼다.

친애하는 헨리 양에게

상냥함으로 날 어쩔 줄 모르게 하시는군요……. 문안을 와 주시더니, 다시 과일까지. 어떻게 감사드려야 할지 도무지 모르겠지만, 언젠가 더 분명하게 감사의 마음을 표현할 수 있기를 바랍니다.

진심을 담아,

네드 보몬트

그는 다 쓴 뒤 다시 읽어 보더니 찢어 버리고는 다시 똑같은 말을 다른 종이에 쓴 뒤에 마지막 문장을 이렇게 바꾸었다.

"언젠가 감사의 마음을 더 분명하게 표현할 수 있기를 바랍니다."

네드 보몬트가 아침에 목욕 가운과 슬리퍼 차림으로 병실 창가에 놓인 탁자에서 《옵저버》를 읽으며 아침을 먹고 있는데 오팔 매드빅이 들어왔다. 그는 신문을 접어서 쟁반 옆 탁자에 엎어놓고 자리에서 일어나며 다정하게 말했다. 그는 창백했다.

"여, 말썽쟁이."

"뉴욕에서 돌아와서 왜 전화 안 했어?"

오팔은 따지듯 말했다. 그녀도 창백했다. 창백함 때문에 어린아이 같은 피부가 두드러졌지만, 한편으로 덜 어려 보이기도 했다. 그녀는 파란 눈을 크게 떴다. 그녀의 눈은 감정 때문에 어두워져 있었지만 쉽게 기분을 읽을 수는 없었다. 오팔은 뻣뻣하진 않지만 똑바로, 발밑의 안정성보다는 자신의 균형 감각을 더 믿는 듯한 자세로 서 있었다. 그가 앉으라고 벽 앞에서 가지고 온 의자는 무시한 채, 그녀는 앞서와 마찬가지로 명령조로 반복했다.

"왜 안 했어?"

그는 부드럽게, 너그럽게 웃고서 말했다.

"그 갈색 옷 맘에 드는데."

"오, 네드 오빠, 제발……"

"그러니까 좀 낫다. 나야 집으로 가려고 했지, 그런데 그게…… 돌아와 보니 여러 일이 벌어지고 있었고 내가 없는 사이에 잡다한 일들이 엉켜 버려서, 그걸 끝낼 때쯤에는 섀드 오로리와 맞부딪쳐서 여기로 오게 된 거지."

그는 병원을 가리키려고 팔을 흔들었다.

오팔의 심각함은 그의 가벼운 말투에 영향을 받지 않았다.

"경찰은 그 데스페인이란 자를 사형시킨대?"

오팔이 퉁명스레 물었다. 그는 다시 웃고서 말했다.

"이런 식으로 얘기하다간 별로 진도가 안 나갈 거야."

"사형시킨다고 했어, 네드 오빠?"

오팔은 인상을 찌푸렸지만 좀 덜 불손하게 말했다.

그는 고개를 살짝 흔들며 말했다.

"아닐 거야. 그가 테일러를 죽이지 않았을 공산이 커."

오팔은 놀라지 않는 듯했다.

"그걸 다 알고 있으면서 나한테 그, 그러니까 그를 잡아넣기 위해 증거를 가져다, 아니 조작해 달라고 한 거야?"

"당연히 아니지, 말썽쟁이. 날 뭘로 생각하는 거야?"

네드 보몬트가 나무라듯 말했다.

"알고 있었구나. 단지 그가 꿔간 돈을 돌려받고 싶어서, 테일러 살인 사건을 이용하기 위해 내 도움이 필요했던 거지."

그녀의 목소리는 파란 눈만큼이나 차갑고 냉소적이었다.

"좋을 대로 해석해라." 그가 무관심하게 말했다.

오팔은 한 걸음 다가섰다. 순간 아주 미세하게 턱이 떨렸지만, 곧 다시 단호하고 대담한 얼굴이 되었다. 오팔은 그의 눈을 살피며 물었다.

"누가 죽였는지 알아?"

네드 보몬트는 양쪽으로 천천히 고개를 가로저었다.

"아빠?"

그는 깜빡였다.

"누가 죽였는지 폴이 아느냐는 거야?"

오팔은 한쪽 발을 굴렀다.

"아빠가 죽였느냐고?" 그녀는 외쳤다.

그는 오팔의 입에 손을 가져다댔다. 그의 눈길이 닫힌 문에 날아가 꽂혔다. 그는 중얼댔다.

"입 다물어."

오팔은 한손으로 네드 보몬트의 손을 얼굴에서 떼어내며 한걸음 물러났다.

"아빠야?"

그녀는 대답을 요구했다.

네드 보몬트가 낮고 성난 목소리로 말했다.

"멍청하게 굴고 싶으면 적어도 확성기는 놔두고 다녀. 혼자 생각하는 거라면 네가 무슨 바보 같은 생각을 하든 아무도 상관하지 않지만, 사방에 떠들고 다니면 안 되지."

오팔의 눈은 둥글고 어두웠다. 그녀는 작고 단조롭지만 완전히 확신에 찬 목소리로 말했다.

"그럼 아빠가 죽인 거구나."

네드 보몬트가 얼굴을 획 들이밀었다. 그는 분노했지만 다정한 목소리로 말했다.

"아니, 아가씨, 폴은 죽이지 않았어."

그는 얼굴을 바싹 들이댔다. 사나운 웃음 때문에 얼굴이 일그러졌다.

단호한 얼굴과 목소리로, 뒤로 물러서지 않으며 오팔이 말했다.

"아빠가 그런 게 아니라면 내가 무슨 소릴 하든 얼마나 크게 하든 무슨 차인지 이해가 안 가는데."

네드 보몬트의 한쪽 입 끝이 조소로 씰룩거렸다. 그는 성내며 말했다.

"네가 이해하지 못하는 게 얼마나 많은지 알면 놀랄 거다. 이런 식이라면 앞으로도 이해 못할걸."

그는 한 걸음 크게 물러나더니 목욕 가운 주머니에 주먹을 넣었다. 이제 양쪽 입꼬리가 다 내려가 있었고 이마에는 주름이 패어 있었다. 가늘게 뜬 그의 눈은 오팔의 발 앞을 응시했다. 그는 으르렁댔다.

"어디서 이런 말도 안 되는 얘기를 들은 거야?"

"말 안 되지 않아. 네드 오빠도 알잖아."

그는 짜증스럽게 어깨를 으쓱하더니 말했다.

"어디서 들었냐니까?"

오팔도 어깨를 으쓱했다.

"아무 데서도. 그냥, 그냥 갑자기 알게 됐어."

"허튼소리. 오늘 아침에 《옵저버》 봤어?"

그는 날카롭게 말하며 눈을 치켜뜨고 그녀의 눈을 보았다.

"아니."

그는 의심스러운 눈길로 오팔을 응시했다.

짜증 때문에 오팔의 얼굴이 조금 상기되었다.

"아니라니까. 왜 묻는데?"

"아니라고?"

네드 보몬트는 안 믿는다는 어조로 물었지만, 회의적인 눈빛은 사라졌다. 그의 눈은 흐리고 생각에 잠긴 듯했다. 그러더니 확 밝아졌다. 그는 가운 주머니에서 오른손을 꺼내 오팔에게 내밀더니 손바닥을 폈다.

"편지 이리 내 봐."

오팔은 동그란 눈으로 그를 응시했다.

"뭐?"

"편지. 타자기로 인쇄된 질문 세 개만 있고 서명 없는 거."

오팔은 그의 눈을 피하려고 눈길을 내렸고 당혹스러움이, 아주 조금이지만, 얼굴에 어렸다. 잠시 주저하더니 "어떻게 알았어?"라고 묻고는 갈색 핸드백을 열었다.

그는 아무렇지 않게 말했다.

"이 도시 사람은 다 하나씩은 받았거든. 처음 받은 거야?"

"응."

오팔은 구겨진 종이를 건넸다. 그는 종이를 펴서 읽었다.

당신은 정말 자기 아버지가 애인을 살해한 것도 모를 만큼 멍청한가?

그걸 모른다면, 왜 아버지와 네드 보몬트가 무고한 남자를 살인죄로 엮도록 도와주었는가?

당신 아버지가 법의 심판을 벗어나도록 도와주면 당신도 공범이 된다는걸 알고있나?

네드 보몬트는 고개를 끄덕이고서 가볍게 웃었다.

"다 비슷비슷해. 이제 너도 발송 명단에 들어갔으니까 더 받게 될 거야."

그는 종이를 공처럼 뭉쳐서 탁자 옆 쓰레기통에 던졌다.

오팔 매드빅은 아랫입술을 물었다. 푸른 눈이 냉정하게 빛났다. 두 눈이 네드 보몬트의 차분한 얼굴을 살폈다.

"오로리는 이걸로 선거 물자를 만들려는 심산이야. 그 자식 나랑 문제 있었던 거 알지. 그건 그놈이, 내가 네 아버지와 갈라선 줄 알고 날 매수해서 네 아버지한테 살인죄를 뒤집어씌우게 하려다가…… 아니면 적어도 선거에서라도 이기려고 하다가, 내가 말을 안 들어서 생긴 거야."

오팔의 눈은 변함없었다.

"오빠랑 아빠는 왜 싸웠는데?"

"그건 우리 둘 사이의 문제야, 말썽쟁이. 그것도 우리가 진짜로 싸웠다면 말이지만."

그는 부드럽게 말했다.

"싸웠잖아. 카슨 네 술집에서." 오팔은 딱 소리를 내며 이를 다물고는 대담하게 말했다. "네드 오빠는 아빠가 정말로, 정말로 테일러를 죽인 걸 알고 싸운 거야."

그는 소리 내어 웃고서 조롱하듯 물었다.

"왜, 처음부터 알고 있었다더니?"

그녀의 표정은 농담에도 변하지 않았다.

"나더러 《옵저버》 봤느냐고 왜 물었어? 뭐가 있는데?"

그가 가만히 말했다.

"거기서 거기인 허튼소리들이 있지. 보고 싶으면 탁자에 있어. 선거 끝나기 전엔 계속 나올걸. 이번 일은 그런 식으로 흘러갈 거야. 그리고 넌 그 말을 믿어서 아버지에게 행운을 선사……."

네드 보몬트는 오팔이 더 이상 얘기를 듣지 않자 짜증스런 제스처를 하며 말을 끊었다.

오팔은 탁자로 가서 자기가 들어올 때 네드 보몬트가 내려놓은 신문을 집어 들었다.

그는 오팔의 등을 보고 싱긋 웃고서 말했다.

"1면에 있어. '시장에게 보내는 공개 편지.'"

오팔이 읽으면서 무릎, 손, 입 모두 떨기 시작하자 네드 보몬트는 근심스런 표정을 지었다. 그러나 다 읽고서 신문을 탁자에 내려놓고 몸을 돌려 그의 얼굴을 똑바로 바라보았을 때 오팔의 긴 몸과 고운 얼굴은 조각처럼 꼼짝도 하지 않았다. 그녀는 입술을 겨우 움직여 낮은 음성으로 말을 뱉어냈다.

"사실이 아니라면 감히 이런 글을 쓰지 않았을 거야."

"그건 앞으로 벌어질 일에 비하면 새 발의 피야."

그가 느릿느릿 말했다. 그는 재미있는 듯했지만, 반짝이는 눈에는 억제된 분노의 기미가 있었다.

오팔은 한참 그를 쳐다보다가, 아무 말 없이 문 쪽으로 몸을 돌렸다.

"기다려."

오팔은 멈춰서 다시 그를 응시했다. 그는 이제 오팔의 마음을 녹이려는 듯 친근한 미소를 지었다. 오팔의 얼굴은 마치 색이 들어간 조각상 같았다.

"정치는 거친 게임이야, 말썽쟁이, 지금 여기서 일어나는 일들은 늘 있었던 거라고. 《옵저버》는 우리랑 입장이 전혀 다르고 폴을 해치는 기사라면 진실인지 아닌지 별로 상관하지 않아. 그들은……."

"못 믿겠어. 난 매튜스 씨를 알아. 그의 부인이 나보다 고작 몇 년 선배야. 우린 친구로 지내고 있거든. 사실이 아니라면, 아니면 사실이라고 생각할 만한 타당한 이유가 있는 게 아니라면 그는 그렇게 말하지 않을 거야."

네드 보몬트가 킥킥거렸다.

"많이도 아시는군. 매튜스는 빚더미가 목까지 차올라갔어. 스테이트 센트럴 신탁 회사가 그의 공장에 두 건을 담보해 줬지. 사실 집에도 담보가 걸려 있고. 스테이트 센트럴 신탁은 빌 론의 회사야. 빌 론은 헨리에 맞서 상원의원 자리를 노리고 있다고. 매튜스는 그가 시키는 대로 하고, 그가 시키는 대로 찍어내는 거야."

오팔 매드빅은 아무 말도 하지 않았다. 네드 보몬트의 주장에 조금이나마 설득되었다는 징후는 아무것도 없었다.

그는 상냥하고 설득력 있는 어조로 말을 이었다.

"이건 (그는 탁자에 놓인 신문을 건드렸다.) 앞으로 나올 거에 비하면 아무것도 아니야. 그자들은 더 악랄한 걸 생각해낼 때까지 테일러 헨리의 뼈다귀를 계속 달그락거릴 거고, 선거 끝날 때까지 우린 이런 걸 계속 접하게 될걸. 그냥 거기에 익숙해지는 게 좋아. 더구나 누구보다도 너는, 거기에 신경 쓰지 말아야 해. 폴도 별로 상관 안 해. 폴은 정치가고……"

"아빤 살인자야."

오팔은 낮고 또렷한 음성으로 말했다.

"그리고 딸은 얼간이고. 제발 멍청한 짓 좀 그만 할래?"

그는 짜증스럽게 외쳤다.

"우리 아빠는 살인자야."

"미쳤구먼. 잘 들어, 말썽쟁이 아가씨. 네 아버지는 테일러 살해랑은 전혀 관련이 없어. 폴은……"

"난 안 믿어. 다시는 네드 오빠 안 믿을 거야."

그녀가 진지하게 말했다.

네드 보몬트가 그녀를 노려보았다.

그녀는 몸을 돌려 문으로 갔다.

"기다려. 내 말 좀……"

오팔은 문을 닫고 나가버렸다.

닫힌 문을 향한 네드 보몬트의 얼굴이 분노로 일그러지더니, 무겁게 생각에 잠긴 표정이 되었다. 이마에 주름이 패었다.

짙은 눈은 가늘어지고 내면을 응시하는 듯했다. 입술은 콧수염 밑에서 오므라져 있었다. 잠시 후 그는 입에 손가락을 대고는 손톱을 뜯었다. 규칙적으로 숨을 쉬었지만, 평소보다 호흡이 깊었다.

문 밖에서 발자국 소리가 났다. 그는 생각에 잠긴 표정을 내던지고 한가로이 창문으로 다가가며 「리틀 로스트 레이디」를 흥얼거렸다. 발자국이 그의 문을 지나쳐 갔다. 그는 흥얼거림을 그만두고 몸을 숙여, 오팔 매드빅이 받은 (질문 세 개가 쓰여 있는) 종이를 집었다. 그리고 종이를 부드럽게 펼치지 않고 확 잡아 폈다가 도로 구겨서 공처럼 만들더니 목욕 가운 주머니에 넣었다.

그런 뒤 시가를 찾아 불을 붙여 이 사이에 물고는 탁자 옆에서서 연기 사이로 눈을 가늘게 뜨고 《옵저버》의 1면을 보았다.

시장에게 보내는 공개편지

시장님께,

《옵저버》는 최근 일어난 테일러 헨리 살인 사건을 둘러싼 수수께끼를 푸는 데 지극히 중요하다고 간주되는 정보를 입수했습니다.

이 정보는 몇몇 진술서와 함께 현재 《옵저버》의 안전 금고에 있습니다. 진술서 내용은 다음과 같습니다.

1. 폴 매드빅은 테일러 헨리가 자기 딸에게 관심을 보이자 몇 달 전에 그와 다투었고 딸에게도 그를 다시 만나지 못하게 했다.
2. 그런데도 폴 매드빅의 딸은 테일러 헨리가 임대한 방에서 계속 그와 만났다.
3. 테일러 헨리가 살해되던 날 오후에도 두 사람은 그 방에 함께 있었다.
4. 폴 매드빅은 그날 저녁 테일러 헨리를 만나러 그의 집으로 찾아갔는데, 그나 그의 아버지에게 항의하기 위해서였던 것으로 추정된다.
5. 폴 매드빅은 테일러 헨리가 살해되기 몇 분 전에 헨리 가의 집에서 나올 때 성난 듯 보였다.
6. 폴 매드빅은 테일러 헨리가 있던 곳에서 반 블록도 안 되는 장소에서, 테일러의 시신이 발견된 곳에서도 한 블록이 안 되는 장소에서, 그의 시신이 발견된 지 15분도 지나지 않아서 목격되었다.
7. 경찰은 현재 테일러 헨리 살해자를 찾기 위해 형사를 단 한 명도 배치하지 않았다.

《옵저버》는 시장님께서 이런 사실을 알아야 한다고, 유권자와 시민들도 알아야 한다고 믿습니다. 《옵저버》는 정의 실현 외에는 달리 사욕도 저의도 없습니다. 《옵저버》는 시장님에게든 아니면 어떤 적격한 시/주 공무원에게든, 보유한 일체의 정보와 함께 이 진술서를 기꺼이 전달할 의향이 있으며, 정의 실현에 유용하다고 입증될 수 있다면 진술서의 구체적 내용을 일절 발표하지 않을 것입니다.

하지만 《옵저버》는 이 진술서에 담긴 정보가 무시되도록 방치하지는 않을 것입니다. 이 도시에 법을 시행하고 질서를 유지하기 위해 선출된 공직자들이 이 진술서를 중요하지 않게 여겨 조치를 취하지 않는다면, 《옵저버》는 이를 고등 재판소에, 즉 이곳 시민들에게 전면 공개하여 알릴 것입니다.

발행인 H. K. 매튜스

네드 보몬트는 조롱하듯 투덜대고는 기사 쪽으로 시가 연기를 내뿜었지만, 눈빛은 여전히 음울했다.

그날 오후 일찍 폴 매드빅의 어머니가 네드 보몬트를 문병하러 갔다.

네드 보몬트가 그녀를 끌어안고 양쪽 뺨에 키스를 퍼붓자 그녀는 마침내 짐짓 진지한 표정으로 그를 밀쳐내며 말했다.

"그만 좀 해라. 폴이 기르던 에어데일 견보다 심하구나."

"에어데일 피가 섞였거든요. 아버지 쪽이."

그는 그녀 뒤로 가서 그녀가 물개 가죽 코트를 벗도록 도와주었다.

그녀는 검정 드레스를 펴면서 침대로 가서 앉았다.

네드 보몬트는 의자 뒤에 코트를 걸고서 그녀 앞에 다리는 벌리고 손은 목욕 가운 주머니에 넣고 섰다.

그녀는 그를 가만히 뜯어보았다. 그러더니 이내 말했다.

"그리 나빠 보이지 않는구나. 그리 좋아 보이지도 않지만. 기분이 어떠냐?"

"최고예요. 그냥 간호사들 때문에 여기서 노닥거리는 거예요."

"그것도 그리 놀랄 일은 아니구나. 하지만 거기 그렇게 서서 체셔 고양이처럼 노골적으로 쳐다보진 마라. 불안하다. 앉으렴."

그녀는 자기 옆을 톡톡 쳤다.

네드 보몬트는 그녀 옆에 앉았다.

"네가 한 일이 뭐든 간에 폴은 그게 아주 원대하고 고귀한 것처럼 생각하나 본데, 네가 처신을 제대로 했으면 애초에 그런 곤경에 빠지지는 않았을 거다."

"아우, 엄마."

그가 입을 열었지만 그녀가 말을 잘랐다. 아들만큼이나 젊고 파란 그녀의 눈길이 네드 보몬트의 갈색 눈으로 달려들었다.

"나 좀 보거라, 네드, 폴이 그 애송이 놈을 죽인 건 아니지?"

놀라움에, 그의 눈이 휘둥그레지고 입이 벌어졌다.

"아녜요."

"아닐 거라고 생각했다. 폴은 항상 착한 애였지만, 듣자 하니 추잡한 소문이 떠도는 것 같은데 이놈의 정치판에서 무슨 일이 일어나는지는 하느님만 아시지. 난 눈곱만큼도 모르겠구나."

네드 보몬트가 그녀의 앙상한 얼굴을 바라보는 눈길에 유머와 놀라움이 섞여 있었다.

"뭘 그렇게 눈을 휘둥그렇게 뜨고 그러느냐. 난 너희들이 아무 생각도 없이 무슨 짓을 하는지, 무슨 짓을 꾸미는지 정말이지 알 도리가 없어. 알아내려고 하는 것조차, 네가 태어나기도 전에 포기했고."

네드 보몬트가 그녀의 어깨를 토닥이며 찬양하듯 말했다.

"끝내주는 사람이에요, 엄만."

그녀는 그의 손에서 몸을 빼고 다시 진지한, 마음을 꿰뚫어 보는 듯한 눈길로 쳐다보았다.

"폴이 죽였다면, 내게 말해 주겠니?"

그는 고개를 가로저어 아니라고 했다.

"그럼 그 애가 죽이지 않았다는 걸 내가 어떻게 알지?"

그는 웃었다.

"죽였더라도 난 '아니요.'라고 대답하겠지만 그때는 폴이 죽였다면 말해 주겠느냐고 물으시면 '그래요.'라고 말할 거기 때문이죠."

그의 눈과 목소리에서 유쾌함이 흘러나왔다.

"형은 죽이지 않았어요, 엄마."

그는 웃었다. 입술로만 웃었고, 입술이 이에 눌려 가늘어졌다.

"이 동네에서 나 말고도 폴이 그러지 않았다고 생각하는 사람이 있다면 좋을 테고, 그 사람이 바로 자기 어머니라면 더더욱 좋겠죠."

매드빅 부인이 떠나고 한 시간 뒤에 네드 보몬트는 책 네 권과 재닛 헨리의 카드가 담긴 소포를 받았다. 그가 고맙다고 쪽지를 적고 있는데 잭이 왔다.

잭이 담배 연기를 뿜으며 말했다.

"뭔가 잡은 것 같아요. 당신이 어떻게 생각할진 모르겠지만."

네드 보몬트는 매끈하고 젊은 잭을 생각에 잠긴 듯 쳐다보고 집게손가락으로 콧수염을 왼쪽으로 쓸었다.

"내가 원하는 걸 가져왔다면 맘에 들겠지. 앉아서 말해 봐."

그의 목소리는 잭과 마찬가지로 사무적이었다.

잭은 조심스레 앉아 다리를 꼬고 모자를 바닥에 놓은 뒤 담배에서 눈을 떼어 네드 보몬트를 쳐다보았다. 그는 말했다.

"매드빅의 딸이 쓴 것처럼 보여요."

네드 보몬트의 눈이 조금 커지는 것 같았지만, 잠시뿐이었다. 얼굴은 다소 납빛이 되었고 호흡은 불규칙해졌다. 목소리는 그대로였다.

"그렇게 보이는 이유는?"

잭은 안주머니에서 크기와 모양새가 비슷한 종이 두 장을 꺼냈다. 네드 보몬트가 그것을 넘겨 받고 펼쳐 보니 거기에는 똑같은 질문 세 개가 인쇄되어 있었다.

"그중 하나는 당신이 어제 내게 준 겁니다. 어떤 건지 알아보겠어요?"

네드 보몬트는 고개를 천천히 가로저었다.

"똑같죠. 하나는 내가 차터가에 있는 곳에서 쓴 건데, 테일러 헨리가 임대해서 매드빅의 딸이 찾아가던 곳이에요. 거기에 있던 코로나 타자기와 역시나 거기에 있던 종이로요. 지금까지 알아낸 바로는 거기 들어가는 열쇠는 두 개뿐이었어요. 테일러가 하나, 매드빅의 딸이 하나 갖고 있었죠. 매드빅 딸은 그가 살해된 후 적어도 한두 번은 거기에 갔어요."

네드 보몬트는 손에 놓인 종이를 노려보며 고개를 주억거렸다.

잭은 담배에 새로 불을 붙이고서 자리에서 일어나 탁자로 가서, 피우던 담배꽁초를 재떨이에 비벼 끄고는 자리로 돌아갔다. 자신의 발견에 네드 보몬트가 어떻게 반응할지에는 아무 흥미도 없다는 듯한 얼굴과 행동거지였다.

잠시 더 침묵이 이어진 후 네드 보몬트가 고개를 조금 들어 물었다.

"이걸 어디서 구했지?"

잭은 담배를 입술 가장자리에 물고서 말했다.

"오늘 아침 《옵저버》에 실린 정보가 단서였죠. 경찰도 마찬가지로 거기서 보고 눈치 챘지만, 경찰이 먼저 갔더군요. 하지만 운이 좋았어요. 거기 남은 담당 경관이 친구였거든요. 프레드 헐리라고…… 10달러짜리 한 장 던져 줬더니 원하는 대로 캐게 내버려 두더군요."

네드 보몬트는 손에 쥔 종이를 흔들었다.

"경찰도 이걸 아나?"

잭이 어깨를 으쓱했다.

"난 말하지 않았어요. 헐리에게 물어봤는데 그 친구는 아무것도 모르더군요. 어떻게 할지 결정할 때까지 남아서 감시하라고 남겨 둔 것 같아요. 알 수도 있고 모를 수도 있어요. 알아볼 수 있어요."

그는 바닥에 담뱃재를 떨어뜨렸다.

"그냥 두자고. 달리 찾은 건?"

"다른 건 찾아보지 않았어요."

네드 보몬트는 시커먼 젊은이의 불가해한 얼굴을 흘끗 보고는 다시 종이를 내려다보았다.

"거긴 뭐 하는 쓰레기장이래?"

"1324번지에요. 프랑스 인 이름으로 방과 화장실을 빌렸더군요. 가게 주인 여자는 경찰이 오늘 오기 전까지는 그들이 누군지도 몰랐다고 했어요. 누구나 쉽게 드나들 수 있는 술집이었죠. 주인 여자 말에 따르면 두 사람이 거기 자주 갔고 주로 오후에 들렀는데, 여자는 자기가 알기로 지난주에 두어 번 왔다는군요. 자기가 모르게 다녀갔을 가능성도 충분히 있다고 하고요."

"그 애가 확실해?"

잭은 한 손으로 애매한 동작을 취했다.

"인상착의는 맞아요." 그는 멈췄다가 연기를 내뿜으며 무심코 덧붙였다. "그자가 죽은 뒤 거기 나타난 유일한 여자라는군요."

네드 보몬트가 다시 고개를 들었다. 매서운 눈이었다.

"테일러가 다른 여자도 불렀다는 건가?"

잭은 한 번 더 애매한 동작을 취했다.

"주인 여자는 그런 말은 안 했어요. 모른다고 했지만, 말하는 모양새를 봐서는 거짓말이었다고 봐도 좋을 겁니다."

"그 방에 있던 물건으론 확인할 수 없었고?"

잭은 고개를 흔들었다.

"네. 여자 물건이라곤 별로 없었어요. 기모노랑 화장실 물건이랑 파자마 같은 것들뿐이라."

"그자의 물건도 많았나?"

"오, 양복 한 벌과 신발 한 켤레, 그리고 속옷 몇 개랑 파자마니 양말 같은 것들요."

"모자는?"

잭은 웃었다.

"없었어요."

네드 보몬트는 일어나서 창가로 갔다. 바깥은 거의 완전히 어둠에 잠겨 있었다. 네드 보몬트가 서 있는 동안 빗방울 몇 개가 창문에 와서 붙었고 몇 개가 다시 가볍게 유리창을 때렸다. 그는 다시 잭을 보며 천천히 말했다. 멍하고 흐릿한 눈으로 잭의 얼굴을 응시한 채였다.

"정말 고맙군, 잭. 조만간 다른 일을 맡길 것 같아. 어쩌면 오늘 밤에. 전화하지."

잭은 "좋아요."라고 말하고 일어나서 나갔다.

네드 보몬트는 옷장으로 가서 옷을 꺼내어 화장실로 가져간 뒤 옷을 입었다. 그가 나오자 다른 간호사가 와 있었다. 키가 크고 풍만한 몸집에 반짝이는 창백한 얼굴이었다. 그녀가 외쳤다.

"어머, 옷을 입으셨잖아요!"

"그렇소, 나가야 해서."

간호사의 놀란 표정에 불안이 더해졌다.

"하지만 그러시면 안 돼요, 보몬트 씨. 지금은 밤이고 비도 내리기 시작했고 테이트 선생님께서……"

"알아요, 알아."

그는 초조하게 말하며 간호사를 피해 문으로 갔다.

6장

《옵저버》

매드빅 부인이 현관문을 열었다.

"네드! 너 미쳤니? 밤중에 이렇게 돌아다니다니, 게다가 병원에서 그냥 나오면 어떡해."

"택시엔 비 안 오던데요." 그렇게 말했지만 그의 웃음에는 힘이 없었다. "폴 있어요?"

"나간 지 30분도 안 됐다. 클럽에 갔나 봐. 여하간 어서 들어오너라."

"오팔은요?"

그는 문을 닫고 통로로 따라 들어가며 물었다.

"없어. 아침부터 어딜 가고 없다."

네드 보몬트는 거실로 가는 통로에서 멈췄다.

"가야겠어요. 클럽에 가서 폴을 봐야겠어요."

그의 목소리는 그리 안정적이지 않았다.

매드빅 부인은 몸을 홱 돌려 꾸짖는 투로 말했다.

"그러면 안 돼. 네 꼴 좀 봐라, 오한이 날 것만 같잖니. 저기 난롯가에 앉아 있어라. 따뜻한 걸 좀 가져다줄 테니."

"안 돼요, 엄마. 들를 데가 있어요."

나이가 드러나지 않는 푸른 눈이 밝고 예리해졌다. 매드빅 부인이 따졌다.

"병원에선 언제 나왔냐?"

"방금요."

그녀는 입술을 꽉 다물었다가 살짝 벌리며 힐난하듯 말했다.

"그냥 나와 버렸구나."

투명한 파란 눈에 그림자가 어렸다. 그녀는 네드 보몬트에게 다가와 얼굴을 바짝 들이댔다. 키가 네드 보몬트와 거의 같았다. 그녀의 목소리는 바싹 말라 버린 목에서 나온 것처럼 거칠었다.

"폴과 연관된 일이니?" 눈에 어린 그림자가 짙어지며 두려움이 묻어났다. "오팔도?"

네드 보몬트의 목소리는 들릴락 말락 했다.

"두 사람을 만나야 되는 일이에요."

그녀는 야윈 손가락으로 다소 소심하게 그의 한쪽 뺨을 만졌다.

"넌 좋은 애다, 네드."

네드 보몬트는 그녀를 안았다.

"걱정 마요, 엄마. 생각만큼 나쁘진 않아요. 단지…… 오팔이 집에 오면 나가지 못하게 하세요. 할 수 있다면요."

"나한테 말하면 안 되는 거니, 네드?"

"지금은 안 돼요. 게다가…… 음…… 엄마가 뭔가 잘못됐다고 생각한다는 거 두 사람이 모르는 편이 좋을 거예요."

네드 보몬트는 빗속을 뚫고 다섯 블록을 걸어서 약국으로 갔다. 그는 거기서 전화를 걸어 먼저 택시를 불렀고 다음으로 두 곳에 전화해서 매튜스 씨를 찾았다. 매튜스 씨와는 통화가 안 되었다.

그는 다른 곳에 전화해서 럼신 씨를 찾았다. 잠시 후 그는 이렇게 얘기했다.

"여, 잭, 네드 보몬트야. 바쁜가? ……좋아. 해 줄 일은 말이지. 우리가 얘기하던 여자애가 오늘 《옵저버》의 매튜스를 만나러 갔는지, 그리고 그 후에 뭘 했는지 알고 싶군. 혹시 ……그렇지, 핼 매튜스. 사무실이랑 집에 전화하려고 해 봤는데 안 되더군. ……가급적이면 조용히 처리하되 빠르게 알아내 줘. ……아니, 병원에서 나왔어. 집에서 기다리지. 내 번호 알지. ……그래, 잭. 좋아, 고마워, 되도록 자주 전화하라고. ……끊지."

그는 기다리고 있는 택시에 타고는 운전기사에게 자기 주소를 알려 줬지만, 몇 블록 지난 후 손가락으로 앞 유리창을 두드리더니 기사에게 다른 주소로 가자고 했다.

잠시 후 가파르고 부드러운 잔디밭 가운데 서 있는 땅딸막한 회색 집 앞에서 택시가 멈췄다. 네드 보몬트는 "기다리시오."라고 말하고는 택시에서 내렸다.

그가 정문의 초인종을 누르자 빨강 머리 가정부가 나와서 문을 열어 주었다.

"파 씨 계신가?" 그가 물었다.

"전해 드릴게요. 누구시라고 할까요?"

"보몬트 씨라고 해 주게."

지방검사 파가 양손을 내밀며 응접실로 나왔다. 발그레한 호전적인 얼굴에 웃음이 가득했다. 그는 방문객에게 달려들며 말했다.

"이런, 이런 보몬트, 정말 반갑군. 자, 코트와 모자를 이리 줘."

네드 보몬트는 웃음 짓고서 고개를 가로저었다.

"오래 못 있어서. 병원에서 집에 가는 길에 잠깐 들렀어."

"깨끗이 나았군? 훌륭해."

"기분이 무척 좋군. 무슨 소식 없나?"

"그리 중요한 건 없어. 당신을 괴롭힌 새들은 아직 잡지 못

했지. 어딘가 숨어 있어. 하지만 잡을 거야."

네드 보몬트는 깔보듯 입을 씰룩거렸다.

"내가 죽은 것도 아니고 그놈들이 날 죽이려던 것도 아니야. 폭행죄만 적용해야 할 거야." 그는 파를 다소 나른하게 쳐다보았다. "그 질문 세 개짜리 서한은 더 없었나?"

파는 목을 가다듬었다.

"어…… 그렇군, 생각해 보니 한두 개 더 있었어."

"몇 개지?"

네드 보몬트가 물었다. 예의 바르면서도 일상적인 어조였다. 한가로운 웃음으로 입가가 살짝 올라갔다. 재미있다는 눈빛이었지만 두 눈은 파의 눈을 응시했다.

파가 헛기침을 했다.

"셋." 그는 내키지 않는 듯 말했다. 그러더니 눈이 밝아졌다. "굉장한 회합이 있었던 거 들었……?"

네드 보몬트가 말을 끊었다.

"같은 내용으로?"

"어, 거의 그렇지."

파는 입술에 침을 묻혔고, 애원하는 듯한 기색이 그의 눈에 어리기 시작했다.

"얼마나 비슷하지?"

파의 눈이 네드 보몬트의 응시를 피해 넥타이로 내려와 왼쪽 어깨로 이동했다. 그는 입술을 어렴풋이 움직였지만 말을 하지는 않았다.

네드 보몬트는 이제 대놓고 악의적으로 웃었다. 그는 느끼한 목소리로 물었다.

"전부 폴이 테일러 헨리를 죽였다는 얘기였나?"

파는 펄쩍 뛰었고, 얼굴이 밝은 오렌지 빛깔로 변하더니 흥분해서 네드 보몬트의 눈을 다시 응시했다. 말문이 막힌 듯 말했다.

"젠장, 네드!"

네드 보몬트는 웃고 나서 여전히 느끼한 목소리로 말했다.

"간이 붓고 있군, 파. 조심하지 않으면 몸 성하지 못할걸." 그는 심각한 표정을 지었다. "폴이 당신한테 거기에 관해 뭐라고 얘기한 적 있나? 간 부었다는 거 말이야."

"아, 아니."

네드 보몬트는 다시 웃었다.

"어쩌면 못 느꼈을 수도 있겠지…… 아직은."

그는 한쪽 팔을 들어 손목시계를 흘끔 보고는 파를 보며 날카롭게 말했다.

"누가 썼는지는 아직 알아내지 못했고?"

파는 더듬거렸다.

"이봐, 네드, 난…… 알잖아…… 그런 게 아니라고……."

그는 허둥대다가 그만뒀다.

"뭘?"

파는 침을 꿀꺽 삼키고 절망적으로 말했다.

"뭔가 찾은 건 맞지만, 네드, 아직 말하기엔 너무 이르단 말이야. 아무것도 아닐지도 모른다고. 어떻게 돌아가는지 알잖나."

네드 보몬트는 끄덕였다. 그의 얼굴에는 이제 친근함뿐이었다. 목소리는 냉기가 배제된 채 차분하고 침착했다.

"당신은 그게 어디서 쓰였는지 알아냈고 어떤 기계로 쓰였는지도 발견했지만, 아직은 거기까지밖에 모르는군. 누가 썼는지는 추측도 못할 정도인 거지."

"바로 그거야, 네드."

파가 안도하듯 크게 숨을 내쉬며 내뱉었다.

네드 보몬트는 파의 손을 잡고 따뜻하게 흔들었다.

"그래야지. 자, 난 가야겠군. 일을 천천히 진행하면 잘못될 리가 없지, 돌다리도 두드리면서. 그건 믿어도 될 거야."

파의 얼굴과 목소리가 따뜻해졌다.

"고마워, 네드, 고마워!"

9시에서 10분이 지나자 네드 보몬트 거실의 전화기가 울렸다. 그는 얼른 전화기로 갔다.

"여보세요. ……그래, 잭. ……그래. ……그래. ……어디? ……그래, 좋아. ……오늘 밤은 그걸로 됐어. 정말 고맙군."

수화기를 놓고 일어날 때 그는 파리한 입술로 웃고 있었다. 눈은 무모한 빛으로 반짝였고 손은 살짝 떨렸다.

그가 세 걸음을 떼기도 전에 전화벨이 다시 울렸다. 그는 주저했지만, 전화기로 돌아갔다.

"여보세요. ……아, 안녕, 형. ……그래, 환자 역할에 물려서. ……특별한 건 없어. ……그냥 들러서 얼굴 보려고. ……아니, 안 될 것 같아. 생각만큼 상태가 좋지 않은 것 같아서, 자 두는 게 나을 것 같아. ……그래, 내일, 그래야지. ……끊어."

그는 비옷과 모자를 걸치고 아래층으로 내려갔다. 그가 문을 열자 바람에 실려 빗방울이 들이쳤고, 모퉁이에 있는 정비소까지 반 블록 걸어가는 동안에도 빗방울이 얼굴을 때렸다.

자동차 정비소의 유리로 마감된 사무실에는 키가 크고 비실비실한 갈색 머리칼의 남자가 흰색 작업복 차림으로 나무 의자에 앉아 뒤로 의자를 젖히고, 다리를 전기난로의 선반 위에 얹은 채 신문을 읽고 있었다. 그는 네드 보몬트가 "여, 토미."라며 인사하자 신문을 내렸다.

토미는 얼굴이 지저분해서 치아가 원래보다 더 희게 보였다. 그는 씩 웃으며 치아를 드러내고 말했다.

"오늘 밤 날씨 한번 요란하군."

"그래. 내가 쓸 수 있는 거 한 대 있나? 오늘 밤 시골길 달릴 만한 놈으로?

"저런! 운도 좋으셔라, 이런 날을 고르다니. 더러운 날이 걸릴 수도 있는데 말이야. 어디 보자, 뭔 일이 일어나든 상관없는 뷰익이 한 대 있지."

"그거 잘 굴러 가나?"

"다른 녀석들이랑 다를 게 없어. 오늘 밤엔 말이야."

"좋아. 꽉 채워 줘. 오늘 같은 밤에 레이지 크릭으로 가는 가장 좋은 길이 어디지?"

"얼마나 멀리 가는데?"

네드 보몬트는 생각에 잠긴 듯 토미를 쳐다보다 말했다.

"강과 마주치는 지점 정도까지."

토미가 끄덕이고 물었다.

"매튜스 집?"

네드 보몬트는 아무 말 하지 않았다.

"어디로 가느냐에 따라 달라." 토미가 말했다.

네드 보몬트는 찡그렸다.

"그래? 매튜스 집이야. 자네만 알고 있어, 토미."

"내가 말할 거라고 생각해서 나한테 온 건가, 아니면 내가 말하지 않을 걸 알고 온 건가?"

토미가 따지듯 물었다.

"나 지금 급해."

"그럼 뉴 리버 로드를 타고 바튼까지 가서, 다리를 건넌 다음 비포장도로를 타. 뭐, 거기까지 갔을 때 얘기지만. 그런 다음 동쪽으로 첫 번째 네거리까지 가. 그럼 매튜스의 집 뒤쪽에 있는 언덕 꼭대기 즈음에 도착할 거야. 날씨 때문에 비포장도로로 못 가게 되면 뉴 리버 로드를 타고 네거리까지 가서 방향을 틀어 구 도로를 따라 가면 돼."

"고마워."

네드 보몬트가 뷰익에 타려고 할 때 토미가 아무렇지도 않다는 투로 말했다.

"시트 옆 주머니에 여분의 총이 있어."

네드 보몬트는 비실비실한 토미를 응시했다. 그는 멍하게 물었다.

"여분이라고?"

"여행 잘하시게." 토미가 말했다.

네드 보몬트는 차문을 닫고 사라졌다.

계기판의 시계가 10시 32분을 가리켰다. 네드 보몬트는 라이트를 끄고 다소 뻣뻣한 동작으로 뷰익에서 내렸다. 비바람이 나무, 덤불, 땅, 사람, 차 할 것 없이 쉴 새 없이 때려 댔다. 언덕 아래를 보니 비와 나뭇잎 사이로 작은 노란 빛 덩어리들이 불규칙적으로, 희미하게 빛났다. 네드 보몬트는 떨며, 비옷을 더 바짝 조이고서 불빛들을 향해 흠뻑 젖은 덤불을 가로지르며 언덕 아래로 비틀비틀 내려가기 시작했다.

비바람이 등을 떠밀어 그를 언덕 아래로 밀어붙였다. 내려가는 동안 뻣뻣하던 몸이 점점 풀려서 비록 자주 비틀대고 휘청거리기는 했지만, 그리고 발밑에 있던 장애물에 걸려 넘어질 뻔하기는 했지만 계속 버티면서 날렵하게, 불규칙하기는 했지만, 목표물을 향해 나아갔다.

잠시 후 길이 하나 나타났다. 그는 그리로 접어들어, 빛이 아니라 질척거리는 바닥과 양쪽에서 얼굴을 때리는 덤불에 의존하여 길을 더듬어 나갔다. 길을 따라가자 목표 지점에서 왼쪽으로 좀 벗어나더니, 다시 크게 방향을 틀면서 물이 시끄럽게 내달리는 작은 협곡 근처로 가서, 거기서 다시 방향이 바뀌며 노란 불빛이 반짝이던 건물의 정문으로 이어졌다.

네드 보몬트는 곧장 문으로 가서 문을 두드렸다.

잿빛 머리에 안경 낀 남자가 문을 열어 주었다. 그의 얼굴은 온화하고 회색이었으며, 흐릿한 거북딱지 테로 둘러싸인 렌즈 안에서 근심스레 응시하는 눈도 회색이었다. 갈색 양복은 산뜻하고 질이 좋았지만, 유행에 뒤처졌다. 다소 뻣뻣하고 긴 흰색 칼라의 한쪽에 물방울이 네 개 떨어지며 스며들었다. 그는 한쪽으로 비켜서서 문을 열고서 말했다.

"들어오십시오, 비 맞지 마시고요. 돌아다니기에는 끔찍한 날입니다."

그는 다정하진 않을지라도 친근한 목소리로 말했다.

네드 보몬트는 고개를 고작 5센티미터쯤만 까딱이고 안으로 들어갔다. 그는 건물의 1층을 모조리 차지하는 커다란 방으로 들어섰다. 띄엄띄엄 단순하게 장식된 공간은 과시욕 없는 원시적 분위기를 풍겼다. 그곳은 주방이자 식당이자 거실이었다.

오팔 매드빅이 벽난로 한쪽 끝에 놓인 발받침에 앉아 있다가 일어나더니 몸을 곧추세우고서, 적대적이고 음산한 눈으로 네드 보몬트를 응시했다.

네드 보몬트는 모자를 벗고 비옷 단추를 풀기 시작했다. 다른 사람들이 그를 알아본 건 그때였다.

문을 열어 준 남자는 "이런, 보몬트잖아!"라고 믿을 수 없다는 듯 말하고서 섀드 오로리를 휘둥그레진 눈으로 보았다.

섀드 오로리는 벽난로를 마주보고 있는, 방 가운데 놓인 나무 의자에 앉아 있었다. 그는 꿈을 꾸듯 네드 보몬트에게 웃음 짓더니, 음악적이고 희미한 아일랜드 억양의 바리톤으로 말했다.

"그렇군요. 어떠신가요, 네드?"

제프 가드너가 씩 웃자 원숭이 같은 얼굴에서 아름다운 인공 치아가 드러났고 동시에 작은 붉은 눈이 거의 완벽히 사라졌다. 그는 자기 옆 벤치에 시무룩하게 늘어져 있던 빼이 발그레한 청년에게 말했다.

"아니, 러스티! 귀여운 고무공이 다시 돌아왔잖아. 저 녀석 우리가 튕겨 주는 걸 좋아한다고 했지, 내가."

러스티는 네드 보몬트를 시큰둥하게 쳐다보더니 들리지 않는 소리로 으르렁댔다.

오팔 매드빅과 멀지 않은 곳에 앉아 있던 빨간 옷의 마른 여자가 네드 보몬트를 흥미롭다는 듯 빛나는 검은 눈으로 쳐다보았다.

네드 보몬트는 코트를 벗었다. 아직도 제프와 러스티의 주먹 흔적이 남아 있는 그의 마른 얼굴은 두 눈에서 번쩍이는 무모함을 제외하면 차분했다. 그는 코트와 모자를 문가에 놓여 있는, 칠이 벗겨진 긴 궤 위에 놓았다. 자신을 들여보낸 남자에게 예의 바르게 웃고는 인사했다.

"지나가는 길에 차가 고장 났습니다. 머물 곳을 내어 주시다니 친절하시군요, 매튜스 씨."

매튜스는 "천만에요…… 기꺼이."라고 다소 애매하게 말했다. 그러더니 겁먹은 눈으로 애원하듯 다시 오로리를 쳐다보았다.

오로리는 가느다란 창백한 손으로 흰 머리를 부드럽게 쓸어 넘기고 네드 보몬트를 향해 유쾌하게 웃었지만 말은 없었다.

네드 보몬트는 벽난로로 다가가서 오팔 매드빅에게 말했다.

"여, 말썽쟁이."

오팔은 인사에 대답하지 않았다. 그대로 서서 적대적이고 음산한 눈으로 그를 쳐다보았다.

그는 빨간 옷을 입은 마른 여자에게 웃음을 건넸다.

"매튜스 부인 아니신가요?"

그녀는 "맞아요."라고 부드러운, 거의 애무하듯 달콤한 목소리로 말하고 손을 내밀었다. 네드 보몬트가 손을 잡으며 말했다.

"오팔이 당신과 학교 친구였다고 하더군요."

그는 고개를 돌려 러스티와 제프를 보며 아무렇지 않게 말했다.

"여, 똘마니들, 곧 다시 만났으면 했는데 말이지."

러스티는 아무 말 하지 않았다.

제프의 얼굴은 함박 웃는 못생긴 마스크가 되었다. 그는 진심을 담아 말했다.

"일대일로 해 보자구, 이제 주먹도 다 나았으니. 널 두드려 패는 게 짜릿해 죽을 것 같은 이유가 뭐라고 생각하지?"

섀드 오로리는 원숭이 같은 제프를 쳐다보지 않고서 그에게 부드럽게 말했다.

"넌 너무 말이 많아, 제프. 안 그랬으면 아직도 이가 성했을지 모른다."

매튜스 부인이 오팔에게 조그맣게 뭐라고 말했다. 오팔은 고개를 흔들고서 다시 벽난로 옆 다리받침에 앉았다.

매튜스는 벽난로 반대편 끝에 있는 나무 의자를 가리키며 긴장해서 말했다.

"앉으시죠, 보몬트 씨. 발도 말리시고, 몸도 녹이시고요."

"고맙군요."

네드 보몬트는 불길이 직접 오는 곳에 의자를 끌어다가 앉았다.

섀드 오로리는 담배에 불을 붙이고 있었다. 불이 붙자 그는 담배를 손에 들고 물었다.

"기분이 어떠신가요, 네드?"

"꽤 좋소, 섀드."

"잘됐군요."

오로리는 고개를 살짝 돌려 벤치에 앉은 두 남자에게 말했다.

"너희들은 내일 시내로 돌아가도 좋아."

그는 네드 보몬트에게 고개를 돌린 뒤 단조롭게 설명했다.

"당신이 죽을지 아닐지 모르는 동안에는 조심스럽게 행동했지만, 살인 혐의가 아닌 폭행 혐의를 받는 건 개의치 않습니다."

네드 보몬트가 고개를 끄덕였다.

"내가 그 일로 번거롭게 법정에 나가 진술할 리는 없겠지만, 우리 친구 제프가 웨스트 살해 혐의로 수배 중이란 건 잊지 마시오."

가벼운 목소리였지만, 벽난로에서 타고 있는 통나무에 붙박인 눈에는 잠시 사악한 빛이 반짝였다. 그가 두 눈을 왼쪽으로 돌려 매튜스를 바라볼 때는 조소만이 남아 있었다.

"물론 당신들을 숨겨 준 대가로 매튜스를 곤경에 빠지게 하기 위해서라면 법정에 나갈 수도 있겠지."

"난 안 그랬습니다, 보몬트 씨. 오늘 여기 오기 전까진 저 사람들이 여기 있는 줄도 몰랐고, 나도 놀랐단……." 매튜스가 황급히 말하다가 어쩔 줄 모르며 말을 끊고서, 섀드 오로리에게 우는 소릴 했다. "당신이야 환영이죠. 그건 당신도 알잖아요. 하지만 내가 하려는 이야기는 (그의 얼굴이 갑작스런 기쁨의 미소로 빛났다.) 내가 모르는 와중에 당신을 도와준 게 법적으로 책임질 일은 아니라는 겁니다."

"그렇소, 당신은 도와주는 줄도 모르면서 도와준 거요."

오로리가 부드럽게 말했다. 눈에 띄는 투명한 청회색 눈이 무관심하게 매튜스를 쳐다보았다.

매튜스의 웃음이 기쁜 기색을 잃더니, 완전히 사라져 버렸다. 그는 넥타이를 꼼지락거리다가 잠시 후 오로리의 시선을 피했다.

매튜스 부인이 네드 보몬트에게 달콤하게 말했다.

"오늘 저녁엔 모두들 따분하네요. 당신이 오기 전까지는 한

마디로 끔찍했답니다."

네드 보몬트는 호기심 어린 눈으로 그녀를 보았다. 짙은 눈이 밝고, 부드럽고, 매력적이었다. 뜯어보는 듯한 그의 눈길에 그녀는 고개를 살짝 숙이더니 입술을 조금, 요염하게 오므렸다. 입술은 얇았고 립스틱 때문에 너무 짙었지만 아름다운 모양이었다. 그는 그녀에게 웃음 짓고서, 일어나서 다가갔다.

오팔 매드빅은 매튜스 부인 발치를 응시했다. 매튜스, 오로리, 벤치에 앉은 두 남자는 네드 보몬트와 매튜스 부인을 지켜보았다.

네드 보몬트는 "무엇 때문에 그렇게 따분했죠?"라고 묻고서 그녀 앞에, 직접 마주보지는 않고 벽난로를 등지는 위치에 양반다리로 바닥에 앉아서 한손을 뒤로 짚어 몸을 기대며 얼굴을 한쪽으로 돌려 그녀를 보았다.

그녀가 입을 내밀며 말했다.

"도무지 모르겠어요. 남편이 전화해서 자기랑 나랑 오팔이랑 여기 같이 가지 않겠냐고 했을 때는 재미있을 줄 알았어요. 그런데 와 보니까 여기 이……." 그녀는 잠시 말을 끊었다가 의심스러운 기색을 감추지 못하고 말했다. "남편 친구들이 있더군요. 게다가 다들 나는 전혀 모르는, 자기들 사이의 비밀이 있다는 분위기를 풍기는데, 참을 수 없이 바보 같았어요. 오팔도 다른 사람들과 마찬가지였고요. 오팔은……."

매튜스가 "자자, 엘로이스."라고 효과도 없는 권위적인 어조로 말했으나, 부인이 눈을 들어 쳐다보자 권위보다는 당혹스러움이 더 커졌다.

그녀가 심술을 부리며 말했다.

"상관없어요. 사실이잖아요. 오팔은 나머지 사람들과 마찬가지로 나빴어요. 아니, 당신과 오팔은 애초에 무슨 얘기를 하려고 여기에 오려고 했는지도 내게 말해 주지 않았죠. 폭풍우만 아니었으면 내가 여기 이렇게 오래 있었을 것 같아요? 안 그랬을 거예요."

오팔 매드빅은 얼굴이 벌겋게 상기됐지만 눈을 들지 않았다.

엘로이스 매튜스는 다시 네드 보몬트를 향해 고개를 숙였고, 심통 난 얼굴이 장난스러워졌다. 그녀는 강조했다.

"바로 그걸 당신이 보상해 줘야 하는 거예요. 그리고 당신이 멋있기 때문이 아니라 바로 그 이유 때문에 당신이 와서 기쁜 거고요."

네드 보몬트는 짐짓 분개한 듯 인상을 찌푸렸다.

그녀도 인상을 찌푸렸다. 그것은 진심이었다.

"정말로 차가 고장 났나요? 아니면 저 사람들이 저렇게 멍청할 정도로 비밀스럽게 구는 바로 그 일 때문에 온 건가요? 그렇군요. 당신도 저들과 한 패로군요."

"내가 당신을 본 뒤에 마음이 바뀌었다면 무엇 때문에 왔는지는 상관없지 않나요?"

그는 웃은 뒤 물었다.

"아아니요……." 그녀는 의심스러워했다. "하지만 당신이 마음을 바꿨는지는 못을 박아 둬야 할 것 같군요."

"게다가 어쨌든 난 전혀 비밀스럽게 굴지 않을 겁니다. 저들이 왜 다들 마음을 졸이고 있는지 정말 아무것도 모릅니까?"

그가 가볍게 장담했다.

"전혀요. 아주 멍청하고 정치적인 일이라는 게 확실하다는 점만 빼고요."

그녀가 악의적으로 말했다.

네드 보몬트는 놀고 있던 손을 들어 그녀의 한쪽 손을 토닥였다.

"똑똑하시군요, 둘 다 맞아요."

그는 고개를 돌려 오로리와 매튜스를 쳐다보았다. 다시 엘로이스를 보았을 때 그의 눈은 유쾌함으로 빛났다.

"내가 말해 줄까요?"

"아뇨."

"우선, 오팔은 자기 아버지가 테일러 헨리를 죽였다고 생각해요."

오팔 매드빅은 목을 조이는 듯한 끔찍스런 소리를 내더니 발받침에서 벌떡 일어났다. 그녀는 한쪽 손등을 입에 가져다

대었다. 눈이 휘둥그레져서 홍채 주위로 흰자위가 다 드러났는데 멀겋고 끔찍해 보였다.

분노로 얼굴이 벌게진 러스티가 휘청대며 일어섰지만, 제프는 음흉하게 쳐다보며 러스티의 손을 잡았다. 그는 온화하게 말했다.

"그냥 내버려 둬. 괜찮아."

러스티는 원숭이 같은 제프가 붙잡은 손을 뿌리칠 기세로 서 있었지만, 몸을 빼내려고 하지는 않았다.

엘로이스 매튜스는 의자에 얼어붙어, 이해가 안 간다는 눈으로 오팔을 응시했다.

매튜스는 떨고 있었고, 아랫입술과 눈 밑이 처져서, 잿빛 얼굴의 쭈그러든 병자처럼 보였다.

섀드 오로리는 의자에서 몸을 앞으로 기울이고 앉아 있었다. 섬세하게 빚어 놓은 긴 얼굴은 창백하고 뻣뻣했고, 눈은 청회색 얼음 같았으며, 손은 의자 팔걸이를 붙잡은 채, 발은 바닥에 닿아 있었다.

"둘째로, 오팔은……." 네드 보몬트가 말했다.

다른 사람들의 불안도 그의 침착함을 전혀 흔들지 못했다.

"네드, 그만 둬!"

오팔 매드빅이 소리쳤다.

그는 그대로 앉아서 몸을 돌리더니 오팔을 올려다보았다.

오팔은 입에서 손을 떼어 냈다. 깍지를 낀 두 손은 가슴께에 있었다. 고통스러운 눈, 초췌한 얼굴이 그에게 자비를 구했다.

네드 보몬트는 잠시 그녀를 진지하게 살폈다. 창문과 벽에서 비가 건물에 한바탕 휘몰아치는 소리가 들렸고, 잠잠해질 때면 근처의 강에서 어수선한 소리가 들렸다. 그녀를 살피던 네드 보몬트의 눈은 차분하고 신중했다. 곧 그는 친절하지만 냉담한 목소리로 말했다.

"너 그래서 여기 온 거 아닌가?"

"제발 하지 마."

오팔이 쉰 소리로 말했다. 네드 보몬트는 엷은 웃음을 지었지만 눈은 전혀 웃지 않았다.

"너랑 네 아버지의 적 외에는 아무도 떠들고 다니면 안 되나 보지?"

오팔은 손을, 주먹을 옆으로 내리고, 성난 표정으로 얼굴을 들고서 강하게 울리는 목소리로 말했다.

"아빠는 진짜로 테일러를 죽였어."

네드 보몬트는 다시 손을 짚어 뒤로 기대고 엘로이스 매튜스를 올려다보며 느릿느릿 말했다

"내가 말하려던 게 이거예요. 저렇게 생각하던 오팔은 당신 남편이 오늘 아침 찍어 낸 쓰레기 기사를 보고서 그에게 찾아가죠. 물론 당신 남편은 폴이 살인을 저질렀다고 생각하지 않

았어요. 단지 상황이 안 좋아서, (그는 오로리가 상원의원 후보로 내보낸 자가 소유주로 돼 있는 스테이트 센트럴 신탁에 저당이 잡혀 있죠.) 그래서 시키는 대로 해야 할 뿐이에요. 오팔은……."

매튜스가 끼어들었다. 그의 목소리는 가냘프고 절망적이었다.

"이제 그만두시죠, 보몬트. 당신은……."

오로리가 매튜스를 막았다. 그의 목소리는 조용하고 음악적이었다.

"말하게 두세요, 매튜스. 하고 싶은 대로 하게요."

네드 보몬트는 "고맙군, 섀드."라고 무심하게, 쳐다보지 않고서 말하고는 계속했다.

"오팔은 당신 남편을 찾아가 자기 의심을 확인하려고 했지만, 매튜스는 확인시켜 줄 말을 해 줄 수 없었죠. 거짓말하지 않는 이상은. 아무것도 모르거든. 매튜스는 그저 섀드가 던지라고 하는 곳에 진흙을 던질 뿐이에요. 하지만 그가 할 수 있고 실제로 할 일은 이거죠. 그는 내일 조간신문에 오팔이 찾아와서 자기 아버지가 자기 연인을 죽인 것 같다고 말했다는 이야기를 찍을 수 있어요. 사랑스런 강펀치가 되겠죠. '오팔 매드빅, 아버지를 살인자라고 비난하다. 보스 딸, 아버지가 의원의 아들을 죽였다고 말하다!' 《옵저버》 1면 기사에 이렇게 찍힌 내용이 상상이 가지 않아요?"

창백한 얼굴에 둥근 눈으로, 엘로이스 매튜스는 숨죽이고 이야기를 들으며 그의 얼굴 위로 몸을 숙이고 있었다.

네드 보몬트는 웃음 짓고 있는 입술 사이로 혀끝을 넣었다 빼고서 말했다.

"그래서 매튜스는 오팔을 여기로 데리고 왔어요. 기사를 터뜨릴 때까지 오팔을 보호하려고. 어쩌면 섀드와 애들이 여기 있는 걸 알았을 수도 있고 아닐 수도 있어요. 그래도 달라질 건 없죠. 신문이 나올 때까지 아무도 찾지 못할 곳에 데려다 놓으려는 것이었으니까요. 그렇다고 오팔이 반대하는데도 오팔을 여기로 데기로 오거나 여기 묶어 뒀을 거란 얘긴 아니에요. 상황이 흘러가는 걸 보면 그건 그리 똑똑한 처사가 아닐 테니. 하지만 그럴 필요가 전혀 없었죠. 오팔은 아버지를 망치기 위해서라면 무슨 짓이든 하려고 하니까."

오팔 매드빅은 속삭이는 소리로, 하지만 또렷하게 말했다.

"아빠는 그이를 죽였어."

네드 보몬트는 똑바로 앉아서 오팔을 보았다. 잠시 근엄하게 보다가 웃고는, 유쾌한 체념을 보이듯 머리를 흔들고서, 팔꿈치를 뒤로 향해 기댔다.

엘로이스 매튜스는 놀라움이 가득한 짙은 눈으로 남편을 응시하고 있었다. 매튜스는 이미 앉아 있었다. 그는 고개를 숙이고 있었고, 손으로 얼굴을 가렸다.

새드 오로리가 다리를 바꿔 꼬고서 담배를 꺼냈다. 그는 온화하게 물었다.

"다했습니까?"

네드 보몬트는 오로리를 등지고 있었다. 그는 돌아보지 않고 대답했다.

"두말하면 잔소리."

그의 목소리는 차분했지만, 얼굴은 갑자기 고단하고 초췌했다.

오로리는 담배에 불을 붙였다. 그러고 나서 말했다.

"그래서 그게 대체 뭐 어쨌다는 거지요? 이제 우리가 반격할 차례니 들어보시죠. 저 여자는 자기 스스로 그 이야기를 가지고 왔습니다. 저 여자가 여기 온 건 자기가 원해서였지요. 당신도 마찬가지고. 당신이든 저 여자든 그 누구든 가고 싶은 데로 가고 싶을 때 갈 수 있습니다." 그는 일어났다. "난 자러 가야겠군요. 어디서 자야 하지요, 매튜스?"

"그건 사실이 아니에요, 헬."

엘로이스 매튜스가 남편에게 말했다. 그건 질문이 아니었다.

매튜스는 얼굴에서 천천히 손을 떼었다. 그는 품위 있게 말했다.

"여보, 경찰에게 적어도 매드빅을 심문하라고 주장할 정도의 증거는 수도 없이 많아요. 우린 단지 그 말을 한 것뿐이에요."

"내 말은 그게 아니에요."

"그게, 여보, 매드빅 양이 왔을 때……."

그는 더듬거리더니, 말을 중단했다. 잿빛 얼굴이 되어, 아내의 눈길 앞에서 몸을 떨더니 다시 얼굴을 손으로 가렸다.

엘로이스 매튜스와 네드 보몬트는 커다란 1층 방에서 단 둘이 남아, 어느 정도 떨어진 의자에 벽난로를 앞에 두고 앉아 있었다. 엘로이스 매튜스는 몸을 앞으로 숙여, 마지막 장작이 타는 모양을 비극적인 눈길로 쳐다보았다. 네드 보몬트는 다리를 꼬고 있었다. 한쪽 팔은 의자 뒤쪽으로 꺾여 있었다. 그는 시가를 피우며 은밀하게 그녀를 지켜보았다.

계단이 삐걱거리고 매튜스가 중간쯤 내려왔다. 그는 칼라를 떼어 낸 것을 제외하면 옷을 다 입고 있었다. 넥타이는 약간 느슨해져서 조끼 바깥에 걸쳐져 있었다.

"여보, 자러 가야죠? 자정이에요." 그가 말했다.

그녀는 움직이지 않았다.

"보몬트 씨, 당신은……?" 매튜스가 말했다.

네드 보몬트는 자기 이름이 들리자 고개를 돌려 계단에 서 있는, 잔혹할 정도로 차분한 얼굴의 남자를 보았다. 매튜스의 목소리가 끊기자, 네드 보몬트는 다시 시가와 매튜스의 아내에게 주의를 돌렸다.

잠시 후 매튜스는 다시 위층으로 올라갔다.

엘로이스 매튜스는 벽난로에서 눈을 떼지 않고 말했다.

"궤에 위스키가 좀 있어요. 가져다줄래요?"

"물론." 그는 위스키와 함께 잔도 몇 개 발견했다. "스트레이트로?"

그녀는 끄덕였다. 둥근 가슴이 호흡과 함께 불규칙적으로 움직이며, 붉은 실크 드레스를 부풀었다 줄었다 하게 했다.

그는 두 잔을 꽉 채웠다.

그녀는 네드 보몬트가 손에 술잔을 건네줄 때까지 계속 불을 보고 있었다. 그러고는 고개를 들더니 뒤틀린 미소를 지으며, 립스틱을 잔뜩 바른 아름다운 얇은 입술을 옆으로 비틀었다. 눈은 난로의 붉은 불빛을 반사하여 너무 밝았다.

네드 보몬트는 그녀에게 웃었다.

그녀는 잔을 들고, 속삭이듯 말했다.

"남편을 위해!"

네드 보몬트는 "아니."라고 무심하게 말하고 잔에 담긴 내용물을 벽난로에 던졌고, 술은 칙칙거리며 불길을 춤추게 했다.

그녀는 기뻐하며 웃고서 펄쩍 일어나서 청했다.

"한 번 더 해요."

그는 바닥에서 병을 들어 잔을 다시 채웠다.

그녀는 머리 위로 잔을 높이 들었다.

"당신을 위해!"

그들은 함께 술을 들이켰다. 그녀가 몸을 부르르 떨었다.

"마실 때든 마시고 나서든 뭘 같이 먹는 게 좋아요."

그가 제안했다.

그녀는 고개를 흔들었다. 그러고는 그의 팔에 손을 얹고서 난로를 등지고, 그의 옆에 가까이 섰다.

"난 이게 좋아요. 우리 저 벤치를 이리로 가지고 와요."

"그거 좋은 생각이군요."

그들은 난로 앞에서 의자를 치우고, 서로 한쪽씩 잡고서 벤치를 그곳으로 옮겼다. 벤치는 넓고 낮고 등받이가 없었다.

"이제 불을 꺼요."

그녀가 말하자 그는 그렇게 했다. 그가 벤치로 돌아갔을 때 그녀는 앉아서 잔에 술을 붓고 있었다.

"이번엔 당신을 위해."

그의 말에 엘로이스는 함께 술을 마셨고 다시 몸을 떨었다.

네드 보몬트는 그녀 옆에 앉았다. 난로에서 나오는 불빛에 그들은 발그레했다.

계단이 삐걱거리고 그녀의 남편이 다시 내려왔다. 남편은 마지막 계단에서 멈추고 말했다.

"제발, 여보!"

엘로이스는 네드 보몬트의 귀에 포악하게 속삭였다.

"저이한테 아무거나 집어던져요."

네드 보몬트는 킥킥거렸다.

그녀는 위스키 병을 들고 말했다.

"당신 잔 어디 있어요?"

그녀가 잔에 술을 채우는 동안 매튜스는 위층으로 올라갔다.

그녀는 네드 보몬트에게 잔을 주고 자기 잔을 부딪쳤다. 그녀의 눈은 붉은 불빛 속에서 격렬했다. 짙은 머리카락이 흘러내려 눈썹 아래까지 드리웠다. 그녀는 입으로 숨 쉬며, 조용히 헐떡이면서 말했다.

"우리를 위해!"

두 사람은 마셨다. 엘로이스는 빈 잔을 떨어뜨리고 그의 팔에 안겼다. 그녀의 입술이 그의 입술을 향할 때, 그녀가 몸을 떨었다. 떨어진 잔이 나무 바닥에 떨어지며 시끄럽게 깨졌다. 네드 보몬트의 눈은 가늘고 교활했다. 그녀의 눈은 꼭 감겨 있었다.

그들이 움직이지 않고 그대로 있는데 계단이 삐걱거렸다. 네드 보몬트는 이번엔 움직이지 않았다. 엘로이스는 메마른 팔로 그를 꼭 안았다. 그의 시야에는 계단이 들어오지 않았다. 둘 다 이제 호흡이 거칠었다.

그러더니 다시 계단에서 삐걱대는 소리가 들렸고, 잠시 후 그들은 머리를 떼었지만 팔은 상대의 몸을 안고 있었다. 네드 보몬트는 계단을 보았다. 아무도 없었다.

엘로이스 매튜스는 그의 뒤통수로 손을 움직여, 손가락으로 머리카락을 쓰다듬으며, 손톱으로 머리를 찔렀다. 그녀의 눈은 이제 완전히 감겨 있지 않았다. 시커먼 틈새가 되어 웃고 있었다.

"산다는 게 그래요."

그녀는 다소 씁쓸하게 조소하는 목소리로 말하고, 벤치에서 뒤로 기대며 그를 끌어당기고, 그의 입술을 자기 입술에 끌어당겼다.

두 사람이 그렇게 있는데 총소리가 들렸다.

네드 보몬트는 그녀의 팔에서 빠져나와 즉시 일어났다. 그가 날카롭게 물었다.

"남편 방이?"

그녀는 두려움에 말도 못하고 눈만 깜빡거렸다. 그가 다시 물었다.

"남편 방이 어디냐고요?"

그녀는 연약한 손을 움직여 잠긴 목소리로 말했다.

"앞쪽이에요."

그는 계단으로 뛰어가 몇 계단씩 올라갔다. 층계참에 이르자 원숭이 같은 제프와 얼굴이 마주쳤는데, 제프는 신발만 신지 않았을 뿐 옷을 입은 채 부어오른 눈을 깜빡이며 잠을 쫓고 있었다. 제프는 엉덩이에 한쪽 손을 대고 다른 손을 뻗어 네드 보몬트를 멈추려고 하면서 성난 목소리로 말했다.

"도대체 무슨 일이지?"

네드는 뻗은 그의 손을 피해 옆으로 지나간 뒤 원숭이 남자의 주둥이에 왼쪽 주먹을 날렸다. 제프는 으르렁대며 뒷걸음질 쳤다. 네드 보몬트는 재빠르게 제프를 지나가 건물 앞으로 내달렸다. 오로리가 다른 방에서 나와 그의 뒤를 좇았다.

아래층에서 매튜스 부인의 비명이 들렸다.

네드 보몬트는 문을 획 열고서 멈췄다. 매튜스가 램프 밑, 침실 바닥에 등을 대고 누워 있었다. 입은 열려 있었고 피가 조금 흘러 나왔다. 한쪽 팔은 바닥에 내팽개쳐져 있었고, 다른 팔은 가슴에 놓여 있었다. 펼쳐진 팔이 가리키는 듯 보이는 저쪽 벽에는 검정 권총이 있었다. 창가에 있던 탁자에는 잉크통과 (마개는 그 옆에 뒤집힌 채 놓여 있고) 펜과 종이가 한 장 있었다. 의자 하나가 탁자를 마주보고 가까이 놓여 있었다.

섀드 오로리가 네드 보몬트를 밀치고 지나가 바닥에 누운 남자 옆에 무릎을 꿇었다. 그러는 동안 뒤에 있던 네드 보몬트는 탁자 위에 놓인 종이를 신속하게 보고는 그것을 주머니에 쑤셔 넣었다.

제프가 들어왔고, 러스티가 벌거벗은 채 따라 들어왔다.

오로리가 일어나서 최종 선언을 하듯 양손을 조금 벌렸다.

"입천장을 쏴서 자살했군. 죽었어."

네드 보몬트는 몸을 돌려 방에서 나갔다. 그는 홀에서 오팔 매드빅을 만났다.

"무슨 일이야, 네드 오빠?" 오팔이 두려운 목소리로 물었다.

"매튜스가 자살했어. 난 내려가서 저 여자 옆에 있을 테니까 옷 좀 입어. 들어가지 마. 볼 거 없어."

그는 아래층으로 내려갔다.

엘로이스 매튜스는 벤치 옆 바닥에 희미한 형체로 누워 있었다.

네드 보몬트는 재빠르게 두 걸음을 다가갔다가 멈추고, 기민하고 냉정한 눈으로 방을 둘러보았다. 그러고는 다시 다가가 옆에 무릎을 꿇고 앉아, 맥을 짚었다. 꺼져가는 벽난로의 침침한 불길 속에서 되도록 가까이 다가가 그녀를 보았다. 의식이 있다는 징후가 보이지 않았다. 그는 매튜스의 탁자에서 가져온 종이를 주머니에서 꺼내 무릎을 꿇은 채 난롯가로 다가가, 거기서 잉걸불에 비춰 읽었다.

> 나, 하워드 키스 매튜스는 기억과 정신이 정상인 상태로 이것이 내 최종 유언임을 선언한다.
>
> 나는 내 아내 엘로이스 브레이든 매튜스에게 종류를 불문하고 내 동산과 개인 재산 일체를 완전하게 유증한다.
>
> 나는 이로써 스테이트 센트럴 신탁 회사를 이 유언의 유일

한 집행자로 임명한다.

그 증거로 여기에 서명한다…….

네드 보몬트는 엄숙하게 웃더니, 읽기를 그만두고 유서를 세 차례 찢었다. 그는 일어나서 난로의 철망으로 다가가 찢어진 종이를 잉걸불에 던졌다. 조각들은 잠시 환하게 타오르더니 곧 사라졌다. 그는 불가에 서 있던 연철 삽으로 재를 눌러서 목탄으로 만들어 버렸다.

그러고는 매튜스 부인 곁으로 돌아가 자신이 마신 잔에 위스키를 따르고 그녀의 고개를 들더니 입술 사이로 술을 조금 부었다. 그녀가 약간 정신이 깨어 기침하고 있을 때 오팔 매드빅이 아래층으로 내려왔다.

섀드 오로리가 아래층으로 내려왔다. 제프와 러스티도 뒤를 따랐다. 모두 옷을 입고 있었다. 네드 보몬트는 비옷과 모자를 쓰고 문가에 서 있었다.

"어딜 가시지요, 네드?" 섀드가 물었다.

"전화기 찾으러."

오로리가 끄덕였다.

"그거 참 좋은 생각이군요. 하지만 물어보고 싶은 게 있습니다."

그는 계단을 마저 내려왔고, 나머지 두 사람도 가까이서 따라갔다.

"뭐지?" 네드 보몬트가 말했다.

그는 주머니에서 손을 꺼냈다. 그 손은 오로리와 그의 뒤에 있던 두 남자에게는 보였지만, 오팔이 엘로이스 매튜스를 팔로 감싸고 앉아 있던 벤치에서는 네드 보몬트의 몸에 가려 보이지 않았다. 손에는 권총이 있었다.

"어리석은 일이 일어나지 않게 하기 위한 것뿐이야. 바쁘거든."

오로리는 권총을 보지 못한 듯했지만, 가까이 다가오지는 않았다. 그는 사색하듯 말했다.

"탁자에 펜과 열린 잉크병이 있고 가까이에 의자가 있는데 글은 발견하지 못했다니 좀 우습다고 생각하고 있었지요."

네드 보몬트는 짐짓 놀란 척하며 웃었다.

"뭐라, 글이 없어?" 그는 한걸음 뒤로 물러나며 문으로 움직였다. "그거 우습군, 좋아. 전화하고 나서 돌아와서 몇 시간이라도 같이 논의해 주지."

"지금이 나을 텐데요."

"미안하군. 오래 걸리지 않을 거야."

네드 보몬트는 재빠르게 문으로 이동하여, 손잡이를 더듬어 찾은 뒤 문을 열었다. 그는 뛰어 나가서 문을 쾅 닫았다.

비는 이미 멈췄다. 그는 길에서 벗어나 길 반대편 주위의 긴

풀밭으로 뛰어들었다. 집에서 다시 문이 쾅 하고 닫히는 소리가 들렸다. 강은 네드 보몬트의 왼편으로, 멀지 않은 곳에서 흐르고 있었다. 그는 덤불을 헤치며 강을 향해 이동했다.

높은 음의 날카로운 휘파람 소리가, 크지는 않지만 어딘가 뒤쪽에서 들려왔다. 그는 부드러운 진흙 지역을 허우적대며 지나가 나무들이 있는 곳으로 가서, 강 반대쪽으로 방향을 틀어 이동했다. 다시 그의 오른쪽에서 휘파람이 들렸다. 나무들 너머에는 어깨 높이의 덤불들이 있었다. 그는 그 사이로 이동하며, 몸을 감추기 위해, 사위가 완벽히 캄캄했는데도 허리 위쪽을 숙였다.

그가 가는 길은 오르막으로, 미끄러운 곳도 많고 울퉁불퉁한 데다가, 손과 얼굴에 자상을 내고 옷에 들러붙는 덤불을 통과해야 했다. 그는 세 차례나 넘어졌다. 수없이 비틀거렸다. 휘파람은 더 이상 들리지 않았다. 그는 뷰익을 찾지 못했다. 자기가 온 길을 찾지 못했다.

그는 이제 다리를 끌면서, 장애물도 없는데 비척댔고 이윽고 언덕 정상에 올라가 반대편으로 내려갈 때는 더 자주 넘어졌다. 언덕 밑에서 길을 하나 발견하고서 오른쪽으로 틀었다. 발에 들러붙는 진흙이 점점 불어나 떼어 내느라 계속 멈춰야 했다. 그는 권총으로 흙을 긁어냈다.

뒤에서 개 짖는 소리가 들리자 행동을 멈추고 취한 사람처럼 뒤를 돌아보았다. 길 가까이, 그에게서 15미터 정도 뒤쪽에 그가 지나친 집의 형체가 희미하게 보였다. 그는 발걸음을 돌려 커다란 문 앞으로 갔다. 그 집 개가 (밤이라 형태 없는 괴물로 보였다.) 문의 반대편으로 몸을 던지며 엄청나게 짖어댔다.

네드 보몬트는 문 한쪽 끝을 따라 더듬거리며 나아가 자물쇠를 발견하여 연 다음 안으로 비척대며 들어갔다. 개는 뒤로 멀어지며, 빙빙 돌며, 공격하는 척하며 밤의 적막을 깨고 있었다.

창문이 하나 끽 하며 열리고 무거운 목소리가 외쳤다.

"당신, 개한테 무슨 짓이오?"

네드 보몬트는 힘없이 웃었다. 그러더니 몸을 떨고서 너무 가늘지 않은 목소리로 대답했다.

"난 지방검사 사무실의 보몬트라고 하오. 전화를 좀 쓰고 싶소. 저 아래 죽은 사람이 있어서."

굵은 목소리가 으르렁거렸다.

"무슨 소린지 알아들을 수가 없군. 조용히 해, 지니!" 개는 점점 더 세차게 세 번 더 짖더니 조용해졌다. "뭐라고 했소?"

"전화를 쓰고 싶소. 지방검사 사무실로. 저 아래 죽은 사람이 있단 말이오."

"도무지 무슨 소린지!"

굵은 목소리가 외쳤다. 창문이 끽 하며 닫혔다.

개는 다시 짖고 빙빙 돌고 공격하는 척하기 시작했다. 네드 보몬트는 진흙투성이가 된 권총을 개에게 던졌다. 개는 몸을 돌려 집 뒤로 달아났다.

얼굴이 붉고 몸집이 드럼통 같은 키 작은 남자가 파란색 긴 잠옷을 입고 나와서 정문을 열어 주었다. 네드 보몬트가 통로에서 나타나자 그가 기막히다는 듯 말했다.

"하느님 맙소사, 꼴이 그게 뭐요!"

"전화기." 네드 보몬트가 말했다.

붉은 얼굴의 남자는 휘청거리는 네드 보몬트를 붙잡았다. 걸걸한 목소리로 말했다.

"자, 누구한테 전화해서 뭐라고 전할지 말해 주시오. 당신은 못 움직이니까."

"전화기."

붉은 얼굴의 남자는 그를 부축하며 복도를 따라 걸어가, 문을 열고 말했다.

"저기 있소. 마누라가 집에 없는 게 천만 다행인 줄 아쇼. 아니면 진흙투성이론 절대 집에 발도 못 붙였을 테니."

네드 보몬트는 전화기 앞의 의자에 쓰러졌지만, 곧바로 전화기에 손을 뻗지는 않았다. 그는 파란 잠옷을 입은 남자를 노려보고서 잠긴 소리로 말했다.

"나가서 문 닫으시오."

붉은 얼굴의 남자는 어차피 방으로 들어오지 않았다. 그는 문을 닫았다.

네드 보몬트는 수화기를 들고, 몸을 앞으로 숙여 팔꿈치를 탁자에 기대고서 폴 매드빅에게 전화했다. 기다리는 동안 눈꺼풀이 대여섯 번은 감겼지만, 그는 강제로 눈을 떴고 마침내 통화가 연결되었을 때는 완전히 떠졌다.

"여, 형. 나야. ……괜찮아. 내 말 들어 봐. 매튜스가 강가에 있는 집에서 자살했는데 유언을 남기지 않았어. ……내 말 들으라니까. 중요해. 빚은 많고 집행할 자를 지정할 유언장이 없는 상황이라 법원이 재산 처분할 사람을 지목할 수 있게 될 거야. 이해하겠어? ……그래. 적당한 판사가 맡게 안배해. ……펠프스 어때. ……그러면 《옵저버》는 싸움에서 빠지게 될 거야. ……우리 편이 되겠지. ……선거 때까지 말이야. 이해하겠어? ……알았어, 알았어, 들어봐. 그건 일부분일 뿐이야. 앞으로 해야 할 일이 있어. 《옵저버》에 내일 조간으로 실릴 다이너마이트가 장치돼 있어. 형은 그걸 멈춰야 해. 내 생각엔 펠프스를 깨워서 법원 명령이라도 받아내. ……뭐가 됐든 이제 한 달 정도 우리 친구들이 그곳을 장악하게 될 테니 거기 고용인들한테 자기 입장이 어떤지 알려줄 때까지는 중단시켜야 해. ……지금은 말할 수 없어, 형, 여하간 그건 다이너마이트니까 인쇄되지 않게 막아야 해. 펠프스를 깨우고 가서 직접 봐. 신문 깔리기까지 한 세 시간 남았어. ……그래. ……뭐라고? ……오팔? 아, 잘 있어. 나랑 같이 있어. ……그래, 집에 데려갈게. …… 그리고 카운티 사람들에게 전화해서 매튜스 소식 좀 알려 줘. 난 그 집에 돌아간다. 그래."

그는 수화기를 탁자에 내려놓고 일어서서, 비틀대며 문으로 가서 두 번째 시도에서 문을 열고서 복도로 넘어질 듯 나왔지만 벽 덕분에 바닥에 구르지는 않았다.

붉은 얼굴의 남자가 서둘러 다가왔다.

"그냥 나한테 기대쇼, 형제, 내가 편하게 해 줄 테니. 소파에 담요를 깔아 두었으니 진흙 걱정은 하지 않아도 돼요. 그리고……."

"차 좀 빌리고 싶소만. 매튜스의 집으로 돌아가야 하오."

"죽은 게 그 사람이오?"

"그렇소."

붉은 얼굴의 남자는 눈썹을 치켜뜨고 째지는 소리를 냈다.

"차 빌려 주겠소?" 네드 보몬트가 물었다.

"하느님 맙소사, 형제, 정신 좀 차리쇼! 당최 어떻게 운전을 하겠다는 거요?"

네드 보몬트는 흔들거리며 남자에게서 물러났다.

"걸어가지."

붉은 얼굴의 남자가 그를 노려보았다.

"그것도 안 돼요. 여기 진정하고 있으면 내가 가서 바지 입고 데려다 주겠소. 십중팔구는 가다가 죽을 것 같지만."

네드 보몬트가 붉은 얼굴의 남자에게 거의 실려서 들어갔을 때 오팔 매드빅과 엘로이스 매튜스는 커다란 1층 방에 함께 있었다. 두 남자는 문을 두드리지 않고 들어갔다. 가까이서 있던 두 여자는 놀라서 눈을 커다랗게 떴다.

네드 보몬트는 같이 온 남자의 팔에서 몸을 추스르고 방을 멍하게 둘러보았다. 그는 웅얼거렸다.

"섀드는 어디 있지?"

"갔어. 다들 가 버렸어." 오팔이 대답했다.

"좋아. 너랑 둘이 할 얘기가 있어." 그가 힘겹게 말했다.

엘로이스 매튜스가 그에게 뛰어들며 외쳤다.

"당신이 그이를 죽였어!"

그는 바보처럼 킬킬거리고는 그녀를 안으려고 했다.

그녀는 소리를 지르고, 손바닥으로 네드 보몬트의 얼굴을 쳤다.

그는 몸을 굽히지도 않고 그대로 쓰러졌다. 붉은 얼굴의 남자가 그를 잡으려 했지만, 놓치고 말았다. 네드 보몬트는 바닥에 쓰러지더니 꼼짝도 하지 않았다.

7장

심복

헨리 상원의원이 탁자에 냅킨을 내려놓고 자리에서 일어났다. 일어서자 그는 실제보다 더 크고 젊어 보였다. 숱이 적은 잿빛 머리카락 아래, 다소 작은 그의 두상은 눈에 띄게 대칭이었다. 노화된 근육이 그의 귀족적인 얼굴에 늘어지며 세로 선을 더 두드러지게 했지만, 입까지 처지지는 않았고 눈에는 세월의 흔적이 전혀 드러나지 않았다. 두 눈은 초록이 감도는 잿빛으로, 깊었고, 크지는 않지만 빛났으며, 눈꺼풀도 탱탱했다. 그는 세심하게 준비한 진중한 어조로 말했다.

"폴을 2층에 잠시 데리고 가도 괜찮겠지?"

그의 딸이 대답했다.

"네, 보몬트 씨를 남겨 주신다면요. 그리고 저녁 내내 거기 계시지 않겠다고 약속하신다면요."

네드 보몬트는 예의 바르게 웃으며, 고개를 약간 숙였다.

네드 보몬트와 재닛 헨리가 들어간 방은 흰 벽으로 둘러싸인 곳으로, 흰색 벽난로 선반 아래 쇠살대에서 석탄이 느릿하게 타오르며 마호가니 가구에 어두침침한 붉은 빛을 비추었다.

재닛은 피아노 옆에 놓인 램프에 불을 켜고 건반을 등지고 자리에 앉았는데, 머리가 네드 보몬트와 램프 사이에 있게 되었다. 금발머리가 램프 빛을 받자 머리 주위에 후광이 생겼다. 검정색 가운은 스웨이드 같은 재질로 만들어져서 빛이 반사되지 않았고, 장신구는 하지 않았다.

네드 보몬트는 타오르는 석탄에 시가 재를 떨려고 몸을 숙였다. 그러자 셔츠 가슴받이에 붙은 흑진주가 빛을 받아 반짝이는 모양이, 붉은 눈이 윙크하는 듯 보였다. 그는 몸을 펴고 말했다.

"연주하겠어요?"

"네, 원하시면요. 썩 잘하는 연주는 아니지만요. 하지만 나중에요. 지금은 당신과 얘기하고 싶거든요."

그녀의 손은 무릎에 놓여 있었다. 똑바로 뻗은 팔 때문에 어깨가 위로 올라가 있었다.

네드 보몬트는 정중하게 고개를 끄덕였지만, 아무 말도 하지 않았다. 그는 난롯가에서 떨어져 그녀에게서 멀지 않은 곳, 양쪽 끝이 리라 모양으로 된 소파에 앉았다. 그는 주의를 기울이고 있었지만 호기심은 배어나오지 않았다.

그를 마주보려고 피아노 의자에서 몸을 돌려 앉은 그녀가 물었다. 낮고 친밀한 목소리였다.

"오팔은 어때요?"

그의 목소리는 무심했다.

"내가 아는 한은 완벽하게 잘 지내지요. 지난주 이후로는 보지 못했지만." 그는 시가를 조금 들어 입으로 가져가다가 다시 내리고서, 막 질문이 떠오른 것처럼 물었다. "왜 묻는 거죠?"

그녀는 갈색 눈을 크게 떴다.

"신경 쇠약으로 누워 있지 않은가요?"

"아, 그거! 폴이 말해 주지 않았나요?"

그가 아무렇지 않게 웃으며 말했다.

그녀는 당황하며 네드 보몬트를 응시했다.

"네, 신경 쇠약으로 누워 있다고 말해 줬어요. 그건 말해 줬죠."

네드 보몬트의 웃음이 부드러워졌다. 그는 시가를 쳐다보며 천천히 말했다.

"내 생각에는 폴이 그 문제에 민감한 것 같아요. 오팔은 아무 문제 없어요. 단지 그 애는 폴이 당신 오빠를 죽였다는 말도 안 되는 생각을 했고, 게다가 더 멍청하게 그걸 떠들고 다닌 것뿐입니다. 뭐, 폴은 딸이 자기를 살인자라고 떠들고 다니게 내버려 둘 수 없어서, 그런 생각을 버릴 때까지 집에 묶어 둬야 했던 거죠."

"그럼 오팔이……." 그녀는 주저했다. 두 눈이 빛났다. "오팔이…… 그러니까 죄수처럼 갇혀 있다는 건가요?"

"극단적으로 들리는군요. 오팔은 아직 어린애에요. 아이를 방에서 나오지 못하게 하는 건 흔히들 쓰는 훈육 방식 아닌가요?"

그가 무심하게 대꾸하자 재닛 헨리는 황급하게 대답했다.

"오, 그래요! 다만……." 그녀는 무릎에 놓인 손을 내려다보더니 다시 고개를 들었다. "하지만 오팔은 왜 그렇게 생각한 거죠?"

네드 보몬트의 목소리는 그의 웃음만큼이나 미적지근했다.

"누군들 안 그렇겠어요?"

그녀는 피아노 의자 끝에 양손을 놓고 앞으로 몸을 숙였다. 하얀 얼굴이 진지해 보였다.

"그게 제가 여쭤 보고 싶었던 거예요, 보몬트 씨. 사람들이 그렇게 생각하나요?"

그는 고개를 끄덕였다. 그의 얼굴은 잔잔했다.

의자 끝에 놓인 그녀의 주먹이 하얗게 되었다. 그녀는 메마른 음성으로 물었다.

"왜죠?"

네드 보몬트는 소파에서 일어나 시가 재를 떨어뜨리려고 난로로 다가갔다. 자리로 돌아간 그는 긴 다리를 꼬고서 편안하게 뒤로 기댔다.

"상대편은 사람들이 그렇게 생각하도록 조장하는 게 좋은 정치라고 생각하거든요."

자기가 하는 말과 아무런 상관도 없다는 듯한 태도와 얼굴과 목소리였다.

그녀가 인상을 찌푸렸다.

"하지만 보몬트 씨, 모종의 증거가 없다면, 아니면 증거처럼 보일 만한 게 없다면 왜 그렇게 생각할까요?"

그는 그녀를 흥미로운 듯, 재미있다는 듯 쳐다보았다. 그는 엄지손톱으로 한쪽 콧수염을 쓰다듬었다.

"당연히 증거가 있죠. 당신도 아는 줄 알았는데. 요즘 떠도는 익명의 편지를 받지 못했나요?"

그녀는 재빨리 일어섰다. 흥분으로 얼굴이 일그러졌다.

"네, 오늘요! 당신에게 보여 주고 싶었어요……."

그는 부드럽게 웃고서 눈길을 끌려는 동작으로 한쪽 손바닥을 들어 보였다.

"그럴 필요 없어요. 다 거기서 거기인 것 같고 이미 충분히 보았거든." 그녀는 다시, 마지못해 천천히 앉았다. "음, 그 편지들, 우리가 《옵저버》를 싸움에서 떼어낼 때까지 《옵저버》가 찍어 내던 것들, 상대편이 유포하던 것들은 (그는 마른 어깨를 으쓱했다.) 이런저런 사실들을 모아다가 폴을 그럴싸하게 몰아붙인 거예요."

그녀는 아랫입술을 깨물고 물었다.

"폴은, 폴은 정말 위험한 건가요?"

네드 보몬트는 끄덕이고서 차분하고 확신 있게 말했다.

"선거에 진다면, 도시와 주정부에 대한 장악력을 잃어버린다면, 사람들은 폴을 전기의자에 앉힐 겁니다."

그녀는 몸을 떨고서 떨리는 목소리로 물었다.

"하지만 이기면 안전하고요?"

네드 보몬트는 다시 끄덕였다.

"물론."

그녀는 숨을 가다듬었다. 입술이 떨려서 말이 쏟아져 나왔다.

"이길까요?"

"그럴 것 같군요."

"그럼 폴에게 불리한 증거가 아무리 많아도 달라질 게 없겠군요, 그 사람은……" 그녀의 목소리가 갈라졌다. "그 사람은 위험하지 않겠죠?"

"재판 받지 않을 겁니다."

네드 보몬트가 갑자기 똑바로 일어섰다. 눈을 꼭 감았다가 뜬 그는 창백하고 긴장한 그녀의 얼굴을 응시했다. 그의 눈에 기쁨의 빛이 비추더니, 온 얼굴로 퍼져 나갔다. 그는 크게는 아니었지만 매우 기뻐하며 웃었다. 그러고는 일어서서 외쳤다.

"유디트가 여기 있었군!"

재닛 헨리는 숨도 쉬지 않고 가만히 앉아서, 하얗고 멍한 얼굴에 갈색 눈동자로 이해가 안 간다는 듯 그를 쳐다보았다.

그는 방을 이리저리 마구 돌아다니기 시작하며 만족스럽게 이야기했지만, 그녀에게 하는 것이 아니었다. 그는 가끔 어깨 너머로 고개를 돌려 그녀에게 웃음을 건넸다.

"그런 계략이었던 거야, 당연한 것을. 그 여자는 폴을 견딜 수 있었어……. 예의 바르게 대하면서…… 그저 아버지에게 필요한 정치 후원을 위해서라면 말이야. 하지만 그것도 한계가 있지. 아니, 폴이 그토록 그녀를 사랑했으니 그걸로도 충분했을지도 모르겠군. 하지만 그 여자는 폴이 자기 오빠를 죽여 놓고서도 벗어날 거라고 단정해 버린 거야. 자기가 그냥 있으면 말이지……. 정말이지 훌륭해! 폴은 딸과 애인 두 사람 손에 이끌려 전기의자에 다가가고 있었던 거야. 정말 여자 복도 많지."

그는 이제 한쪽 손으로 얇은, 연녹색이 얼룩덜룩한 시가를 쥐고 있었다. 그는 재닛 헨리 앞에서 멈춰서 시가 끝을 붙잡고서, 비난하는 투가 아니라 자기가 발견한 비밀을 알려 주는 투로 말했다.

"당신이 그 익명의 편지를 보낸 거군. 확실해. 그건 당신 오빠와 오팔이 만나던 방에 있는 타자기로 쓴 거지. 열쇠는 테일러가 하나, 오팔이 하나 갖고 있었어. 오팔은 그걸 읽고 나서야 그런 생각을 한 것이니까 그 아이가 쓴 건 아니야. 당신이군. 경찰이 오빠의 다른 물건과 함께 열쇠를 당신과 당신 아버지에게 돌려주자 당신은 방으로 숨어들어 가서 그걸 썼어. 멋지군요."

그는 다시 걷기 시작했다.

"음, 의원님께 튼튼하고 훌륭한 간호사 일개 소대를 불러들여서 당신을 신경 쇠약으로 가둬 두라고 일러 드려야겠군요. 이러다간 정치가들 따님 사이에서 신경 쇠약이 돌림병이 되겠지만, 도시의 집구석마다 환자가 생긴다 해도 선거에 질 수는 없는 법이니까."

그는 어깨 너머로 고개를 돌려 상냥하게 웃었다.

그녀는 한 손을 목에 대었다. 그 외에는 미동도 하지 않았다. 말도 없었다.

"의원님은 우리를 그다지 곤란하게 하진 않을 겁니다, 다행스럽게도. 아무것도 상관하지 않거든…… 당신도, 죽은 아들도…… 재선되는 것만큼 중요하게 여기지는 않지요. 그리고 폴이 아니면 재선될 수 없다는 것도 알고."

그는 웃었다.

"그렇기 때문에 당신이 유디트 역할을 맡기로 한 거죠, 그렇죠? 당신은 아버지가 폴과 갈라지지 않을 거란 걸 알았어요, 그에게 죄가 있다고 생각하더라도…… 선거를 이길 때까지는 말이죠. 음, 그것 참, 우리로서는, 위안이 되는군요."

그가 시가에 불을 붙이려고 말을 멈추자 그녀가 입을 열었다. 그녀는 목에서 손을 내려놓은 상태였다. 두 손은 무릎에 있었다. 그녀는 뻣뻣하지는 않지만 똑바로 앉아 있었다. 목소리는 차분하고 평온했다.

"전 거짓말을 잘 못해요. 전 폴이 오빠를 죽였다는 걸 알아요. 편지는 제가 썼어요."

네드 보몬트는 타고 있는 시가를 입에서 꺼내 다시 소파로 돌아가 그녀를 쳐다보고 앉았다. 그의 표정은 무겁기는 했지만 적대심은 없었다.

"당신은 폴을 미워하는군요, 그렇죠? 폴이 테일러를 죽이지 않았다는 걸 내가 증명한다 해도 여전히 미워할 거죠, 아닌가요?"

"그래요. 그럴 것 같아요."

그녀의 연한 갈색 눈이 그의 짙은 눈을 응시했다.

"그거로군요. 당신은 폴이 당신 오빠를 죽였다고 생각해서 미워하는 게 아니에요. 폴을 미워하기 때문에 오빠를 죽였다고 생각하는 거지."

그녀는 고개를 천천히 가로저었다.

"아뇨."

그는 회의적으로 웃었다. 그러고는 물었다.

"이 얘기를 당신 아버지랑 해 봤나요?"

그녀는 입술을 깨물었고, 얼굴은 다소 빨개졌다.

네드 보몬트는 다시 웃음 지었다.

"그랬더니 아버지가 말도 안 되는 소리라고 했군요."

그녀의 볼이 더욱 붉어졌다. 그녀는 뭔가 말하려고 했지만, 하지 않았다.

"폴이 당신 오빠를 죽였다면 당신 아버지가 알 겁니다."

그녀는 무릎에 놓인 손을 내려다보고서 멍하니 비참하게 말했다.

"아버지는 아실 거예요, 하지만 믿지 않으실 테죠."

"당연히 알아야죠. 폴이 그날 밤 테일러와 오팔에 관해 당신 아버지에게 뭔가 말하기는 한 건가요?"

그의 눈이 가늘어졌다. 그녀는 놀라, 고개를 들었다.

"그날 밤 무슨 일이 있었는지 모르세요?"

"모르는데요."

"그 일은 테일러 오빠와 오팔과는 아무 상관도 없어요."

낱말들이 앞 다투어 나오느라 뒤엉켰다.

"그건……."

그녀는 문으로 고개를 획 돌리고는 탁 소리를 내며 입을 다물었다. 우렁우렁 울려 대는 웃음소리가 문을 통해 들려왔고, 다가서는 발자국 소리도 있었다. 그녀는 다시 황급하게 그를 쳐다보고, 애원하는 듯한 동작으로 두 손을 들었다. 그녀는 필사적일 만치 진지하게 속삭였다.

"말씀드릴 게 있어요. 내일 만날 수 있을까요?"

"좋아요."

"어디서?"

"내 집에서?"

그가 제안했다.

그녀는 재빨리 끄덕였다. 그가 중얼거리며 자기 주소를 말했다. 그녀가 "10시 이후에?"라고 속삭이고 그가 끄덕이자마자, 헨리 의원과 폴 매드빅이 방으로 들어왔다.

폴 매드빅과 네드 보몬트는 10시 30분에 헨리 부녀에게 인사하고 갈색 세단에 탔고, 매드빅이 차를 몰아 찰스가로 갔다. 한 블록 반을 달렸을 때 매드빅이 만족스러운 듯 숨을 휴 내쉬고 말했다.

"세상에, 네드, 너와 재닛이 그렇게 죽이 잘 맞다니 내가 얼마나 기쁜지 모를 거다."

네드 보몬트는 금발의 매드빅의 옆얼굴을 비스듬히 바라보며 말했다.

"난 누구하고나 잘 지낼 수 있다고."

매드빅이 킬킬거렸다. 그는 관대하게 말했다.

"그래 맞다. 우라지게."

네드 보몬트의 입술이 얇게 휘면서 비밀스러운 웃음을 띠었다. 그는 말했다.

"내일 일에 관해서 할 얘기가 있어. 음, 오후에 어디 있을 거야?"

매드빅은 세단을 차이나가로 몰았다.

"사무실에. 월초잖아. 지금 말하지 그러냐? 아직 밤은 긴데."

"지금은 다 모르거든. 오팔은 어때?"

"괜찮아." 매드빅이 우울하게 말하고는 외쳤다. "젠장! 그 녀석한테 화를 낼 수 있으면 좋겠다. 그럼 훨씬 쉬워질 텐데."

차가 가로등을 지나쳤다.

"임신은 아니야." 그는 불쑥 말했다.

네드 보몬트는 말이 없었다. 얼굴은 무표정했다.

매드빅은 세단의 속도를 낮추며 로그 캐빈 클럽으로 다가갔다. 얼굴이 벌겠다. 그는 쉰 소리로 물었다.

"어떻게 생각해, 네드? 그 애가" 그는 시끄럽게 헛기침을 했다. "그 자식의 정부였을까? 아니면 단지 애인 사이였을까?"

"모르겠어. 상관도 없고. 오팔한테는 물어보지 마, 형."

매드빅은 세단을 세우고 정면을 응시하며 잠시 운전석에 앉아 있었다. 그러더니 다시 목을 가다듬고서 낮고 쉰 목소리로 말했다.

"넌 최악의 남자는 아니다, 네드."

"그래."

네드 보몬트가 매드빅과 세단에서 내리면서 동의했다.

그들은 클럽으로 들어가, 2층 계단 시작되는 곳에 걸린 시장 초상화 아래서 무심하게 갈라졌다.

네드 보몬트는 다섯 남자가 스터드 포커를 하고 있고 세 남자가 구경하고 있는, 뒤쪽의 다소 작은 방으로 들어갔다. 그들은 탁자에 네드 보몬트의 자리를 만들어 주었고, 게임이 끝나는 3시까지 그는 약 400달러를 땄다.

재닛 헨리가 네드 보몬트의 집에 찾아온 것은 거의 정오가 다 되어서였다. 그는 그때까지 한 시간 이상 서성대면서, 손톱을 물어뜯으며 동시에 시가를 뻐끔뻐끔 피웠다. 그녀가 초인종을 울리자 그는 서두르지 않고 문으로 다가가 문을 열고, 조금은 유쾌한 웃음을 지으며 말했다.

"잘 잤어요?"

"늦어서 너무 죄송해요. 하지만……."

"하지만 늦은 건 아닙니다. 10시 이후라고만 했으니까."

네드 보몬트는 그녀를 거실로 안내했다.

"맘에 드네요. 멋져요."

그녀가 천천히 고개를 돌려 고풍스런 방을 살펴보며 말했다. 높은 천장, 넓은 유리창, 벽난로가의 커다란 거울, 빨강 플러시 천으로 된 가구. 그녀는 갈색 눈을 반쯤 열린 문으로 향했다.

"저게 침실인가요?"

"그래요. 보고 싶어요?"

"그럼요."

그는 침실을 보여주고, 다음으로 부엌과 화장실도 보여 주었다.

그들이 거실로 돌아오자 그녀가 말했다.

"완벽해요. 여기처럼 끔찍할 정도로 현대화된 도시에서 이런 곳이 남아 있을 줄은 생각도 못했어요."

그는 칭찬에 고맙다는 표시로 고개를 살짝 숙였다.

"제법 괜찮은 곳이죠. 게다가 보다시피 여긴 엿들을 사람도 없고. 옷장에 숨어 있는 게 아닌 다음에야. 그렇진 않겠지만요."

그녀는 몸을 쭉 펴고 서서 그의 눈을 똑바로 쳐다봤다.

"그런 건 생각하지 않았어요. 우린 서로 동의하지 않을 수도 있고, 심지어 적이 될 수도 있겠지만…… 이미 그럴지도 모르겠군요. 아무튼 전 당신이 신사라는 걸 알아요. 아니면 여기 오지도 않았겠죠."

그는 재미있다는 투로 물었다.

"당신 말은 내가 황갈색 신발에 파란 양복을 입지는 않는다는, 뭐 그런 얘긴가요?"

"그런 말이 아니에요."

그가 웃었다.

"그렇다면 틀렸어요. 난 노름꾼이고 정치가의 기생충이죠."

"안 틀렸어요. 우리 제발 싸우지 말아요, 꼭 그래야 할 때까지라도."

그녀의 눈에 애원하는 듯한 빛이 어렸다.

"미안합니다. 좀 앉아요."

그의 웃음은 이제 사과하는 듯했다.

그녀는 앉았다. 그는 그녀를 마주보고 널찍한 빨간 의자에 앉았다. 그는 말했다.

"당신 오빠가 살해된 날 밤 당신 집에서 무슨 일이 일어났는지 말해 주기로 했었죠."

"그래요."

그녀의 입에서 나온 말은 들릴락 말락 했다. 그녀는 얼굴이 빨개졌고 시선을 바닥으로 떨어뜨렸다. 다시 고개를 들었을 때는 눈에 수줍음이 가득했다. 당혹스러움에 목이 메었다.

"알아 주셨으면 해요. 당신은 폴의 친구고…… 그래서 제 적이 될지도 모르죠. 하지만…… 어떤 일이 일어났는지 아신다면, 진실을 아신다면, 적어도 제 적은 되지 않을 거예요. 모르겠네요. 그래도 적이 될지도. 하지만 아셔야 해요. 그러면 결정하실 수 있겠죠. 게다가 폴은 말해 주지 않았어요. 그렇죠?"

주의 깊게 그를 쳐다보는 눈에는 수줍음이 사라지고 없었다.

"난 그날 밤 당신 집에서 무슨 일이 있었는지 모릅니다. 폴은 말해 주지 않았어요."

그녀는 재빠르게 그의 쪽으로 몸을 기울이며 말했다.

"그게 바로 그가 뭔가 숨기고 싶어 한다는 걸, 숨겨야 한다는 걸 말해 주지 않나요?"

그는 어깨를 으쓱했다. 그의 목소리에는 흥분도, 열의도 없었다.

"그렇다고 치면?"

그녀는 인상을 썼다.

"하지만 아셔야 해요…… 그 얘긴 지금 관두죠. 무슨 일이 있었는지 말씀드리면 스스로 알 수 있을 테니." 그녀는 계속해서 몸을 앞으로 한껏 기울이고, 갈색 눈으로 그를 주의 깊게 응시했다. "폴이 저녁 먹으러 왔어요. 우리 집에서 처음으로 저녁 식사에 초대한 거죠."

"그건 알고 있어. 그리고 당신 오빠는 그 자리에 없었지."

"테일러 오빠는 저녁 자리엔 없었지만, 자기 방엔 있었어요. 아버지와 폴과 저만 식탁에 있었죠. 오빠는 나가서 먹으려고 했어요. 오빠는…… 오빠는 오팔 문제 때문에 폴과 같이 식사하려고 하지 않았어요."

그녀가 정정해 주었다.

네드 보몬트는 주의 깊게, 다소 냉정하게 끄덕였다.

"저녁 식사 후 폴과 저는 잠시 그, 지난밤 당신과 제가 이야기하던 그 방에 잠시 있었는데 그가 불쑥 저를 끌어안고 키스했어요."

네드 보몬트는 웃었다. 크게 웃진 않았지만 견딜 수 없는 유쾌함이 묻어났다.

재닛 헨리는 놀라서 그를 쳐다보았다.

그는 표정을 바꾸어 미소 짓고서 말했다.

"미안합니다. 계속해요. 왜 웃었는지 나중에 말해 줄 테니." 그녀가 계속 말하려고 하자 그가 불쑥 말했다. "잠깐만. 폴이 키스할 때 아무 말도 안 했어요?"

"네. 그러니까, 말을 했던 것도 같아요. 다만 전 알아듣지 못했어요. 왜요?"

그녀의 얼굴에 당혹감이 깊어졌다. 네드 보몬트는 다시 웃었다.

"자기 몫에 관해 말했을 거예요. 내 실수였던 것 같군요. 내가 당신 아버지를 후원하지 말라고 설득하면서, 당신 아버지가 당신을 미끼로 삼아 그에게 후원을 받아 내려고 한다고, 미끼를 물 생각이라면 선거 전에 몫을 제대로 챙기지 않으면 절대 받지 못할 거라고 했거든요."

그녀는 눈을 크게 떴다. 두 눈에 어린 당혹감이 줄어 있었다.

"그게 그날 오후였죠. 불행히도 폴을 제대로 이해시킨 것 같지는 않지만." 그는 이마를 찡그렸다. "당신 폴을 어떻게 한 거죠? 폴은 당신과 결혼할 작정이었고 당신에게 존경과 기타 등등을 품고 있었는데, 당신이 뭔가 그를 지독히 자극하지 않았다면 그렇게 당신한테 뛰어들었을 리가 없어요."

그녀가 천천히 대답했다.

"전 아무 짓도 안 했어요. 단지 그날 저녁은 힘들었어요. 다들 편하지 않았죠. 전…… 들키지 않으려고 했어요……. 그러니까, 폴을 접대하기 싫어한다는 걸요. 그 사람은 마음이 편하지 않았겠죠, 알아요, 그리고…… 당혹감과…… 당신이 옳았다는 의심 때문에 아마도……."

그녀는 말을 끝내는 대신 양손을 휙 펴 보였다.

네드 보몬트는 끄덕였다.

"그런 뒤에는 어떻게 되었죠?"

"전 당연히 격분해서, 방에서 나왔죠."

"폴에게 아무 말도 하지 않고요?"

네드 보몬트의 눈이 완전히 숨기지 못한 즐거움으로 반짝였다.

"네, 폴도 제가 아는 한은 아무 말도 하지 않았어요. 전 위층으로 올라가다가, 아래층으로 내려오는 아버지를 만났어요. 무슨 일인지 아버지에게 말하는데…… 전 폴에게도 화가 났지만 아버지에게도 화가 났었어요, 폴이 거기 온 게 아버지 때문이니까……. 폴이 바깥으로 나가는 소리가 들렸어요. 그러고 나서 테일러 오빠가 방에서 내려왔고요." 그녀의 얼굴은 희고 뻣뻣해졌고, 감정으로 목이 멘 듯했다. "오빠는 제가 아버지에게 얘기하는 걸 듣고서 무슨 일이냐고 물었지만, 전 오빠와 아버지를 내버려 두고 제 방으로 갔어요. 너무 화가 나서 더 이상 얘기하고 싶지 않았거든요. 그러고 나서 아버지가 방으로 와서 오빠가, 오빠가 죽었다고 할 때까지 두 사람 다 못 봤어요."

그녀는 말을 멈추고 하얀 얼굴로 네드 보몬트를 쳐다보며, 손가락을 비틀며 그의 반응을 기다렸다.

그의 반응은 차분한 질문으로 나왔다.

"그래서 어쨌다는 거죠?"

"'그래서 어쨌다는 거죠?'" 그녀는 놀라서 따라했다. "모르시겠어요? 테일러 오빠가 폴을 뒤따라 나가서 그를 따라잡았고 그에게 살해되었다는 걸 제가 어떻게 모를 수 있겠어요?

오빤 격노했었고……." 그녀의 얼굴이 밝아졌다. "당신도 오빠의 모자가 발견되지 않았다는 거 알잖아요. 너무 서두르느라, 너무 화가 나서, 모자를 챙길 겨를도 없었던 거라고요. 오빤……."

네드 보몬트는 천천히 고개를 좌우로 흔들고 그녀의 말을 잘랐다. 그의 목소리엔 확신뿐이었다.

"아니. 그걸론 부족해요. 폴은 테일러를 죽일 필요가 없었고 그러지 않았을 거예요. 폴이라면 테일러 정도는 한 손으로도 처리할 수 있었을 테고, 싸울 때 이성을 잃지도 않아요. 그건 분명해요. 난 폴이 싸우는 것도 봤고 그와 직접 싸우기도 했거든. 그것만으로는 말이 안 됩니다." 그는 돌처럼 굳은 눈동자를 가늘게 떴다. "하지만 그렇다고 칩시다. 그러니까 우연히 말이죠, 그것도 믿을 수 없지만. 하지만 그렇다고 하더라도 정당방위 외에 뭐가 나올 수 있겠습니까?"

그녀는 경멸하듯 고개를 들었다.

"정당방위였다면 무엇 때문에 숨겼겠어요?"

네드 보몬트는 무감동하게 말했다.

"폴은 당신과 결혼하고 싶어 하거든요. 당신 오빠를 죽였다고 인정한다면 그리 도움이 되지 않을 테니 말이죠, 아무리 그게……." 그는 킬킬거렸다. "나도 당신처럼 되어 가는군요. 폴은 죽이지 않았어요, 헨리 양."

그녀의 눈은 앞서 그의 눈처럼 단단했다. 그녀는 그를 쳐다보기만 할 뿐 말이 없었다.

그는 생각에 잠긴 표정이 되었다. 그는 한쪽 손가락을 꼼지락거렸다.

"그러니까 당신 오빠가 그날 밤 폴을 따라 나갔다고 나름대로 추론한 근거는 그게 다인가요?"

그녀가 고집했다.

"그걸로 충분해요. 그거라고요. 틀림없어요. 아니면…… 왜, 오빠가 모자도 안 쓰고 차이나가에서 뭘 하고 있었겠어요?"

"당신 아버지도 테일러가 나가는 걸 못 봤고요?"

"네. 나중에야 아셨어요. 우리가……"

그가 말을 잘랐다.

"당신 아버지도 당신과 같은 생각이고요?"

그녀의 눈에 눈물이 고였다.

"분명히요. 오해할 여지도 없잖아요. 아버지가 뭐라고 하시든, 분명 그러실 거예요. 당신도 그럴 거고요. 당신이 동의하지 않는다는 걸 제가 믿으리라 여기시는 건 아니겠죠, 보몬트 씨. 전 당신이 뭘 알고 있었는지 몰라요. 당신은 테일러 오빠가 죽은 걸 발견했어요. 그 외에 또 뭘 발견했는지 모르겠지만, 이제 분명히 진실을 아실 거예요."

네드 보몬트의 손이 떨리기 시작했다. 그는 의자에 몸을 더 깊이 파묻어 양손을 바지 주머니에 넣었다. 입 주변에 비치는 긴장한 듯한 표정을 제외하면 그의 얼굴은 고요했다. 그는 말했다.

"난 그가 죽은 걸 발견했어요. 거기엔 아무도 없었습니다. 그 외엔 아무것도 발견하지 못했어요."

"지금 하셨잖아요."

짙은 콧수염 밑에서 그의 입이 씰룩였다. 눈은 분노로 이글거렸다. 그는 낮고, 거칠고, 의도적으로 혹독한 목소리로 말했다.

"당신 오빠를 누가 죽였든 간에 세상을 위해 잘한 일이란 건 분명합니다."

그녀는 한 손을 목에 가져가며 의자에서 몸을 오그라뜨렸지만, 거의 곧바로 얼굴에서 두려운 기색이 사라지면서 똑바로 앉아서 그를 자애롭게 쳐다보았다. 그녀는 부드럽게 말했다.

"알아요. 당신은 폴의 친구죠. 아프네요."

그는 고개를 살짝 숙이고서 중얼거렸다.

"썩어빠진 말이군요. 웃기는 소리죠." 그는 쓴웃음을 지었다. "난 신사가 아니라고 하지 않았습니까."

그는 웃음을 멈추었고, 눈에서 수치심이 사라지며 맑고 안정된 눈빛이 되었다. 그는 조용하게 말했다.

"내가 폴의 친구라는 말은 맞아요. 그가 누굴 죽였든 난 그의 친구입니다."

한참 동안 그를 진지하게 응시한 그녀가 작고 단조로운 목소리로 말했다.

"그럼 소용없는 건가요? 당신에게 진실을 보여 드릴 수 있다면……."

그녀는 말을 끊고 가망 없다는 몸짓을, 손과 어깨와 머리로 해 보였다. 그는 고개를 천천히 가로저었다. 그녀는 한숨을 쉬고서 일어서서 손을 내밀었다.

"그건 유감스럽고 실망스럽지만, 우리가 적이 될 필요는 없어요, 그렇죠?"

그는 그녀를 마주보고 일어섰지만 손을 잡지는 않았다.

"폴을 속였고 지금도 속이려고 하고 있는 부분은 내 적입니다."

그녀는 손을 그대로 내민 채 물었다.

"그럼 저의 다른 부분은요, 그것과 상관없는 부분은?"

그는 그녀의 손을 잡고 고개를 숙였다.

재닛 헨리가 가고 나자 네드 보몬트는 전화기로 가서 전화를 걸어 말했다.

"여보세요, 보몬트요. 매드빅 씨 들어오셨소? ……들어오시거든 내가 전화했고 가서 뵐 거라고 전해 주겠소? ……좋아,

고맙소."

그는 손목시계를 보았다. 1시가 조금 넘었다. 그는 시가에 불을 붙이고 창가에 앉아, 시가를 피우며 길 건너편의 회색 교회를 응시했다. 내뿜은 시가 연기가 유리창에 튕겨 그의 머리 위로 회색 구름을 만들었다. 치아가 시가 끝을 짓뭉갰다. 그는 그대로 10분간, 전화벨이 울릴 때까지 앉아 있었다.

그는 전화기로 다가갔다.

"여보세요. ……그래, 해리. ……물론. 어디야? ……나 시내로 나갈 거야. 거기서 기다려. ……30분. ……그래."

그는 시가를 벽난로에 던지고 모자와 오버코트를 걸친 뒤 나갔다. 여섯 블록을 걸어 한 음식점에 들어가서 샐러드와 롤빵을 먹고 커피를 한 잔 마신 다음, 네 블록을 걸어 머제스틱이라는 작은 호텔로 가서 엘리베이터를 타고 4층으로 올라갔다. 엘리베이터를 운전하는 자그마한 청년이, 그를 네드라고 부르며 세 번째 레이스가 어떻게 될 것 같으냐고 물었다.

"로드 바이런이 이길 거야."

네드 보몬트는 생각해 보더니 말했다.

"당신이 틀렸으면 좋겠는걸요. 난 파이프 오르간에 걸었거든요."

엘리베이터 청년이 말했다. 그러자 네드 보몬트는 어깨를 으쓱했다.

"그럴 수도 있겠지만, 그놈은 무게가 너무 나가는데."

그는 417호로 가서 문을 두드렸다.

해리 슬로스가 셔츠 차림으로 문을 열었다. 그는 떡 벌어진 체격에 안색이 창백한 서른다섯의 남자로, 얼굴이 납대대하고 머리가 일부 벗어졌다. 그는 말했다.

"정확하군. 들어오라고."

슬로스가 문을 닫자 네드 보몬트가 말했다.

"어려운 점이 뭐야?"

슬로스는 침대로 가서 앉았다. 네드 보몬트를 근심스럽게 노려보았다.

"내 눈엔 썩 좋게 보이질 않아, 네드."

"뭐가?"

"벤이 그걸 가지고 시청에 간 거 말이야."

네드 보몬트는 짜증스럽게 말했다.

"알았어. 언제든 나한테 무슨 소리를 하고 싶은 건지 말할 준비가 되면 말만 해."

슬로스는 창백한 넓은 손을 들었다. 그는 주머니에서 담배를 뒤져, 쭈글쭈글해진 담뱃갑을 꺼냈다.

"잠깐, 네드, 뭔지 말할게. 좀 들어 봐. 헨리 자식 뒈진 날 밤 기억나지?"

네드 보몬트는 "응."이라고 무신경하게 내뱉었다.

"당신이 클럽에 가기 직전에 나랑 벤이 거기 간 거 기억해?"

"그래."

"음, 들어 봐. 우린 폴과 그 자식이 나무 밑에서 다투는 걸 봤어."

네드 보몬트는 엄지손톱으로 한쪽 콧수염을 한 번 쓰다듬고서, 어리둥절한 얼굴로 천천히 말했다.

"하지만 너희들이 클럽 앞에 차를 댄 뒤 내리는 걸 내가 봤는데…… 내가 그 녀석을 발견한 직후였지……. 그리고 너희는 반대편에서 왔고." 그는 검지를 움직였다. "게다가 폴은 너희들보다 먼저 클럽에 가 있었잖아."

슬로스는 넓적한 머리를 격하게 끄덕였다.

"그건 맞아. 근데 우린 차를 몰고 차이나가를 지나서 핑키 클라인 가게로 갔다가, 거기에 폴이 없기에 돌아서서 클럽으로 차를 몰고 간 거거든."

네드 보몬트가 끄덕였다.

"그래서 뭘 봤는데?"

"폴과 그놈이 나무 밑에 서서 다투는 걸 봤어."

"차를 몰고 지나가면서 그게 보였다고?"

슬로스가 다시 격하게 끄덕였다.

"거긴 어두운 곳이었잖아. 난 네가 어떻게 그렇게 차를 몰고 지나가면서 얼굴을 알아볼 수 있었는지 모르겠는걸. 속도를 늦추거나 멈추지 않은 다음에야."

네드 보몬트가 상기시켰다.

"아니, 그러진 않았어. 하지만 폴이라면 어디서든 알 수 있지."

슬로스가 주장했다.

"그럴지도 모르지, 하지만 폴하고 같이 있던 게 그 녀석인진 어떻게 알지?"

"맞다니까. 분명 그 녀석이었어. 그 녀석인지 알아볼 정도로는 보였어."

"게다가 다투는 것도 볼 수 있었다고? 그게 무슨 뜻인데? 싸웠다는 건가?"

"아니, 하지만 말다툼하는 것처럼 서 있었어. 알잖아, 가끔은 서 있는 것만 봐도 다투고 있다는 걸 알 수 있다는 거."

네드 보몬트가 억지웃음을 지었다.

"그래, 한 놈이 다른 놈 얼굴을 밟고 서 있으면 그렇겠지. 그래서 벤이 그것 때문에 시청엘 갔다고?"

네드 보몬트의 얼굴에서 웃음이 사라졌다.

"그래. 벤이 제 발로 들어갔는지 파가 어떻게 눈치를 채고서 불러들인 건지는 모르겠지만, 파에게 불었어. 그게 어제야."

"그 얘길 어디서 들었지, 해리?"

"파가 날 추적 중이래. 그래서 들은 거지. 벤이 나랑 같이 있었다고 불어서, 파가 나더러 와서 자기 좀 보자고 했는데,

난 끼고 싶지 않거든."

"그러는 게 좋아, 해리. 파에게 잡히면 뭐라고 말할 거지?"

"할 수만 있다면 잡지 못하게 할 거야. 그래서 당신을 보자고 한 거고. 1, 2주 정도 수그러들 때까지 여기서 나가 있을까 했는데 그러려면 돈이 들잖아."

슬로스는 목을 가다듬고는 입술에 침을 발랐다. 네드 보몬트가 웃으며 고개를 가로저었다.

"그럴 게 아니야. 네가 폴을 돕고 싶다면, 나무 아래 있던 두 남자를 알아볼 수 없었고, 네 차에 타고 있었다면 누구라도 그랬을 거라고 가서 파에게 말해."

"알았어, 그렇게 할게. 근데 네드, 나 콩고물이라도 좀 얻어야 돼. 나도 모험을 하는 건데, 그러니까, 알잖아 무슨 말인지."

슬로스가 순순히 답했다.

네드 보몬트가 끄덕였다.

"선거 후에 한직이나 하나 골라 주지, 하루에 한 시간 정도 일하는 곳으로."

"그거면……." 슬로스가 일어섰다. 초록 얼룩이 있는 창백한 눈이 다급했다. "근데 말이야, 네드, 나 완전히 빈털터리야. 차라리 지금 한 몫 쥐어 주면 안 될까? 그럼 진짜 좋을 거야."

"될 수도 있어. 폴이랑 이야기해 보지."

"그래, 네드, 전화하고."

"그래. 간다."

네드 보몬트는 머제스틱 호텔에서 시청의 지방검사 사무실로 가서 파 씨를 만나고 싶다고 말했다.

그가 말을 건넨 얼굴이 둥근 청년이 외부 사무실에서 사라지더니 잠시 후 죄송스러워 하는 태도로 돌아왔다.

"죄송합니다, 보몬트 씨. 지금 안 계시네요."

"언제 돌아오시지?"

"모르겠습니다. 비서 말로는 언질이 없으셨답니다."

"운에 맡겨 보지. 그의 사무실에서 기다리겠네."

얼굴이 둥근 청년이 길을 가로막았다.

"오, 그러시면 안 됩……"

네드 보몬트는 청년에게 최대한 친절해 보이는 얼굴로 웃고서 부드럽게 물었다.

"이 일이 맘에 들지 않나, 애송이?"

청년은 주저하다, 안절부절 못하다, 네드 보몬트에게 길을 비켜 주었다. 네드 보몬트는 안쪽 복도를 걸어서 지방검사 사무실 문을 열었다.

파가 책상에서 고개를 들더니, 펄쩍 뛰었다.

"당신이었어? 그 망할 녀석! 제대로 하는 일이 없다니까. 웬 보먼 씨라고 하다니."

"걱정 마시게. 어차피 들어왔으니까."

네드 보몬트가 온화하게 말했다. 그는 지방검사 파가 자기 손을 위아래로 흔들고 의자로 끌고 가도록 내버려 두었다. 둘 다 자리에 앉자 그가 한가하게 물었다.

"무슨 소식이라도?"

"전혀 없어. 그냥 늘 똑같은 일상이지, 그게 얼마나 복잡한지는 하느님만 아시겠지만."

파가 의자를 뒤로 기울이며, 엄지손가락을 조끼 아래 주머니에 넣고 말했다.

"선거 운동은 어떻게 되고 있지?"

"썩 좋진 않아." 지방검사 파의 호전적이고 불그레한 얼굴에 그림자가 스쳤다. "하지만 잘 될 거라고 생각해."

네드 보몬트는 여전히 한가한 목소리로 말했다.

"뭐가 문제지?"

"이런저런 거지. 일이야 항상 터지니까. 그게 정치 아니겠어."

"나나, 폴이 도와줄 일은?"

네드 보몬트는 묻고서, 파가 짧은 머리칼에 파묻힌 벌건 머리를 흔들자, 이어 말했다.

"폴이 헨리 살해와 연관돼 있다는 얘기가 가장 큰 문제인가?"

두려운 기색이 파의 눈에 어렸다가, 눈 깜빡임과 함께 사라졌다. 파는 의자에서 똑바로 자세를 고쳐 앉았다. 그는 태연하게 말했다.

"음, 선거 전에 살인 사건을 해결해야 한다는 분위기가 강해. 그게 한 가지, 아니 어쩌면 가장 큰 것이겠지."

"지난번 본 후로 진전은 없었나? 새로운 정보라도?"

파가 고개를 흔들었다. 그의 눈이 조심스러웠다.

네드 보몬트가 다소 차갑게 웃었다.

"아직도 몇 가지 각도를 신중히 검토 중이신가?"

파가 의자에서 꿈틀거렸다.

"뭐, 물론 그렇지, 네드."

네드 보몬트가 알겠다는 듯 끄덕였다. 그의 눈은 악의로 반짝였다. 목소리는 조롱하는 듯했다.

"신중히 검토하는 것 중에 벤 페리스의 의견도 들어 있나?"

파의 무딘 돌출한 입이 벌어졌다 닫혔다. 그는 위아래 입술을 서로 비볐다. 그의 눈은 처음엔 놀라 크게 떠졌지만 무표정해졌다.

"페리스의 이야기에 뭔가 있는지 없는지는 몰라, 네드. 그런 것 같진 않아. 당신에게 이야기할 만큼 깊이 생각해 보지도 않았고."

네드 보몬트가 조소하듯 웃었다. 파가 말했다.

"내가 당신과 폴에게 다 털어놓는다는 거 알잖아, 중요한 거라면 뭐든 말이야. 그 정도는 날 알잖아."

"당신이 간이 붓기 전엔 그랬지. 하지만 그건 괜찮아. 페리스랑 같은 차에 타고 있던 녀석을 원하면, 머제스틱 417호실에 가면 바로 잡아올 수 있지."

파는 초록색 책상을, 비스듬히 기울어진 펜 두 개 사이로 비행기를 높이 들고 있는 춤추는 나신상을 응시했다. 얼굴은 울룩불룩했다. 그는 말이 없었다.

네드 보몬트는 얇은 입술로 웃으며 의자에서 일어섰다.

"폴은 언제라도 기꺼이 애들을 구렁텅이에서 꺼내 주려고 하지. 그가 체포돼서 헨리 살인 사건 재판을 받는다면 도움이 되리라 보시나?"

파는 초록색 책상에서 눈을 떼지 않았다. 그는 고집스레 말했다.

"폴에게 어떻게 해야 할지 말해 주는 건 나로서 주제넘은 일이라."

"그것 참 훌륭한 생각이군!"

네드 보몬트가 외쳤다. 그는 책상 옆에서 몸을 숙여 파의 귀 가까이 얼굴을 들이밀고서 기밀을 이야기하듯 낮은 어조로 말했다.

"그리고 그것과 아주 잘 어울리는 얘기가 있지. 폴이 시키지 않을 법한 일을 하는 것도 주제넘은 일이라는 것."

그는 씩 웃으며 나갔지만, 바깥에 나가자 웃음을 멈췄다.

8장

작별의 키스

네드 보몬트는 '이스트 스테이트 건축·계약 회사'라는 현판이 붙은 문을 열고 데스크에 있던 두 젊은 여자와 오후 인사를 나누고서, 대여섯 남자가 있던 좀 더 넓은 방으로 가서 그들에게 말을 건 뒤에 '사실(私室)'이라고 쓰인 문을 열었다. 그가 들어선 네모난 방에는 폴 매드빅이 낡은 책상에 앉아서 신문을 보고 있었고, 신문을 가져다준 작은 남자가 폴의 어깨너머에서 공손하게 맴돌고 있었다.

매드빅이 고개를 들고 말했다.

"왔구나, 네드." 그는 신문을 치워두고 작은 남자에게 말했다. "잠시 후에 다시 가져와."

작은 남자는 신문을 챙기며 "알겠습니다요."라고 말하고는 "안녕하십니까, 보몬트 님?" 하고 덧붙이고 방을 나갔다.

"오늘 밤 힘들었나 본데, 네드. 무슨 일이야? 앉아."

매드빅이 말했다.

네드 보몬트는 오버코트를 벗었다. 그러고는 의자에 걸쳐놓고 모자를 그 위에 놓은 다음 시가를 꺼냈다. 그는 낡은 책상의 모서리에 앉았다.

"아니, 난 괜찮아. 형은 새로운 거 없어?"

"네가 머클로플린을 만났으면 한다. 그자를 다룰 수 있는 건 너뿐이야."

"좋아. 무슨 일인데?"

매드빅이 인상을 찌푸렸다.

"알게 뭐람! 그 작자 우리 편에 붙었다고 생각했는데 얍삽하게 구는구나."

어두침침한 빛이 네드 보몬트의 짙은 눈에 어렸다. 그는 매드빅을 내려다보고 말했다.

"그자도 그런단 말이지?"

매드빅은 잠시 생각하더니 천천히 대답했다.

"그게 무슨 소리냐, 네드?"

네드 보몬트는 질문에 또 다른 질문으로 답했다.

"다 잘 되고 있는 거야?"

매드빅은 커다란 어깨를 초조하게 움직였지만 살피는 듯한 시선은 그대로였다.

"그렇다고 아주 망한 것도 아니야. 어쩔 수 없다면 머클로플린 쪽 표는 없어도 돼."

네드 보몬트의 입술이 얇아졌다. 그는 시가를 입가에 물고서 말했다.

"그럴 수도 있겠지만, 하나하나 다 놓치고서도 잘 될 순 없지. 2주 전보다 상황이 좋지 않다는 거 알잖아."

매드빅은 책상에 앉은 네드 보몬트를 향해 한껏 웃었다.

"젠장, 아주 노래를 하는구나, 네드! 네 성에 차는 경우가 있기는 하냐?" 그는 대답을 기다리지 않았지만 차분하게 말했다. "망할 것처럼 보이는 시기가 없었던 선거는 한 번도 없었다. 그래도 망하진 않아."

네드 보몬트는 시가에 불을 붙였다. 그리고 연기를 내뿜고서 말했다.

"그렇다고 앞으로도 그럴 거란 뜻은 아니지." 그는 시가로 매드빅의 가슴을 가리켰다. "테일러 헨리 살인 사건이 당장 해결되지 않으면 선거는 걱정하지 않아도 될 거야. 누가 당선되든 형은 침몰할 테니까."

매드빅의 파란 눈이 짙어졌다. 얼굴은 그대로였다. 목소리도 그대로였다.

"도대체 그게 무슨 소리냐, 네드?"

"이 도시 사람들 모두 형이 죽였다고 생각해."

매드빅은 턱에 한 손을 대고 생각에 잠긴 듯 문질렀다.

"그래? 그건 걱정하지 마라. 구설수에 오른 게 한두 번이냐."

네드 보몬트는 미적지근하게 웃고 짐짓 존경하듯 물었다.

"겪어 보지 않은 게 뭐 하나라도 있으시겠어요? 전기의자에도 앉아 보셨나?"

매드빅이 웃었다.

"앞으로도 절대 안 앉을 거다."

"이미 코앞으로 닥쳤다고, 형."

네드 보몬트가 부드럽게 말했다. 매드빅이 다시 웃으며 콧방귀를 뀌었다.

"젠장!"

네드 보몬트가 어깨를 으쓱했다.

"바쁜 거 아냐? 내가 잡소리로 시간 뺏는 거 아니지?"

매드빅이 조용히 말했다.

"듣고 있다. 네 얘기 들어서 나빴던 적 없어."

"고맙습니다요, 형님. 머클로플린이 은밀히 꿈틀거리는 이유가 뭐라고 생각해?" 매드빅이 고개를 가로저었다. "그자는 형이 끝났다고 생각하는 거야. 경찰이 테일러 살인자를 찾아내려고 애쓰지 않았다는 건 누구나 아는 거고, 다들 그게 형이 죽였기 때문이라고 생각해. 머클로플린은 그거면 이번 선거에서 형이 지는 데 충분하다고 생각하고."

"그래? 나보다 섀드가 이 도시를 굴리는 게 낫다고 생각하는 건가? 살인 혐의가 있다고 해서 내 후보자가 섀드의 후보자보다 나쁘다고 생각한다는 건가?"

네드 보몬트는 매드빅을 노려보았다.

"지금 형 뭔가 착각한 게 아니면 나한테 장난치는 거로군. 섀드의 후보자가 그거랑 무슨 상관인데? 그자는 후보자 뒤에 숨어서 앞에 나서지 않았다고. 형은 앞에 나섰고, 살인 사건에 진전이 없다는 데 책임져야 하는 건 형의 후보자라고."

매드빅은 다시 턱에 손을 대고 책상에 팔꿈치를 괴었다. 혈색 좋고 잘생긴 얼굴에는 주름이 없었다.

"다른 사람들이 어떻게 생각하는지는 떠들 만큼 떠들었다, 네드. 이제 네가 어떻게 생각하는지 얘기해 보자. 넌 내가 끝났다고 생각하냐?"

네드 보몬트는 낮고 안정된 목소리로 말하며 웃었다.

"그럴지도 몰라. 가만 앉아 있다가는 분명히 그럴 거야. 하지만 형의 후보자들은 괜찮아."

"그건 설명을 해 줘야겠는데."

매드빅이 침착하게 말했다.

네드 보몬트는 몸을 숙이고 책상 옆에 있던 놋쇠 타구에 시가 재를 조심스럽게 떨어뜨렸다. 그러고는 무감동하게 말했다.

"그 인간들 형을 배반할 거야."

"그래?"

"왜 아니겠어? 형은 섀드가 뒷구멍으로 하층민들을 꾀어가게 내버려 뒀어. 존경할 만한 사람들, 더 나은 시민들에게 의지해서 선거를 이기려고 하고 있고. 사람들은 의심스러워하고 있다고. 뭐, 형의 후보들은 멋진 연기를 보여 주며 형을 살인죄로 체포할 거고, 존경스러운 시민들은…… 자신의 인정받는 보스마저도 법을 어기면 감방에 보낼 정도로 용감하고 고귀한 공직자들을 보고 기꺼워하면서 서로 앞 다퉈 선거장으로 달려가 그 영웅들을 뽑아서 4년간 시 행정을 더 맡기려고 할 테지. 똘마니들을 욕할 수도 없어. 그자들은 그렇게 하면 자리를 지킬 거고 아니면 잃어버린단 걸 알거든."

매드빅은 턱에서 손을 떼고 물었다.

"아이들의 충성심은 그다지 믿지 않는구나, 네드?"

네드 보몬트는 웃었다.

"딱 형만큼만 믿지." 그의 얼굴에서 웃음이 사라졌다. "이건 추측이 아냐, 형. 오늘 오후에 파를 만나러 갔어. 출입구를 부수고 들어가야 했지…… 날 피하려고 하더라고. 그자는 살인 사건을 캐지 않은 척했어. 자기가 발견한 걸 나한테 알려 주지 않으려고 했다고. 마지막엔 입을 열지 않으려 했고. 파, 내가 죽으라면 죽는 시늉도 하던 놈이."

그는 경멸하는 듯한 입모양을 했다.

"흠, 파뿐이잖아."

매드빅이 말을 꺼냈다. 네드 보몬트가 말을 잘랐다.

"파뿐이라니, 그게 시작인데. 러틀리지나 브로디나 심지어 레이니도 혼자서 형을 칠 소지가 있지만, 파가 뭔가 저지르고 있다면 다른 녀석들도 자기랑 같은 편이라는 걸 알고 있다는 신호라고." 그는 매드빅의 무신경한 얼굴에 인상을 썼다. "원한다면 언제라도 내 말을 믿지 않아도 좋아, 형."

매드빅은 턱에 대고 있던 손으로 아무렇지도 않다는 듯한 동작을 했다.

"그러고 싶으면 알려 주지. 파한테는 어쩌다가 들른 거냐?"

"해리 슬로스가 오늘 나한테 전화했어. 그자와 벤 페리스가, 사건 당일에 형이 테일러와 차이나가에서 다투는 걸 봤대나 뭐라나." 네드 보몬트는 특별한 표정 없는 눈으로 매드빅을 쳐다보았고 목소리는 사무적이었다. "벤은 파에게 그 얘길 털어놨어. 해리는 말하지 않는 대신 돈을 받고 싶어 하고. 형 클럽 회원들 중에도 분위기를 읽고 있는 사람이 한두 명 있다고. 요즘 보니까 파가 겁을 집어먹고 있는 것 같아서 살펴보려고 갔지."

매드빅이 끄덕였다.

"그놈이 날 찌르고 있다는 거 확실해?"

"그래."

매드빅은 의자에서 일어나 창가로 갔다. 그는 그곳에 서서 양손을 바지 주머니에 넣고서 한 3분간 창밖을 내다보았고 그동안 네드 보몬트는 책상에 앉아 시가를 피우며 매드빅의 넓은 등을 쳐다보았다. 그때 매드빅이 고개를 돌리지 않고 말했다.

"해리에겐 뭐라고 했지?"

"시간 끌어 놨어."

매드빅은 창가에서 다시 책상으로 돌아갔지만 앉지는 않았다. 얼굴이 더 붉어졌다. 그 외에 얼굴에 달라진 점은 없었다. 목소리는 차분했다.

"어떻게 해야 한다고 생각하냐?"

"해리 슬로스를? 아무것도 할 필요 없어. 한 놈이 벌써 파에게 갔으니까. 슬로스가 뭘 하든 달라질 건 별로 없어."

"그 말이 아니고. 이 모든 일 말이다."

네드 보몬트는 시가를 타구(唾具)에 떨어뜨렸다.

"말했잖아. 테일러 헨리 살인 사건을 당장 해결하지 않으면 형은 가라앉는다고. 그게 다야. 그것 외엔 할 만한 일도 없고."

매드빅은 네드 보몬트를 보지 않았다. 그는 벽의 넓은 빈 공간을 보았다. 두툼한 입술을 꽉 다물었다. 관자놀이가 촉촉해졌다. 그는 가슴 깊은 곳에서 우러난 목소리로 말했다.

"그건 안 돼. 다른 걸 생각해 내."

네드 보몬트가 호흡에 따라 움직였고 갈색 눈이 눈동자만큼 짙어졌다.

"다른 건 없다니까, 형. 다른 방법은 새드나 파의 먹잇감이 될 거고, 새드든 파든 파의 수하들이든 누군가 형을 묻어 버릴 거야."

매드빅은 다소 쉰 목소리로 말했다.

"출구가 분명 있을 거다, 네드. 생각해."

네드 보몬트는 책상에서 내려가 매드빅 앞에 가까이 섰다.

"없어. 그 방법뿐이라고. 좋든 싫든 그렇게 해야 돼, 아니면 내가 대신 하지."

매드빅은 고개를 맹렬하게 흔들었다.

"안 돼. 관둬라."

"아무리 형 얘기라도 그건 들어 줄 수 없겠는데, 형."

그러자 매드빅이 네드 보몬트의 눈을 바라보고 거칠게 속삭였다.

"내가 죽였다, 네드."

네드 보몬트는 긴 한숨을 들이쉬었다 내쉬었다.

매드빅은 네드 보몬트의 어깨에 양손을 얹고서, 두껍고 뭉개진 음성으로 말했다.

"사고였어, 네드. 내가 나왔을 때 그자가 날 따라서 달려 나왔다. 나오는 길에 지팡이를 들고 말이지. 우린, 그러니까 문제가 있었는데 그자가 날 따라잡고서 지팡이로 날 치려고 했어.

어떻게 된 건진 모르겠지만 난 지팡이를 빼앗다가 그걸로 그자의 머리를 쳤다……. 세게 치진 않았어…… 그렇게 셌을 리가 없지……. 하지만 그자는 뒤로 넘어지면서 보도에 머리를 찧었다."

네드 보몬트는 고개를 끄덕였다. 갑자기 얼굴에서 표정이 싹 사라지고 매드빅의 말에 온전히 집중하고 있다는 느낌만 남았다. 그는 얼굴에 어울리는 사무적인 목소리로 물었다.

"지팡이는 어떻게 됐어?"

"오버코트 안에 넣고 가져가서 태워 버렸지. 그자가 죽었다는 걸 알게 된 후 클럽에 가는 길에 보니까 지팡이가 내 손에 있기에, 오버코트 안에 넣고서 태웠다."

"어떤 지팡이였지?"

"거친 갈색 지팡이, 무거웠다."

"그럼 모자는?"

"모르겠다, 네드. 벗겨졌는데 누가 집어 간 것 같아."

"쓰고는 있었어?"

"그럼, 물론이지."

네드 보몬트는 엄지손톱으로 한쪽 콧수염을 쓸었다.

"슬로스랑 페리스 차가 옆으로 지나갔던 거 기억나?"

매드빅은 고개를 흔들었다.

"아니, 그랬을지도 모르지."

네드 보몬트는 매드빅에게 인상을 쓰고 투덜댔다.

"지팡이를 가지고 달아나서 태워 버리고서 여태 말도 안 했으니 잘도 하셨군. 명백한 정당방위 사유가 있었는데."

매드빅이 쉰 소리로 말했다.

"알아, 하지만 그건 내가 원하는 게 아니었다, 네드. 내가 지금 재닛 헨리를 원하는 것만큼 이제껏 뭔가를 원한 적이 없는데, 그렇게 되면 아무리 사고라도 해도 가망이 있겠냐."

네드 보몬트는 매드빅의 얼굴에 대고 웃었다. 낮고 씁쓸한 웃음이었다.

"적어도 지금보다는 가망이 있겠지." 매드빅은 그를 응시하며 아무 말도 하지 않았다. "재닛은 계속 형이 자기 오빠를 죽였다고 생각했어. 형을 미워하지. 형을 전기의자에 앉히려고 속임수도 썼어. 관심 있을 만한 사람에게 모조리 익명의 편지를 보내서 처음으로 형한테 의심을 돌린 것도 그 여자야. 오팔이 형한테 등을 돌린 것도 그 여자 때문이고. 그 여자 오늘 아침에 내 방에 와서 나한테 이걸 말해 줬다고, 나마저 자기편으로 만들려고. 그 여자는……."

"그만해라."

매드빅은 곧추섰다. 냉혹하고 푸른 원반 같은 눈의 커다란 금발 남자 형상이었다.

"왜 그러냐, 네드? 너도 그 여자를 원하는 거냐, 아니면……." 그는 경멸하듯 말을 끊었다. "그런다고 달라질 거 없다." 그러고는 엄지손가락으로 무심하게 문을 휙 가리켰다. "나가, 이 밥맛없는 놈아, 작별이다."

"말 끝내거든 나가지."

"나가라면 나가. 무슨 소릴 해도 난 안 믿는다. 지금까지 한 말도 안 믿어. 이젠 뭐라고 해도 절대 안 믿는다."

"좋지."

네드 보몬트는 모자와 오버코트를 집어 들고 나갔다.

네드 보몬트는 집으로 갔다. 얼굴은 창백하고 뚱했다. 그는 커다란 빨강 의자 중 하나에 퍼져 앉아서 버번 위스키와 술잔을 옆 탁자에 두었지만 술을 마시진 않았다. 검정 신발을 신은 자기 발을 우울하게 응시하며 손톱을 깨물었다. 전화벨이 울렸다. 그는 받지 않았다. 석양이 방에서 낮을 쫓아내기 시작했다. 방이 어스레해지자 그는 일어나 전화기로 갔다.

그는 전화를 걸었다.

"여보세요, 헨리 양과 통화하고 싶습니다."

잠시 음정도 안 맞게, 낮은 소리로 휘파람을 불더니 말했다.

"여보세요, 헨리 양? ……그래요. ……폴에게 다 얘기하고 오는 길입니다, 당신에 관해서. ……맞아요, 당신이 옳았더군요. 폴은 당신이 예상한 대로 했어요……."

그는 웃었다.

"당신이 맞았어요. 당신은 폴이 날 거짓말쟁이라고 부르고, 내 말을 안 들으려고 하고, 날 내쫓으리라고 생각했죠. 폴은 실제로 그대로 다 하더군요. ……아니, 아니, 괜찮아요. 어차피 일어날 일이었으니. ……아니, 정말입니다. ……아, 아마 거의 끝장일 거예요. ……그래요, 저녁 내내, 내 생각엔 ……그거 좋군요. ……알겠어요. 그럼."

그는 그제야 위스키를 잔에 따르고 마셨다. 그러고는 어두워지는 침실로 들어가 알람을 8시에 맞춰 놓고 옷을 다 입은 채 침대에 드러누웠다. 잠시 그는 천장을 보았다. 그런 뒤 잠들어, 불규칙하게 숨을 쉬다가 알람이 울리자 깨어났다.

그는 침대에서 느릿느릿 일어나 불을 켜고 화장실에 들어가, 세수하고 칼라를 새로 붙인 뒤, 거실 벽난로에 불을 지폈다. 그리고 재닛 헨리가 올 때까지 신문을 읽었다.

재닛은 들떠 있었다. 폴에게 자기가 왔다는 걸 알리면 어떻게 될지 예견한 것도 아니고, 그걸 믿은 것도 아니라며 네드 보몬트에게 말을 꺼내기는 했지만, 득의양양함이 두 눈 속에서 춤을 추었고 사과하는 듯한 말을 내뱉는 입술은 말려 올라가며 웃음을 멈추지 못했다.

"상관없어요. 결과를 알았다 하더라도 해야 할 일이었지. 내심은 알고 있었던 것 같군요. 어쩔 수 없는 일입니다. 당신이 그렇게 될 거라고 내게 말했다 하더라도 난 그걸 도전으로 받아들이고 달려들었을 거예요."

그녀가 손을 내밀었다.

"기뻐요. 아닌 척하지 않겠어요."

그가 손을 잡으며 말했다.

"유감이군요. 하지만 난 그걸 피하려고 방향을 틀진 않았을 거예요."

"이젠 제가 옳다는 걸 아시겠죠. 그가 죽인 거라는 걸."

그녀의 눈은 캐묻는 듯했다. 그가 끄덕였다.

"그렇다고 하더군요."

"이제 절 도와주실 건가요?"

그녀의 손이 그의 손 위에 내려앉았다. 그녀가 그에게 다가왔다.

그는 주저하며, 열의로 가득한 그녀의 얼굴을 찡그리며 내려다보았다.

"그건 정당방위, 아니면 사고였어요. 그럴 순 없어요……."

그는 천천히 말했다.

"그건 살인이었어요! 폴이야 당연히 정당방위라고 하겠죠! 정당방위거나 사고라도 하더라도 법원에 가서 다른 사람들처럼 증명해야 하는 거 아닌가요?"

그녀가 외치곤 초조하게 고개를 저었다.

"폴은 너무 오래 기다렸어요. 이번 달 중으로, 그간 입 다물고 있었던 게 그에게 불리하게 작용할 겁니다."

"글쎄, 그게 누구 잘못이죠? 정당방위였는데도 그렇게 오랫동안 입을 다물었을 거라고 생각하세요?"

그녀가 따졌다.

그는 천천히 강조하며 끄덕였다.

"그건 당신 때문이었어요. 폴은 당신을 사랑합니다. 당신 오빠를 죽였다는 걸 당신이 모르길 바란 거예요."

"전 안다고요! 그리고 이제 모두 다 알게 될 거예요."

그녀가 격렬하게 외쳤다.

그는 어깨를 살짝 움직였다. 침울한 얼굴이었다.

"안 도와주실 거예요?"

"그래요."

"왜요? 그랑 싸웠잖아요."

"난 폴의 이야기를 믿습니다. 그가 그 구실로 판결에서 벗어나기엔 너무 늦었다는 건 알고 있어요. 폴과 나는 끝났지만, 그럴 수는 없어요." 그는 입술에 침을 발랐다. "폴을 내버려 둬요. 당신이나 내 도움 없이도 알아서들 처리할 겁니다."

"싫어요. 전 그를 그냥 두지 않을 거예요. 응분의 대가를 치루기 전에는요." 그녀는 호흡을 가다듬었고, 눈은 어두워졌다. "폴이 당신에게 거짓말했다는 증거를 찾아볼 정도로 그를 믿으시나요?"

"무슨 소리죠?" 그가 조심스레 물었다.

"진실을, 그가 거짓말하고 있는지 아닌지 알려 줄 증거를 찾도록 절 도와주시겠어요? 어딘가에 확증이, 우리가 찾을 수 있는 증거가 분명히 있을 거예요. 정말로 그를 믿는다면 제가 찾도록 도와주는 걸 겁내지 않으시겠죠."

그는 잠시 그녀의 얼굴을 살펴보다 물었다.

"내가 도와서 확증을 발견한다면, 그게 어떤 것이든 간에 받아들이겠다고 약속합니까?"

"네. 당신도 그러신다면요." 그녀가 순순히 답했다.

"우리가 발견한 걸 비밀로 할 겁니까? 우리가 일을 끝낼…… 확증을 찾을 때까지, 우리가 다 찾아낼 때까지는 찾아낸 걸 그에게 불리한 증거로 쓰지 않는다고 약속해요?"

"네."

"그럼 합의한 겁니다."

그녀는 기쁘게 흐느꼈고 눈물이 흘러내렸다.

"앉아요." 네드 보몬트의 얼굴은 마르고 딱딱했고, 목소리는 퉁명스러웠다. "책략을 세워야 해요. 오늘 오후나 저녁에, 그와 내가 다툰 후로 그에게 연락 온 것 있습니까?"

"아뇨."

"그럼 그가 당신을 어찌 생각하는지 확신할 수 없어요. 나중에 내가 옳았다고 마음을 바꿨을 가능성도 있으니까. 그렇다고 나와 그의 관계가 달라지지는 않겠죠…… 우린 끝났어요……. 하지만 되도록 서둘러 알아내야 합니다." 그는 그녀의 발을 노려보고서 엄지손톱으로 콧수염을 쓸었다. "당신은 폴이 올 때까지 기다려야 해요. 먼저 전화해서는 안 됩니다. 당신을 향한 마음이 흔들리면 그게 계기가 될 수도 있으니. 그의 마음을 얼마나 확신하죠?"

그녀는 탁자 옆 의자에 앉아 다소 당혹스럽게 웃으며 말했다.

"여자로서 남자를 확신할 수 있는 만큼요. 좀 그렇게 들린다는 건 알지만…… 하지만 정말이에요, 보몬트 씨."

그는 끄덕였다.

"그럼 아마 괜찮을 테지만, 내일까지는 확실히 알아야 해요. 폴의 마음을 떠본 적은 있나요?"

"아니요, 아직요. 기다리고 있었어요……."

"그럼 그건 당분간 제쳐 둡시다. 아무리 확신이 있더라도 이제 조심해야 할 겁니다. 알아낸 사실들 중에 나에게 아직 이야기하지 않은 것은?"

그녀가 고개를 흔들었다.

"없어요. 어떻게 접근해야 할지도 잘 몰랐는걸요. 바로 그래서 당신이 도와주길 그토록……."

그가 다시 말을 잘랐다.

"사립 탐정을 고용해 보자는 생각은 못 했고요?"

"했지만 겁났어요. 고용한 사람이 폴에게 말해 버릴까 봐요. 누구를 찾아가야 할지, 누구를 믿어야 할지 몰랐어요."

그는 손가락으로 짙은 머리카락을 쓸었다.

"나한테 믿을 만한 사람이 있어요. 자, 당신이 알아내 줬으면 하는 게 두 가지 있어요. 지금 모른다면 말이죠. 당신 오빠의 모자 중 하나라도 없어진 게 있습니까? 폴 말이, 당신 오빠가 모자를 쓰고 있었다더군요. 내가 발견했을 땐 모자가 없었거든요. 그에게 모자가 몇 개였고 모두 소재가 확인되었는지 알아봐 줘요. 내가 빌려간 것만 빼고요."

그가 한쪽 입술로 웃었다. 그녀는 그의 웃음에 주의를 기울이지 않았다. 고개를 가로젓고 양손을 의기소침하게 살짝 들었다.

"안 돼요. 얼마 전에 오빠 물건을 모조리 처분한 데다 무슨 물건이 있었는지 정확히 아는 사람도 없을 거예요."

네드 보몬트는 어깨를 으쓱했다.

"어차피 그걸로 뭘 알아낼 수 있으리라고는 생각지 않았으니까. 또 하나는 지팡이인데, 오빠 것이든 아버지 것이든 잃어버린 게 있는지, 특히 거칠고 무거운 갈색 지팡이가 있는지 알아봐요."

"아버지 것일 거예요. 집에 있을 거예요."

그녀가 열을 올리며 말했다. 그는 엄지손톱을 뜯었다.

"확인해 봐요. 내일까진 그걸로 충분해요, 그거랑 폴이 당신을 어떻게 생각하는지 확인해 보는 거면 됩니다."

"근데 뭐죠? 그러니까 지팡이 말이에요."

그녀가 흥분한 채 일어났다.

"폴 말이, 당신 오빠가 그걸로 자길 공격했는데 폴이 그걸 빼앗으려다가 그걸로 당신 오빠를 쳤다는군요. 그러고는 그걸 가지고 가서 태워 버렸다고 했어요."

"오, 아버지 지팡이라면 분명히 집에 다 있을 거예요."

그녀가 소리쳤다. 얼굴은 하얬고, 눈은 동그랬다.

"당신 오빠는 지팡이가 없었어요?"

"끝부분이 은색으로 된 검정색 지팡이뿐이었어요. 지팡이가 다 있다면 그건……."

그녀는 그의 손목에 손을 얹었다.

"뭔가 의미가 있을 수도 있어요." 네드 보몬트는 그렇게 말하고서 그녀 손에 손을 얹은 뒤 경고했다. "하지만 속이는 건 없는 겁니다."

"안 속여요. 당신 도움을 얻게 돼서 얼마나 기쁜지 알기만 한다면, 얼마나 원했는지 안다면, 절 믿을 수 있다는 거 알 텐데."

그녀가 다짐했다.

"그러길 바랍니다."

그는 그녀의 손에서 손을 떼었다.

네드 보몬트는 자기 방에서 홀로, 파리한 얼굴에 눈을 빛내며 잠시 서성였다. 10시가 되기 20분 전에 그는 손목시계를 보았다. 그러고는 오버코트를 입고 머제스틱 호텔로 가서, 해리 슬로스가 투숙하지 않는다는 이야기를 들었다. 호텔에서 나와서, 택시를 잡아타고서 말했다.

"웨스트 로드 여관으로."

웨스트 로드 여관은 네모진 흰색 건물로 (밤에는 회색이었다.) 시 경계선에서 약 3마일쯤 벗어난 숲에 있었다. 1층은 환하게 불이 들어와 있었고 그 앞에 자동차가 열 대쯤 서 있었다. 나머지 자동차는 그 왼편에 길게 드리운 어두운 그림자에서 있었다.

네드 보몬트는 문지기에게 친숙하게 고개를 끄덕이고서 세 남자 오케스트라가 과장되게 연주하고 열 명 남짓한 사람이 춤추고 있는 커다란 식당으로 들어갔다. 그는 탁자 사이로 난 통로를 따라가다 무도장을 빙 돌아서, 한쪽을 차지하고 있는 바 앞에서 멈췄다. 바에는 그 혼자였다.

스펀지 같은 코의 뚱뚱한 바텐더가 말했다.

"안녕하세요, 네드. 요즘엔 자주 안 보이네요."

"여, 지미. 착하게 지내느라. 맨해튼 줘."

바텐더가 칵테일을 섞기 시작했다. 오케스트라가 곡을 끝냈다. 한 여성의 목소리가 가늘고 날카롭게 들렸다.

"보몬트 저 자식이랑 같은 곳에 있을 순 없어."

네드 보몬트는 바 끝에 등을 기대고 몸을 돌렸다. 바텐더는 셰이커를 흔들다 말고 멈췄다.

리 월셔가 무도장 가운데 서서 네드 보몬트를 노려보고 있었다. 그녀는 너무 꼭 끼는 파란 셔츠를 입은, 몸집이 큰 청년의 팔뚝에 한 손을 얹고 있었다. 청년도 네드 보몬트를, 다소 멍청하게 쳐다보았다.

"돼먹지 못한 놈이야, 저자를 내쫓지 않으면 내가 나가겠어."

리가 말했다.

모두 다 주의를 기울이며 조용히 있었다.

청년의 얼굴이 시뻘게졌다. 쏘아보려고 하다 보니 더 당혹스러워 보였다.

"당신들이 못하겠다면 내가 가서 따귀를 때려 주지."

"여, 리. 버니 나온 뒤로 봤나?"

네드 보몬트가 웃으며 말했다.

리는 그에게 욕하고 성내며 앞으로 다가섰다.

덩치 큰 청년이 손을 뻗어 그녀를 잡았다.

"내가 처리할게. 개자식."

청년은 코트 칼라를 목으로 접고, 코트 앞쪽을 잡아당기더니 무도장에서 성큼 걸어 내려가 네드 보몬트를 마주보며 그는 따졌다.

"무슨 짓이지? 사랑스런 숙녀에게 그렇게 말하다니 무슨 짓이냐고?"

네드 보몬트는 침착하게 청년을 응시하다가 오른팔을 옆으로 뻗어 바 위에 손바닥을 얹었다.

"저 자식 두드려 줄 것 좀 줘 봐, 지미. 주먹 싸움은 안 내키는군."

바텐더의 한 손이 어느새 바 아래로 사라졌다. 그는 작은 몽둥이를 꺼내어 네드 보몬트의 손에 놓았다. 네드 보몬트는 몽둥이를 그대로 둔 채 말했다.

"그 여잔 다양한 이름으로 불리지. 내가 마지막으로 그 여자와 함께 있는 걸 본 남자는 멍청한 계집이라고 부르더군."

청년은 몸을 곧추세우고, 시선을 좌우로 움직였다.

"네놈 기억하겠어. 언젠가 아무도 없는 곳에서 단둘이 만날 거다." 그는 꽁무니를 돌리고 리 월셔에게 말했다. "가자, 이 쓰레기장에서 나가자고."

리가 경멸하듯 말했다.

"너나 꺼져. 내가 너랑 같이 가면 병신이지. 너 따윈 질렸어."

금니로 도배한, 몸집이 커다란 남자가 다가와서 말했다.

"그래 꺼져, 너희 둘 다. 나가."

네드 보몬트가 웃으며 말했다.

“저, 어, 아가씨는 내 일행이야, 코키.”

코키는 “좋아.”라고 말하고서 청년에게 말했다.

“꺼져라, 머저리.”

청년은 나갔다. 리 윌셔는 자기 테이블로 돌아갔다. 양 주먹을 뺨에 대고 자리에 앉아 테이블보를 응시했다.

네드 보몬트는 그녀 앞에 앉았다. 그러고는 웨이터에게 말했다.

“지미가 내 맨해튼 만들어 놨을 거야. 그리고 먹을 것 좀 줘. 뭐라도 먹었어, 리?”

“그래. 실버 피즈 줘.”

그녀가 고개를 들지 않고 말했다.

“좋아. 난 미뉴트 스테이크에 버섯, 캔 채소 말고 토니가 갖고 있는 채소들이랑, 양상추와 토마토 넣어서 로크포르 드레싱, 그리고 커피.”

웨이터가 가자 리가 비통해하며 말했다.

“남자들은 하나같이 쓸모가 없어, 정말 다 똑같아. 저 덩치만 큰 머저리!”

그녀는 조용히 울기 시작했다.

“엉뚱한 놈을 골랐는지도 모르지.”

네드 보몬트가 말했다.

그녀가 성난 얼굴로 그를 올려다보며 외쳤다.

"나한테 그런 더러운 수를 써놓고서 그런 말이 나와!"

"난 당신한테 더러운 수 쓴 적 없는데. 버니가, 나한테 빼돌린 돈을 갚으려고 당신 보석을 저당 잡혔다고 해서 그게 내 잘못은 아니지."

오케스트라가 연주를 시작했다.

"남자 잘못인 적이 있기나 하겠어. 나가서 같이 춤이나 춰."

"오, 그러지."

그가 마지못해 말했다. 그들이 테이블에 돌아오자 주문해 둔 칵테일이 놓여 있었다.

"버니는 요즘 뭘 하나?"

둘이 칵테일을 마실 때 그가 물었다.

"몰라. 그 인간 나온 후로 안 만났고 보고 싶지도 않아. 그 자식도 똑같다고! 올해는 웬 운수가 이렇게 좋은지 몰라! 그 자식에, 테일러에, 오늘 이 녀석까지!"

"테일러 헨리?"

"그래, 하지만 별 사이는 아니었어. 버니랑 같이 살던 때라서."

그녀가 재빨리 설명했다. 네드 보몬트는 칵테일을 비우고 말했다.

"그러니까 당신은 차터가에서 때때로 그와 만나던 여자들 중 하나에 불과했다 이거로군."

"그래."

그녀가 경계하듯 쳐다보며 말했다.

"우리 한잔해야 할 것 같은데."

그가 웨이터를 불러서 음료를 주문하는 동안 그녀는 얼굴에 분을 발랐다.

초인종 소리가 네드 보몬트를 깨웠다. 그는 졸린 상태로 기침을 조금씩 하며 침대에서 나와서, 기모노를 걸치고 슬리퍼를 신었다. 알람 시계를 보니 9시가 막 지나 있었다. 그는 문으로 갔다.

재닛 헨리가 사과하며 들어왔다.

"지독하게 이른 시간이란 건 알지만, 도저히 기다릴 수가 있어야죠. 어젯밤 당신에게 전화하려고 몇 번이나 시도했는데 안 돼서 눈도 못 붙였어요. 아버지 지팡이는 다 있었어요. 자, 아시겠죠, 폴이 거짓말한 거예요."

"무겁고 거친 갈색 지팡이도 있었어요?"

"네, 소브릿지 소령이 스코틀랜드에서 가져다준 거예요. 아버진 그걸 쓰시진 않지만, 여하간 있었어요."

그녀는 의기양양하게 네드 보몬트를 보며 웃었다.

그는 눈을 껌뻑거리며 헝클어진 머리를 쓸었다.

"그럼 거짓말이군요, 분명히."

"그리고 어젯밤 집에 갔더니 그가 와 있더군요."

그녀가 명랑하게 말했다.

"폴이?"

"네. 그리고 저더러 결혼하자고 했어요."

네드 보몬트의 눈에서 졸음이 싹 사라졌다.

"폴이 나랑 싸운 얘기 하던가요?"

"한마디도요."

"당신은 뭐라고 했고?"

"테일러 오빠가 죽은 지 얼마 안 돼서 약혼도 너무 이르다고 하긴 했지만, 나중에도 안 된다는 말은 하지 않았어요. 그러니까 이제 말하자면 합의한 셈이죠."

그가 호기심 어린 눈으로 그녀를 쳐다보았다.

그녀의 얼굴에서 명랑함이 사라졌다. 그녀는 그의 팔에 손을 얹었다. 목소리가 조금 갈라졌다.

"제발 제가 철저히 무정하다고 생각지 마세요. 하지만……오! ……정말로, 우리가 하기로 한 일을 하기 위해선 다른 일들은 모조리, 그러니까, 제게는 전혀 중요하지 않다고요."

그는 입술을 적시고, 진지하고 부드러운 목소리로 말했다.

"당신이 폴을 미워하는 만큼 사랑해 주었다면 그는 지금 어떤 처지였을까."

그녀는 발을 구르고 외쳤다.

"그런 말 마세요! 다신 그런 말 마시라고요!"

그의 이마에 짜증스러운 듯 주름이 잡혔고 입술이 굳게 다물어졌다.

"제발요, 견딜 수가 없단 말이에요."

그녀가 뉘우치듯 말했다.

"미안해요. 아침 먹었어요?"

"아뇨. 당신에게 소식을 전해 줘야겠다는 생각에 너무 정신이 팔려서."

"좋아요. 함께 드십시다. 뭐로 하겠어요?"

그가 전화기로 간 뒤 아침을 주문하고서, 화장실로 들어가 이를 닦고 세수하고 머리를 빗었다. 거실로 돌아갔을 때 재닛은 모자와 코트를 벗고 담배를 피우며 벽난로 옆에 서 있었다. 그녀는 뭔가 말하려고 했지만, 전화벨이 울리자 그만두었다.

그가 전화기로 다가갔다.

"여보세요. ……그래, 해리, 들렀는데 없더군. ……물어보고 싶어서, 알잖아, 그날 밤 폴이랑 같이 있는 거 봤다던 녀석 말이야. 그자가 모자를 쓰고 있던가? ……썼다고? 확실해? ……그럼 손에 지팡이도 들고 있었고? ……알았어. ……아니, 그건 안 됐어, 해리. 네가 직접 만나봐. ……그래. …… 끊어."

자리에서 일어서자 재닛 헨리가 그에게 질문하는 듯한 눈초리로 쳐다보았다.

"그날 밤 폴이 당신 오빠와 이야기하는 모습을 봤다고 주장하는 친구 중 한 사람이었어요. 그는 모자는 봤지만 지팡이는 못 봤다더군요. 하지만 어두웠고, 이 친구들은 차를 몰고 지나가는 중이었죠. 뭔가를 명확히 봤다고 할 순 없습니다."

"왜 그렇게 모자에 관심이 많아요? 그게 그렇게 중요한가요?"

그가 어깨를 으쓱했다.

"나도 몰라요. 난 아마추어 탐정일 뿐이지만, 어떤 식으로든 뭔가 의미 있는 물건인 것 같아서요."

"어제 이후로 뭔가 새로운 걸 알아내셨나요?"

"아뇨. 어제 저녁엔 테일러가 데리고 놀던 아가씨에게 술을 사느라 시간을 보냈는데, 아무것도 나오지 않았습니다."

"제가 아는 사람인가요?"

그는 고개를 가로젓고서, 날카롭게 그녀를 쳐다보고 말했다.

"혹시나 해서 말해 두는데 오팔은 아닙니다."

"어쩌면 우리가, 오팔에게서 정보를 좀 얻어 낼 수 있지 않을까요?"

"오팔에게? 아뇨. 오팔은 자기 아버지가 테일러를 죽였다고 생각하지만, 그게 자기 때문이었다고 여기거든요. 오팔이 돌아선 건 자기가 알고 있던 것 때문이 아니라, 그러니까 내부의 요인 때문이 아니라 당신의 편지와 《옵저버》와 그런 것 때문이었어요."

재닛 헨리는 끄덕였지만, 설득된 것 같지는 않았다.

아침 식사가 도착했다.

식사를 하고 있는데 전화벨이 울렸다. 네드 보몬트가 다가가 전화를 받았다.

"여보세요. ……네, 엄마. ……뭐라고요?" 그는 귀를 기울이며, 몇 초간 찡그리더니 말했다. "그냥 내버려 두는 것 말고 엄마가 할 수 있는 건 별로 없어요. 그런다고 해가 되지도 않을 거고요. ……아뇨, 어디 있는지 몰라요. ……그럴 것 같지 않은데요. ……음, 걱정 말아요, 엄마, 잘될 거예요. ……그럼요, 그렇죠. ……끊어요." 그는 웃으며 탁자로 돌아가 앉으며 말했다. "파도 당신과 똑같은 생각을 했군요. 방금 전화는 폴의 어머니였어요. 지방검사 사무실에서 오팔을 조사하러 나왔다는군요." 그의 눈에 밝은 빛이 번졌다. "오팔은 그들에게 전혀 도움이 안 되겠지만, 그들이 폴을 조이고 있는 건 맞군요."

"왜 전화하셨대요?"

"폴이 나갔는데 어디로 갔는지 모르겠다고 하더군요."

"당신과 폴이 다퉜다는 거 모르시나 봐요?"

그는 포크를 내려놓았다.

"그런 모양입니다. 이봐요. 정말 끝까지 해 보고 싶어요?"

"이제껏 이만큼 뭘 원한 적이 없을 정도로요."

네드 보몬트가 씁쓸하게 웃었다.

"폴이 당신을 얼마나 원하는지 얘기할 때 했던 말이랑 거의 똑같군요." 그녀는 어깨를 으쓱하고서, 굳은 얼굴로 차갑게 그를 쳐다보았다. "난 당신을 모릅니다. 확신할 수 없죠. 그리 유쾌하지 않은 꿈도 꿨고 말입니다."

그의 말에 그녀가 웃었다.

"설마 꿈을 믿는 건 아니시겠죠?"

그는 웃지 않았다.

"난 아무것도 믿지 않지만, 뼛속까지 도박꾼이라 온갖 것에 영향을 받게 마련입니다."

그녀의 웃음에서 조롱하는 기색이 줄어들었다.

"무슨 꿈이기에 절 못 믿으신다는 거죠?" 그녀는 손가락을 하나 들며 진지한 척했다. "말씀해 주시면 저도 당신에 관한 꿈을 알려 드릴게요."

"낚시 중이었는데 거대한 물고기를 낚았어요. 무지개송어였는데 엄청났죠. 그런데 당신이 보고 싶다고 하더니 집어 들고서, 내가 말리기도 전에 물속에 던져 버리더군요."

그녀가 즐겁게 웃었다.

"그래서 어떻게 하셨나요?"

"그게 끝이었습니다."

"거짓말. 전 당신 송어를 도로 물에 던지지 않을 거라고요. 이제 제 얘기를 해 드리죠. 전……." 그녀의 눈이 커다래졌다.

"당신 꿈은 언제였죠? 저녁 먹으러 온 날?"

"아니. 어젯밤."

"오, 아쉽군요. 같은 날 밤 같은 시간에 꿨더라면 정말 근사한 일이었을 텐데. 제 꿈은 당신이 왔던 날 밤에 꾼 거예요. 우리가, 당신과 내가요…… 꿈속에서 말이에요, 숲에서 길을 잃었는데, 지치고 굶주렸어요. 우린 걷고 또 걷다가 마침내 작은 집에 도착해서 문을 두드렸는데, 아무도 대답하지 않는 거예요. 그래서 문을 열어 봤죠. 잠겨 있더군요. 그래서 창문으로 들여다봤더니 안에 커다란 테이블이 있고 그 위에 온갖 산해진미가 쌓여 있는데, 창문에 쇠창살이 있어서 어느 쪽으로도 들어갈 수가 없는 거예요. 그래서 문으로 돌아가서 다시 두드리고 또 두드렸는데 여전히 아무도 대답하지 않았어요. 그때 우린 사람들이 열쇠를 바닥깔개 밑에 넣어 둘 때가 있다는 걸 떠올리고 거길 보았더니 열쇠가 있더군요. 하지만 문을 열었더니 유리창으로 볼 때는 보이지 않던 뱀 수백 마리가 바닥에 있는데, 그것들이 우리를 향해 미끄러지며 다가오는 거예요. 우린 문을 쾅 닫고 잠그고 죽도록 겁나서 거기 서 있었는데 녀석들이 쉭쉭거리면서 머리로 문에 부딪히는 소리가 들렸어요. 그때 당신이 문을 열어두고 어딘가 숨어 있으면 뱀들이 나가서 사라져 버릴지도 모른다고 말해서 우린 그렇게 했어요. 내가 지붕 위로 올라가게 당신이 도와준 다음…… 이 부분에서는 지붕이 낮았어요, 그 전에는 어땠는지 기억이 안 나지만……. 아무튼 당신도 올라가서 몸을 숙이고 문을 열었더니, 뱀들이 전부 미끄러지며 나오더군요. 우리는 지붕에 누워서 숨을 참고 수백 마리 뱀이 모조리 집에서 미끄러져나가서 숲으로 사라져버릴 때까지 기다렸어요. 그런 다음 뛰어 내려가서 안으로 들어가 문을 잠그고 먹고, 먹고 또 먹었죠. 전 손뼉 치고 웃으며 침대에서 일어나 앉았어요."

"지어낸 얘기 같은데요."

네드 보몬트가 잠시 기다렸다 말했다.

"왜요?"

"처음엔 악몽으로 시작하더니 결말은 딴판이라는 것도 그렇고, 내가 꿨던 음식 꿈은 전부 실제로 먹기도 전에 끝났거든요."

재닛 헨리가 웃었다.

"전부 지어낸 건 아니라고요. 하지만 어떤 부분이 진실인진 묻지 마세요. 거짓말했다고 비난했으니 이젠 말해 주지 않을 거예요."

"오, 알겠습니다." 그는 다시 포크를 들었지만 먹지는 않았다. 그러고는 그냥 생각일 뿐이라는 듯한 분위기로 물었다. "당신 아버지는 뭐 아는 것 없을까요? 의원님에게 가서 이제까지 알아낸 걸 이야기하면 뭔가 알아낼 수 있을 것 같지 않습니까?"

"네, 그럴 거예요."

그녀가 열을 올리며 말했다. 그는 생각에 잠긴 듯 쏘아보았다.

"유일한 문제는 준비도 되기 전에 그가 이성을 잃고 폭발해 버리는 거예요. 의원님 성미가 급하지요?"

그녀는 마지못해 대답했다.

"네, 하지만……." 그녀의 얼굴이 애원하듯 밝아졌다. "왜 기다리셔야 하는지 보여 드린다면 분명히…… 하지만 우린 이미 준비가 되지 않았나요?"

그가 고개를 가로저었다.

"아직 아닙니다." 그녀가 입을 삐죽 내밀었다. "하지만 내일이면 될지 모르죠."

"정말요?"

"약속은 아니지만, 그럴 것 같군요."

그녀는 탁자 반대편에 있는 그의 손을 잡았다.

"하지만 준비 되자마자 저에게 알려 주신다고 약속하시는 거죠? 낮이든 밤이든 언제든 상관없이?"

"물론, 약속합니다." 그는 비스듬히 그녀를 보았다. "결말이 다가오는데 그다지 불안하지 않은 것 같군요?"

그의 어조에 그녀는 얼굴을 붉혔지만, 눈길을 낮추지는 않았다.

"절 괴물이라고 생각하신다는 거 알아요. 어쩜 그럴지도 몰라요."

그는 접시를 내려다보고 중얼댔다.

"결말이 당신 맘에 들었으면 좋겠군요."

9장

밥맛들

재닛 헨리가 간 후 네드 보몬트는 전화기로 가서 잭 럼신의 번호를 누르고 잭이 받자 말했다.

"여기 잠시 들러 주겠어, 잭? ……좋아. 끊지."

그는 잭이 도착할 때쯤 옷을 입고 있었다. 두 남자는 마주 보도록 놓인 의자에 앉아, 각자 버번 위스키와 광천수를 들었다. 네드 보몬트는 시가를, 잭은 담배를 쥐고 있었다.

"폴과 내가 갈라섰다는 소식 들었나?"

네드 보몬트가 물었다.

"네."

잭이 태평하게 대답했다.

"어떻게 생각하지?"

"아무것도요. 지난번에도 그런 줄 알았는데 알고 보니 섀드 오로리를 속인 것이었던 기억이 나는군요."

네드 보몬트는 그 답을 기대했다는 듯 웃었다.

"사람들이 생각하는 것도 그건가?"

말쑥하고 젊은 잭이 말했다.

"상당수는요."

네드 보몬트는 시가 연기를 천천히 들이마시고 물었다.

"내가 이번에는 진짜라고 했다면 어떨까?"

잭은 답하지 않았다. 그의 얼굴에서는 아무것도 읽어 낼 수 없었다.

"사실이야. 내가 얼마 주면 되지?"

네드 보몬트가 말하며 술을 들이켰다.

"매드빅 딸의 일로 30달러요. 나머진 받았고요."

네드 보몬트는 바지 주머니에서 종이 뭉치를 꺼내서 10달러짜리 지폐 세 장을 꺼내 잭에게 주었다.

"고마워요."

"이제 계산 끝이군. 해 줘야 할 일이 하나 더 있어. 테일러 헨리 살인 사건 관련해서 폴을 옭아맬 단서가 필요해. 폴이 나한테 자기가 했다고 말하기는 했지만, 증거가 좀 더 필요해서. 해 주겠나?"

네드 보몬트는 연기를 들이마시고 내쉬며 말했다.

"아뇨."

"왜지?"

거무스름한 잭이 빈 잔을 탁자에 놓으며 일어났다.

"프레드랑 난 여기서 작지만 근사한 사립 탐정 사업을 키우고 있어요. 1~2년만 더 지나면 형편이 아주 좋아질 겁니다. 난 보몬트 씨 당신을 좋아하지만, 도시를 망치는 남자와 같이 놀 정도는 아니거든요."

네드 보몬트가 차분하게 말했다.

"폴은 추락하고 있어. 온 일당이 그를 내다버릴 준비를 하고 있지. 파와 레이니는……."

"그러라죠. 난 음모에 끼고 싶지도 않고, 실제로 그들 뜻대로 될지도 의문입니다. 폴에게 한두 방 먹일 순 있겠지만, 그게 효력이 있을진 모르는 거죠. 당신이 나보다 폴을 더 잘 알잖아요. 그 일당들 배짱 다 합쳐 봐야 폴 하나만 못하다는 거 알잖아요."

"그건 사실이고, 바로 그게 그를 망치고 있지. 뭐, 안 한다면 안 하는 거지."

잭은 "안 해요."라고 말하고 모자를 집었다. 그는 한 손으로 작게, 마지막이란 동작을 해 보였다.

"다른 거라면 기꺼이 하겠지만……."

네드 보몬트는 일어섰다. 그의 태도에 분개한 기색은 없었고, 말에도 그런 느낌은 없었다. 그는 엄지손가락으로 콧수염 한쪽을 쓰다듬고 잭의 뒤쪽을 생각에 잠긴 듯 응시했다.

"네가 그렇게 느낄 것 같았지. 이건 말해줄 수 있겠군. 섀드를 어디서 찾을 수 있을지 아나?"

잭은 고개를 가로저었다.

"경찰들이 섀드 술집을 세 번째로 덮친 뒤로…… 경찰 두 명이 죽었을 때 말이에요. 아무튼 그 뒤로 은신해 있는데, 막상 경찰은 그자 잡느라고 딱히 바쁜 것 같지는 않아요." 그는 입에서 담배를 꺼냈다. "위스키 바소스 아세요?"

"그래."

"잘 안다면 그자에게서 알아낼 수 있을지 모릅니다. 근처에 있을 거예요. 보통 스미스가에 있는 팀 워커네 술집에 밤에 가면 만날 수 있죠."

"고마워, 잭, 그렇게 해 볼게."

"고맙긴요." 그는 주저했다. "당신과 매드빅이 갈라섰다니 정말 유감이에요. 당신이……." 그는 말을 끊고서 문으로 향했다. "당신도 생각이 있겠죠."

네드 보몬트는 지방검사 사무실로 갔다. 이번에는 지체 없이 파에게 안내되었다.

파는 책상에서 일어서지도, 그에게 악수를 청하지도 않았다.

"안녕하신가, 보몬트? 앉게."

그의 목소리는 차갑고 정중했다. 호전적인 얼굴은 평소만큼 벌겋지 않았다. 눈은 차분하고 냉정했다. 네드 보몬트는 앉아서 다리를 편안하게 꼬고 말했다.

"어제 내가 여기서 나간 후 폴을 만나서 무슨 일이 있었는지 말해 주고 싶어서."

파의 "좋지."라는 말은 차갑고 정중했다.

"폴에게 당신이 어떤지 말했지, 전정긍긍하고 있다고." 네드 보몬트는 최대한 기분 좋게 웃어 보이고서, 중요하진 않지만 매우 재미있는 일화를 들려주듯 말했다. "당신이 테일러 헨리 살인 사건을 그에게 뒤집어씌울 만큼 대담해지려고 하는 것 같다고 폴에게 말했어. 폴은 처음엔 내 말을 믿더니, 벗어나려면 진짜 살인범을 넘기는 수밖에 없다고 내가 말하자, 그래 봐야 소용없다고 하더군. 그는 자기가 진범이라면서, 사고라는 둥 정당방위라는 둥 했어."

파의 얼굴이 더 창백해지고 입 주위가 뻣뻣해졌지만, 그는 입을 열지 않았다.

네드 보몬트가 눈썹을 치켜 올렸다.

"내가 지루하게 하는 건 아니겠지?"

"계속 말해."

파가 냉정하게 말했다.

네드 보몬트는 의자를 뒤로 기울였다. 그의 웃음에 조소가 묻어났다.

"농담이라고 생각하는군? 우리가 자길 속이고 있다고 생각하고 있어." 그는 고개를 가로젓고서 웅얼댔다. "당신은 소심한 인간이야, 파."

"당신이 주는 정보라면 무엇이든 기꺼이 듣겠지만 매우 바빠서 그만……."

그 말에 네드 보몬트가 웃음을 터뜨리고 대답했다.

"좋아. 이 정보를 진술서 같은 거로 받고 싶어 할 줄 알았는데."

"그거 좋지."

파는 책상에 있는 진주 버튼 중 하나를 눌렀다.

초록색 옷을 입은 머리가 희끗희끗한 여성이 들어왔다.

"보몬트 씨가 진술을 하고 싶으시다는군."

그녀는 "알겠습니다."라고 말하고 파의 책상 반대편에 앉아서 책상에 노트를 펼치더니 그 위에 은색 연필을 쥐고서 텅 빈 갈색 눈으로 네드 보몬트를 쳐다보았다.

"어제 오후 네블 빌딩에 있는 그의 사무실에서, 폴 매드빅이 테일러 헨리가 살해되던 날 밤 헨리 의원 집에 저녁을 먹으러 갔다고 내게 말했소. 그와 테일러 헨리 사이에 좀 문제가 있었다고도 했고, 그가 집에서 나온 뒤 테일러 헨리가 그를 뒤따라 나와 따라잡은 다음, 거칠고 무거운 갈색 지팡이로 그를 치려고 했다고 했소. 그는 테일러 헨리의 지팡이를 빼앗으려고 하다가 우연히 그의 이마를 지팡이로 쳐서 쓰러뜨렸고, 그 길로 지팡이를 들고 사라진 뒤 그걸 태워 버렸다더군. 테일러 헨리 죽음에 자기가 관여된 걸 숨긴 유일한 이유가, 재닛 헨리에게 사실을 숨기고 싶었기 때문이라고 했소. 그게 다요."

"당장 글로 옮겨." 파가 속기사에게 말했다.

여자가 사무실에서 나갔다.

"이 소식을 전해 주면 완전히 흥분할 줄 알았는데. 아주 머리를 쥐어뜯을 줄 알았다고."

네드 보몬트가 말하며 한숨을 쉬었다.

파가 그를 빤히 쳐다보았다. 네드 보몬트가 뻔뻔하게 말을 이었다.

"적어도 폴을 끌어다가 따질 줄 알았지. 이걸…… '중대한 사실'이란 표현이 좋겠군……. 아무튼 이걸 들이대면서 말이야."

그는 한 손을 흔들었다.

파가 절제된 목소리로 말했다.

"부디 여기 일은 내게 맡겨 달라고."

네드 보몬트가 다시 웃음을 터뜨렸다가 멈추고 조용히 있는데 머리가 희끗희끗한 속기사가 진술문을 인쇄해서 가지고 돌아왔다. 그때 그가 물었다.

"맹세라도 해야 하나?"

"아니, 그냥 서명해. 그걸로 충분할 거야."

네드 보몬트가 서명했다. 그는 유쾌하게 불평했다.

"생각했던 것보다 훨씬 재미없군."

파의 돌출한 턱이 앙다물어졌다. 그는 침울하면서도 만족스러운 투로 말했다.

"그렇군, 그런 것 같아."

"당신 소심한 인간이야, 파. 길 건널 때 택시 조심하라고." 네드 보몬트가 다시 말하며 인사했다. "또 보지."

밖에 나온 그는 성난 표정을 지으며 얼굴을 찡그렸다.

그날 밤 네드 보몬트는 스미스가의 짙은 색 3층 건물 초인종을 눌렀다. 머리가 작고 어깨가 두꺼운 키 작은 남자가 문을 빠끔히 열고서 "좋소."라고 말하고서 문을 활짝 열었다.

네드 보몬트는 "이야." 하고 들어가서 침침한 복도를 따라 6미터를 걸어 오른편으로 닫힌 문 두 개를 지나간 뒤, 왼쪽에 있는 문을 열고 나무계단을 따라 지하층으로 내려갔다. 그곳에는 바가 있었고 라디오가 부드럽게 흘러나왔다.

바 뒤에 '화장실'이라고 쓰인 반투명 유리문이 있었다. 문이 열리고 한 남자가, 큰 어깨의 기울기와, 두꺼운 팔 길이와, 평평한 얼굴과, 휜 다리의 각도에 어딘가 원숭이 같은 느낌이 드는 거무튀튀한 남자가 나왔다……. 제프 가드너였다.

네드 보몬트를 본 그의 불그스레한 작은 눈이 반짝였다.

"이런, 이건 '또 때려 줘 보몬트' 아니야!"

그는 으르렁대며 활짝 웃어 아름다운 치아를 드러냈다.

다들 두 사람을 지켜보는 가운데 네드 보몬트가 "여어, 제프."라고 말했다.

제프가 으스대듯 네드 보몬트에게 다가가 왼팔을 거칠게 그의 어깨에 두르더니, 네드 보몬트의 오른손을 자신의 오른손으로 쥐고서 사람들에게 쾌활하게 말했다.

"이쪽은 내가 주먹을 먹여 준 놈들 중 가장 멋진 남자라고. 많이도 먹였지."

그는 네드 보몬트를 바로 끌고 갔다. 그는 네드 보몬트에게 음흉한 웃음을 지었다.

"우선 같이 술 한잔 하고 나서 어떻게 먹였는지 보여 주지. 보여 주고말고! 어떻게 생각하시나, 친구?"

네드 보몬트는 자기보다 키 작은 남자의 닿을 듯 가까운 못생긴 검은 얼굴을 무감정하게 쳐다보며 말했다.

"스카치로."

제프는 유쾌하게 웃고서 다시 사람들에게 말했다.

"봤지, 좋아한다니까. 이자는…… 망할 놈의 학살자야, 바로 그거라고. 학살자가 뭔지 알아?"

그는 주저하며, 인상을 찡그리고 입술에 침을 발랐다. 그는 네드 보몬트에게 음흉하게 웃었다.

"그래."

제프는 실망한 듯했다.

"호밀."

그는 바텐더에게 말했다. 두 사람의 술이 준비되자 그는 네드 보몬트의 손은 놓았지만, 어깨에 두른 팔은 풀지 않았다. 그들은 마셨다. 제프는 잔을 내려놓고 네드 보몬트의 손목에 손을 얹었다.

"너랑 나 두 사람만의 공간을 위층에 마련해 뒀지. 너무 좁아서 자빠지지도 못할 방이야. 벽에 튀겨 가며 패줄 수 있다고. 그러면 바닥에서 도로 일어나느라 시간 낭비하지 않아도 될 거야."

"내가 한잔 사지." 네드 보몬트가 말했다.

"그거 나쁘지 않군." 제프가 동의했다.

그들은 다시 마셨다.

네드 보몬트가 술값을 치르자 제프가 그를 층계 쪽으로 향하게 했다. 그는 바에 있는 다른 사람들에게 말했다.

"실례하겠수, 신사 분들, 우린 위층에 올라가서 리허설을 해야 해서 말이야. 나랑 우리 자기랑."

그는 네드 보몬트의 어깨를 두드렸다.

그들은 두 층을 올라가서 작은 방으로 들어섰다. 소파 하나,

탁자 둘, 의자 대여섯 개가 오밀조밀 놓여 있었다. 한 탁자에 먹다 남은 샌드위치가 놓인 접시들과 빈 잔들이 있었다.

제프는 근시처럼 방을 휘 둘러보았다. 그는 네드 보몬트의 손목을 놓고, 어깨에서 팔을 푸른 뒤 물었다.

"이런 제길, 어디로 간 거야? 여기 계집 안 보이지, 그지?"

"그렇군."

제프는 강조하듯 위아래로 고개를 흔들었다.

"갔잖아."

그는 불안하게 뒤로 물러나더니 지저분한 손가락으로 문 옆에 있던 벨을 쿡 눌렀다. 그러더니 과장된 동작으로 팔을 흔들면서 기괴하게 인사하고 말했다.

"앉으시게."

네드 보몬트는 두 테이블 중 좀 덜 지저분한 곳에 앉았다. 제프는 다시 큰 동작으로 말했다.

"어디든 앉고 싶은 망할 의자에 앉으시라고. 그게 마음에 안 들면 다른 데 앉든지. 내 손님이라고 생각해 주면 좋겠어. 맘에 안 들면 염병, 관두든지."

"멋진 의자군."

"지독한 의자지. 이 쓰레기장엔 쓸모 있는 의자가 하나도 없어. 보라고." 그는 의자를 하나 들어서 앞 다리 중 하나를 뜯어버렸다. "이걸 멋진 의자라고? 이봐, 보몬트, 넌 의자에 관해

쥐뿔도 몰라." 그는 의자를 내려놓고, 다리를 소파에 던졌다. "난 못 속여. 난 네가 뭘 하려는지 알고 있어. 너 내가 취했다고 생각하지, 응?"

네드 보몬트가 씩 웃었다.

"아니, 넌 안 취했어."

"안 취했기는 개소리. 내가 너보다 더 취했어. 이 쓰레기장에서 제일 취했다고. 난 열나게 취했어, 내가 안 취했다고 생각하지 마, 하지만……."

그는 두껍고 지저분한 집게손가락을 들었다.

한 웨이터가 복도에서 들어오며 물었다.

"무슨 일이시죠, 손님?"

"어디 있었지? 잤나? 한 시간 전에 불렀는데."

제프가 그를 쳐다보며 말했다.

웨이터가 뭐라고 말하려는 순간 제프가 말을 이었다.

"내가 세상에서 최고의 친구를 데리고 술 마시러 왔는데 도대체 이게 뭐야? 형편없는 웨이터 기다리느라 젠장 맞게 한 시간이나 죽치고 기다려야겠어? 친구가 나한테 성질내는 게 당연하지."

"원하시는 게 뭡니까?" 웨이터가 무관심하게 말했다.

"여기 있던 여자 도대체 어디로 갔는지 말해."

"아, 그 여자요? 갔어요."

"어디로 가?"

"모르죠."

제프가 쏘아보았다.

"이런, 가서 찾아와, 그것도 당장. 어디로 갔는지 모르다니 뭔 소리야? 여기가 멋진 술집이라면……." 벌건 눈에 예리한 빛이 반짝였다. "어떻게 할지 알려 주지. 여자 화장실에 가서 거기 있나 보고 와."

"거기 없어요. 나갔어요."

"그 망할 잡년!" 제프가 말하고는 네드 보몬트를 보았다. "그런 잡년한테 너라면 어떻게 하겠어? 내가 널 여기 데려온 건 네가 그 여자를 만났으면 해서, 그 여자를 분명 좋아할 거고 그 여자도 널 좋아할 거라서 그런 건데, 지가 얼마나 잘났다고 내 친구도 안 만나고 나가 버려."

네드 보몬트가 시가에 불을 붙였다. 그는 아무 말도 하지 않았다.

제프는 머리를 벅벅 긁으며 으르렁댔다. 그는 네드 보몬트 맞은편에 앉은 뒤 사납게 말했다.

"그럼 마실 거라도 가져 와. 난 호밀."

"스카치." 네드 보몬트가 말했다.

웨이터는 가 버렸다.

제프가 네드 보몬트를 노려보았다. 그는 성내며 말했다.

"네가 무슨 꿍꿍이인지 내가 모른다고 생각하지 말라고."

"난 아무 꿍꿍이도 없어. 섀드를 만나고 싶은데 여기 오면 위스키 바소스한테 물어봐서 섀드를 찾을 수 있을까 했지."

네드 보몬트가 무심하게 말했다.

"섀드가 어디 있는지 내가 모를 거라고 생각해?"

"알겠지."

"근데 왜 나한테 안 물어봤지?"

"좋아. 어디 있나?"

제프는 손바닥으로 탁자를 쾅 내려치고 호통 쳤다.

"거짓말이야. 섀드가 어디 있는진 상관도 없으면서. 네가 찾는 건 나라고."

네드 보몬트는 웃음 짓고서 고개를 가로저었다. 제프가 고집스레 말했다.

"맞아. 너도 잘 알잖아……."

둥근 눈에 통통한 붉은 입술의 젊어 보이는 중년 남자가 문으로 다가와 말했다.

"입 좀 다물어, 제프. 너 혼자 가게 떠나가라 떠들잖아."

제프는 의자에 앉은 채로 몸을 빙 돌렸다. 그는 네드 보몬트를 엄지손가락으로 휙 가리키며 복도에 있는 남자에게 말했다.

"이 개자식 때문이라고. 이 자식 자기가 무슨 꿍꿍인지 내가 모르는 줄 안다니까. 이 자식 밥맛이야, 암 그렇고말고. 이

자식 신나게 두드려 줄 생각이야, 그럴 생각이라고."

복도의 남자는 이성적으로 "그렇다고 그렇게 시끄럽게 굴 건 없지."라고 말하고 네드 보몬트에게 윙크한 뒤 사라졌다.

"팀도 밥맛이 되고 있잖아."

제프가 음침하게 말했다. 그는 바닥에 침을 뱉었다.

웨이터가 술을 가지고 왔다.

네드 보몬트가 자기 잔을 들고 "건배." 하고 말하고 마셨다.

"너랑 건배하기 싫어. 넌 밥맛이야." 제프가 말했다.

그는 네드 보몬트를 침울하게 쳐다보았다.

"너 미쳤구나."

"거짓말. 난 취했어. 하지만 네가 무슨 꿍꿍인지 모를 정도로 취하진 않았지. 그리고 넌 밥맛이야."

제프는 잔을 비우고, 손등으로 입을 훔쳤다.

"좋아. 맘대로 하라고."

네드 보몬트가 친근하게 웃으며 말했다.

제프가 원숭이 같은 주둥이를 앞으로 조금 내밀었다.

"넌 네가 무지 똑똑하다고 생각하지, 앙?" 네드 보몬트는 아무 말 하지 않았다. "여기 와서 날 취하게 만들어서 잡아넣으려고 하는 게 엄청 똑똑한 속임수라고 생각하지."

"맞아. 넌 프랜시스 웨스트를 치어 죽인 혐의가 있지, 아닌가?"

네드 보몬트가 무심하게 말했다.

"망할 프랜시스 웨스트."

제프의 말에 네드 보몬트가 으쓱했다.

"난 그자 몰라."

"넌 밥맛이야."

"내가 한잔 더 사지."

원숭이 같은 제프는 근엄하게 끄덕이고서 의자를 뒤로 눕혀 벨에 손을 뻗었다. 손가락을 버튼에 대고 그가 말했다.

"그래도 넌 밥맛이야." 그의 의자가 뒤로 누우며 돌아갔다. 그는 바닥에 발을 딛고서 의자가 넘어지기 전에 의자를 똑바로 했다. "개자식!" 그는 성내며 의자를 돌려서 테이블 쪽으로 끌어당긴 뒤 테이블에 팔꿈치를 받치고 한쪽 주먹에 턱을 괴었다. "누가 날 잡아가든 내가 염병 무슨 상관이야? 넌 짭새들이 날 언젠가 튀겨 먹을 거라고 생각하지?"

"왜 아니겠어?"

"왜 아니겠어? 염병! 선거 끝나기 전엔 재판 받지 않을 거고 그러고 나면 다 섀드 세상이야."

"그럴 수도."

"그럴 수도는 염병!"

웨이터가 들어오자 그들은 술을 시켰다. 다시 둘만 남자 네드 보몬트가 한가하게 말했다.

"섀드는 네가 죗값을 받게 내버려 둘지도 몰라. 섀드한테 불리한 증거 같은 거라도 쥐고 있나?"

원숭이 같은 제프가 왁자하게, 조소하며 웃더니 손바닥으로 테이블을 치며 으르렁댔다.

"젠장! 내가 그걸 불 정도로 취한 줄 아는군."

복도에서 조용하고 음악 같은, 다소 아일랜드 어조의 바리톤 목소리가 들렸다.

"해 봐, 제프, 말해 봐."

섀드 오로리가 서 있었다. 그의 청회색 눈이 다소 슬프게 제프를 쳐다보았다.

제프는 복도에 선 섀드를 즐겁게 눈을 가늘게 뜨고 쳐다보고 말했다.

"안녕하신가, 섀드? 들어와서 한잔 해. 보몬트 씨도 만나고. 이 자식 밥맛이야."

오로리가 부드럽게 말했다.

"내가 숨어 있으라고 했지."

"하지만 제길, 섀드, 너무 겁나서 날 깨물어 버릴 지경이었다고! 그리고 여기가 숨어 있는 거잖아, 아닌가? 여긴 밀매점이라고."

오로리는 잠시 제프를 쳐다보더니 네드 보몬트를 보았다.

"안녕하시오, 보몬트."

"여, 섀드."

오로리는 부드럽게 웃고서, 고개를 살짝 까딱여 제프를 가리키며 물었다.

"많이 알아냈소?"

"내가 모르는 사실에 대해서라면 별로. 엄청 시끄럽긴 한데다 말이 되는 건 아니라서."

네드 보몬트가 대답했다.

"내 생각에 너희는 밥맛들이야."

제프가 말했다.

웨이터가 마실 걸 가지고 왔으나 오로리가 제지했다.

"그냥 둬. 이미 충분히 마셨어."

웨이터는 술을 가지고 돌아갔다. 섀드는 방으로 들어가 문을 닫고는 문을 등지고 섰다.

"넌 너무 말이 많아, 제프. 내가 전에도 말했지."

네드 보몬트가 의도적으로 제프에게 윙크했다.

"도대체 무슨 짓이지?"

제프가 성내며 말하자 네드 보몬트가 웃었다.

"지금 내가 말하잖아, 제프."

오로리가 말했다.

"젠장, 누가 그걸 몰라?"

"좀 더 하면 더 이상 너에겐 말 안 할 거다."

"재수 없게 굴지 마, 섀드. 염병!" 제프가 벌떡 일어서서 말한 뒤 테이블을 돌아갔다. "너랑 나는 오랫동안 친구였어. 넌 항상 내 친구였고 난 항상 네 친구일 거라고. 그래, 나 취했어, 하지만……."

그는 오로리를 안으려고 팔을 뻗으며, 그에게 휘청거렸다.

오로리가 흰 손을 원숭이 같은 남자의 가슴에 대고 뒤로 밀쳤다.

"앉아."

그는 목소리를 높이지 않았다.

제프의 왼 주먹이 오로리의 얼굴로 휙 날아갔다.

오로리의 머리가 오른쪽으로 움직이자 주먹은 겨우 뺨을 스쳤을 뿐이었다. 오로리의 길고 섬세한 조각 같은 얼굴은 근엄하고 침착했다. 그의 오른손이 아래로 내려가 엉덩이 뒤쪽으로 이동했다.

네드 보몬트가 의자에서 벌떡 일어나 오로리의 오른팔에 뛰어들며 양손으로 팔을 잡고, 그대로 무릎을 꿇었다.

제프는 왼 주먹의 힘에 벽에 가서 부딪혔다가 몸을 돌려 섀드 오로리의 목을 양손으로 잡았다. 원숭이 같은 그의 얼굴은 누렇고, 일그러지고, 흉측했다. 더 이상 취기는 남아 있지 않았다.

"권총 잡았나?"

제프가 헉헉대며 말했다.

"그래."

네드 보몬트가 일어서며 검정 권총을 오로리에게 겨눈 채 뒤로 물러섰다.

오로리의 눈은 멀건 데다 융기되었고, 얼굴은 붉으락푸르락하며 부풀어 올랐다. 그는 제 목을 잡고 있는 남자에게 저항하지 않았다.

제프는 어깨 너머로 고개를 돌려 네드 보몬트를 향해 씩 웃었다. 웃음은 크고, 진지하고, 멍청할 정도로 짐승 같았다. 제프의 작고 붉은 눈이 명랑하게 반짝였다. 그는 쉬어 버린 온화한 톤의 목소리로 말했다.

"이제 우리가 뭘 해야 할지 알겠지. 이놈을 죽여 주는 거야."

"난 상관하고 싶지 않아."

네드 보몬트가 말했다. 차분한 목소리였다. 그의 콧구멍이 떨렸다.

"상관하기 싫다고? 섀드는 모든 걸 잊어 줄 거야." 제프가 음흉하게 웃었다. 그는 윗입술을 혀로 핥았다. "잊어버릴 거야. 내가 그렇게 만들어 드리지."

제프는 입을 귀에 걸고 네드 보몬트를 보며, 자신의 손으로 목을 조르고 있는 남자는 보지 않은 채 숨을 천천히 들이쉬었다 내쉬었다. 코트가 어깨와 등과 팔을 따라 불룩해졌다. 못생긴 검은 얼굴에 땀이 배어 나왔다.

네드 보몬트는 창백했다. 그도 호흡이 거칠었고 관자놀이에 수분이 스며 나왔다. 그는 제프의 부푼 어깨 너머로 오로리의 얼굴을 보았다.

오로리의 얼굴은 적갈색이었다. 튀어나올 듯한 눈은 앞을 보지 못했다. 혀는 푸르스름한 입술 사이에서 퍼렇게 삐져나왔다. 한 손이 자기 뒤의 벽을 기계적으로, 힘없이 치기 시작했다.

네드 보몬트를 보고 씩 웃으며, 자기가 목을 조르고 있는 남자를 외면한 채, 제프는 다리를 좀 더 넓게 벌리고 등을 둥글게 말았다. 오로리의 손이 더 이상 벽을 치지 않았다. 숨죽인 듯한 소리, 그러고는 거의 동시에 더 날카로운 소리가 났다. 오로리는 이제 버둥대지 않았다. 제프의 손에서 축 늘어졌다.

제프는 목으로 웃었다.

"빙고."

그는 의자를 발로 차 치워 버리고 오로리의 몸을 소파에 떨어뜨렸다. 오로리의 몸은 얼굴이 아래를 향한 채 엎어졌고, 한 손과 발이 밖으로 삐져나와 덜렁거렸다. 제프는 양손을 엉덩이에 비비고 네드 보몬트를 보았다.

"난 그저 덩치 크고 사람 좋은 게으름뱅이일 뿐이지. 누구라도 내키는 대로 막 대할 수 있지만 난 그래도 절대 뭐라고 안 하거든."

"넌 섀드가 무서웠던 거야." 네드 보몬트가 말했다.

제프가 웃었다.

"그렇다고 말하고 싶은걸. 제정신 박힌 자라면 누구라도 그랬을 거야. 넌 아니었나 보지?" 그는 다시 웃고서, 방을 둘러보고 말했다. "누가 들이닥치기 전에 뜨자. 총 넘겨. 내가 처분할 테니."

그는 손을 내밀었다.

"사양하지." 네드 보몬트는 손을 옆으로 움직여 권총이 제프의 배를 향하게 했다. "정당방위였다고 하면 돼. 네 편에 서지. 그럼 사인 심리 때 빠져나갈 수 있어."

"염병, 대단한 아이디어로군! 난 그 웨스트 놈 살인 혐의를 받고 있다고!"

제프가 소리쳤다. 그의 작고 붉은 눈이 네드 보몬트의 얼굴에서 권총 쪽으로 자꾸 움직였다.

네드 보몬트는 가늘고 창백한 입술로 웃었다. 그는 부드럽게 말했다.

"나도 그 생각을 하고 있었지."

"망할 놈의 얼간이 짓은 관둬. 너……."

제프가 고함치며, 앞으로 한 발짝 다가섰다.

네드 보몬트는 뒤로 물러나며 한 테이블 뒤로 돌아갔다.

"난 널 쏘는 데 거리낄 게 없어, 제프. 너한테 빚이 있단 거 잊지 말라고."

제프가 그대로 멈춰서 뒤통수를 긁적였다. 그는 당황하며 물었다.

"너 도대체 뭐 하는 놈이야?"

"그냥 친구지. 앉아."

네드 보몬트가 권총을 불쑥 앞으로 내밀었다. 제프가 잠시 노려보며 주저하다, 앉았다. 네드 보몬트가 왼손을 꺼내어 벨을 눌렀다. 제프가 일어났다.

"앉아."

제프가 앉았다.

"양손을 테이블 위에 놔."

"정말 멍청한 개자식이로구먼. 네가 날 끌고 나가게 내버려 둘 거라고 생각하는 건 아니겠지?"

제프가 우울하게 말했다.

네드 보몬트는 다시 테이블을 빙 돌아서 제프와 문이 보이는 방향으로 의자에 앉았다.

"가장 좋은 수는 나한테 총을 주고 네가 한 짓을 내가 잊어주기를 바라는 거다. 염병, 네드, 여긴 내 소굴이라고! 여기서 네가 속임수로 벗어날 확률 따윈 없어."

제프가 말했다.

"케첩 병에서 손 떼."

웨이터가 문을 열고 들어왔다가 휘둥그레진 눈으로 둘을 보았다.

"팀 좀 올라오라고 해."

네드 보몬트는 말하고서, 원숭이 같은 제프가 말하려고 하자 말했다.

"닥쳐."

웨이터는 문을 닫고 서둘러 가 버렸다.

"멍청한 짓 관둬, 네드 이 친구야. 그래 봐야 너만 뒈질 뿐이라고. 날 잡아가려고 해서 너한테 좋은 게 대체 뭐야? 없어." 제프는 혀로 입술을 적셨다. "우리가 너한테 거칠게 굴었던 거에 앙심이 있다는 건 알지만…… 우라질! ……그건 내 잘못이 아니라고. 난 그냥 섀드가 시키는 대로 했을 뿐이고, 너 대신 그 자식을 없애 줬으니 그걸로 쌤쌤 아니야?"

"케첩 병에서 손 떼지 않으면 손에 구멍 내 준다."

"넌 밥맛이야."

눈이 동그랗고 입술이 통통한, 젊어 보이는 중년 남자가 문을 열고 재빨리 들어오더니 문을 닫아 버렸다.

"제프가 오로리를 죽였어. 경찰에 전화해. 경찰 오기 전에 정리할 시간은 있을 거야. 혹시 안 죽었을지 모르니 의사도 부르는 게 좋겠군."

네드 보몬트가 말했다.

"그 자식이 안 뒈졌으면 난 교황이겠다." 제프가 조소하듯 웃다 말고 입술이 도톰한 남자에게 아무렇지 않게 친근한 투로 말했다. "이 자식 말이야, 네가 자길 그냥 보내 줄 거라고 생각하나 본데 어떻게 봐? 벗어날 확률이 얼마나 되는지 말 좀 해 주라고, 팀."

팀은 소파에 누운 시신을, 제프를, 다시 네드 보몬트를 보았다. 그의 둥근 눈은 냉정했다. 그는 네드 보몬트에게 천천히 말했다.

"상황이 안 좋은데. 길거리로 끌어내서 거기서 발견되도록 하면 안 될까?"

네드 보몬트가 고개를 가로저었다.

"경찰 오기 전에 정리하면 여긴 괜찮을 거야. 나도 힘 좀 써 보지."

팀이 주저하는 동안 제프가 말했다.

"이봐, 팀, 너 나 알잖아. 너……"

"젠장, 입 좀 다물어."

팀이 딱히 따뜻하지는 않게 말했다.

네드 보몬트가 웃었다.

"널 아는 사람은 없어, 제프, 섀드가 죽었으니까."

"그래?"

의자에서 자리를 편하게 고쳐 앉더니 원숭이 같은 제프의 얼굴이 개었다.

"좋아, 잡아가. 너희들이 어떤 개자식들인지 알았으니까 너희 둘에게 부탁하느니 그냥 잡혀가는 게 낫겠다."

"꼭 이렇게 해야겠나?"

팀이 제프를 무시하며 말했다.

네드 보몬트가 끄덕였다.

"난 괜찮을 거야."

팀이 그렇게 말하고는 문손잡이를 쥐었다.

"제프한테 총 있나 좀 봐 주겠나?"

네드 보몬트가 부탁했지만 팀은 고개를 흔들었다.

"여기서 일어난 일이긴 하지만 난 아무 상관도 없고 앞으로도 아무 상관 없을 거야."

그는 나가 버렸다.

제프는 의자에 늘어지게 앉아서 앞에 놓인 테이블 가장자리에 손을 멍하게 얹어놓은 채 경찰이 올 때까지 계속 떠들었다. 그는 유쾌하게 떠들며, 네드 보몬트에게 온갖 지저분하고 음란하고 모욕적인 소리를 해 대고 별의별 죄를 저질렀다고 비난했다.

네드 보몬트는 흥미롭다는 듯 정중하게 들어 주었다.

한 빼빼 마른 백발 남자가 부서장 복장을 하고 가장 먼저 들어왔다. 형사 대여섯 명이 그를 따라왔다.

"여, 브렛. 저자에게 총이 있는 것 같아."

네드 보몬트가 말했다.

"대체 무슨 일이야?"

브렛이 물으며 소파에 있는 시신을 쳐다보는 동안 형사 두 명이 사이를 비집고 지나가 제프 가드너를 붙잡았다.

네드 보몬트는 일어난 일을 브렛에게 설명했다. 그의 이야기는, 오로리가 무장 해제된 다음이 아니라 제프와 한창 다투다가 살해되었다는 인상을 줬다는 점만 빼면 정직했다.

네드 보몬트가 이야기하는 동안 의사가 들어와서 섀드 오로리의 몸을 소파에서 뒤집어 누이고 잠시 검사해 보더니 "죽었소."라고 말하고는 좁고 붐비는 방에서 나갔다.

제프는 자기를 붙잡은 형사에게 신나게 욕을 해 댔다. 그가 욕할 때마다 형사 하나가 주먹으로 그의 얼굴을 쳤다. 제프는 웃고서 계속 욕했다. 형사에게 맞아서 그의 의치가 빠져 버렸다. 입에서 피가 흘렀다.

네드 보몬트는 오로리의 권총을 브렛에게 넘기고 일어났다.

"지금 본부로 가는 게 나을까? 아니면 내일도 괜찮나?"

"지금 가는 게 낫지." 브렛이 대답했다.

네드 보몬트가 경찰 본부에서 나온 것은 자정이 한참 지난 후였다. 그는 함께 나온 기자 두 명에게 잘 가라고 인사하고 택시에 탔다. 그가 운전사에게 건넨 주소는 폴 매드빅의 집이었다.

매드빅의 집 1층에 불이 들어와 있었고, 네드 보몬트가 현관 계단을 올라가자 매드빅 부인이 문을 열어 주었다. 그녀는 검정색 옷을 입고 어깨에 숄을 두르고 있었다.

"여, 엄마. 여태 안 자고 뭐 했어요?"

그녀는 "폴인 줄 알았구나."라고 말했지만 실망하는 기색은 없었다.

"집에 없어요? 보러 왔는데." 그는 날카롭게 쳐다보았다. "무슨 일이에요?"

매드빅 부인은 뒤로 물러나며 문을 잡아당겼다.

"들어오너라, 네드."

그가 들어서자 부인이 문을 닫고 말했다.

"오팔이 자살하려고 했다."

그는 눈을 내리깔고 웅얼거렸다.

"뭐라고요? 무슨 소리예요?"

"간호사가 말리기도 전에 한쪽 손목을 그었어. 그래도 피는 많이 흘리지 않아서 다시 그러지 않으면 괜찮단다."

매드빅 부인의 태도나 목소리에 다소 연약함이 묻어났다.

네드 보몬트의 목소리가 좀 불안정했다.

"폴은 어디 있어요?"

"모르겠구나. 찾을 수가 없었어. 이렇게 늦을 리가 없는데.

어디 있는지 모르겠다." 그녀는 네드 보몬트의 위팔에 가녀린 손을 얹었고, 다소 떨리는 목소리로 말했다. "너희…… 너랑 폴은……?"

그녀는 그의 팔을 꼭 쥐며 말을 멈췄다. 그는 고개를 흔들었다.

"이젠 끝이에요."

"오, 네드, 얘야, 어떻게 다시 잘해 볼 방법이 없겠니? 너랑 그 애는……."

이번에도 말이 끊겼다. 그는 고개를 들고 그녀를 보았다. 두 눈이 젖어 있었다. 그는 부드럽게 말했다.

"안 돼요, 엄마, 이젠 아주 끝났어요. 폴이 말하던가요?"

"내가 지방검사 사무실에서 온 사람 때문에 너한테 전화했다고 했더니, 다시는 그런 짓 하지 말라면서 네가, 네가 이젠 친구가 아니라고만 하더구나."

네드 보몬트는 목을 가다듬었다.

"보세요, 엄마, 내가 만나러 왔었다고 전해 주세요. 집에 가서 기다릴 거라고, 밤새도록 기다릴 거라고 말해 주세요." 그는 다시 목을 가다듬고 힘없이 말했다. "그렇게 말해 주세요."

매드빅 부인은 앙상한 두 손을 그의 어깨에 얹었다.

"넌 좋은 애다, 네드. 너랑 폴이 싸우는 건 바라지 않아. 넌 폴에게 가장 좋은 친구야, 무슨 일이 생기더라도 말이야. 왜 그러니? 재닛이……?"

"폴에게 물어보세요." 그가 비통한 목소리로 말한 뒤 초조하게 머리를 움직였다. "이제 가 봐야 해요, 엄마, 혹시 엄마나 오팔에게 뭐 해 줄 게 없으면요. 있나요?"

"올라가서 그 애를 볼 게 아니라면 없다. 아직 안 자는데 네가 가서 얘기해 보면 좋을지도 모르겠구나. 네 얘긴 잘 들었잖니."

그는 고개를 흔들고 침을 삼켰다.

"아니에요, 나도 보고 싶어 하지 않을 거예요."

10장

부서진 열쇠

네드 보몬트는 집으로 갔다. 커피를 마시고, 시가를 피우고, 신문, 잡지, 책 반 권을 읽었다. 시시때때로 읽기를 관두고 방 안을 서성이며 안절부절 하지 못했다. 초인종은 울리지 않았다. 전화벨도 울리지 않았다.

오전 8시가 되자 그는 목욕하고, 면도하고, 새 옷을 걸쳤다. 그런 뒤 아침을 주문해서 먹었다.

9시에는 전화기로 가서 재닛 헨리의 번호로 전화를 걸어 바꿔 달라고 말했다.

"잘 잤어요? ……그래요, 고마워요. ……자, 폭죽을 터뜨릴 준비가 됐어요. ……그래요. ……당신 아버지가 집에 있으면 먼저 우리가 아는 걸 다 털어놓읍시다. ……좋아요, 하지만 내가 갈 때까진 말 꺼내지 말아요. ……최대한 서둘러 갈게요.

지금 나가요. ……알겠어요. 조금 이따가 봅시다."

그는 전화기를 놓고 일어나서 허공을 응시하다가 시끄럽게 박수를 친 후 손바닥을 비볐다. 입술은 콧수염 아래서 뚱한 모양이 되었고 눈은 강렬한 갈색 점이 되었다. 그는 옷장으로 가서 오버코트와 모자를 휙 걸쳤다. 이 사이로 「리틀 로스트 레이디」를 휘파람으로 불며 집을 나서 성큼성큼 걸어갔다.

"헨리 양과 약속이 있습니다."

그가 헨리 가의 집 문을 열어 준 가정부에게 말했다.

여자는 "알겠습니다."라고 말하고서 화사하고 밝은 벽지가 붙은 방으로 그를 안내했다. 그곳에는 헨리 의원과 그의 딸이 아침을 들고 있었다.

재닛 헨리가 곧바로 뛰듯 일어나 양손을 내밀며 다가오더니 흥분하여 외쳤다.

"좋은 아침이에요!"

의원은 좀 더 느긋하게 일어나 딸을 정중하게 하지만 놀랍다는 듯 쳐다보고서 손을 네드 보몬트에게 내밀며 말했다.

"안녕하시오, 보몬트 씨. 만나게 되어 기쁘구려. 같이 식사라도……?"

"고맙습니다만 먹었습니다."

재닛 헨리는 떨고 있었다. 흥분으로 피부가 창백해 보이고, 동공이 커졌으며, 취한 사람처럼 보였다.

"우린 드릴 말씀이 있어요, 아버지." 긴장하고 불안정한 목소리였다. "뭐냐 하면……." 그녀는 네드 보몬트에게 몸을 휙 돌렸다. "말씀 드리세요! 어서!"

네드 보몬트는 비스듬히 그녀를 흘끗 보고서 양미간을 찡그리며 그녀의 아버지를 똑바로 쳐다보았다. 의원은 테이블에 있는 자기 자리 옆에 서 있었다. 네드 보몬트는 말했다.

"저희에겐 아주 강력한 증거가 있습니다……. 자백도 그중 하나지요. 폴 매드빅이 의원님 아들을 살해했다는 증거 말입니다."

의원의 눈이 가늘어졌고 그는 앞에 있는 테이블에 손바닥을 얹어놓았다.

"그 아주 강력한 증거라는 게 무엇이오?"

"음, 주요한 것은 물론 자백입니다. 폴은 아드님이 그날 밤 자기를 뒤따라 나와서 거친 갈색 지팡이로 자기를 치려고 했다고, 그리고 아드님에게서 지팡이를 뺏으려다가 우연히 그걸로 아드님을 쳤다고 말했습니다. 폴은 지팡이를 가져다가 태워 버렸다고 했지만, 따님께서" 그는 재닛 헨리에게 살짝 고개를 숙였다. "아직 여기 있다고 하더군요."

"맞아요. 소브릿지 소령이 가지고 온 지팡이 말예요."

의원의 얼굴이 대리석처럼 단단하고 창백해졌다.

"계속하시오."

네드 보몬트는 한 손을 조금 움직였다.

"에, 의원님, 그렇게 되면 사고라느니 정당방위라는 그의 이야기는 무산됩니다. 아드님께서 지팡이를 가지고 있지 않았다는 얘기지요."

그는 어깨를 조금 움직였다.

"전 어제 이 이야기를 파에게 했습니다. 파는 모험을 감행하기가 겁나는 모양이더군요……. 그가 어떤지는 아시겠지요. 하지만 전 그가 오늘 폴을 연행할 수밖에 없으리라 생각합니다."

재닛 헨리는 네드 보몬트에게 인상을 쓰며, 분명 뭔가에 당황한 것처럼 뭔가 말하려다가 대신 입술을 꾹 다물었다.

헨리 의원은 왼손에 들고 있던 냅킨으로 입술을 누르고, 냅킨을 테이블에 내려놓고서 물었다.

"음, 다른 증거는 없소?"

네드 보몬트의 대답은 무심결에 내뱉은 또 다른 질문이었다.

"그걸로 충분하지 않습니까?"

"하지만 그거 말고도 더 있잖아요, 네?"

재닛이 따졌다.

"이 증거를 뒷받침하는 것들이지요." 네드 보몬트는 깎아내리듯 의원에게 말했다. "다른 것들도 알려드릴 수 있습니다만, 이제 중요한 가닥은 잡으신 겁니다. 그걸로 충분하겠지요?"

"충분하오." 의원이 말했다. 그는 이마를 한 손으로 짚었다. "믿기진 않지만, 여하간 충분하오. 잠시 실례해도 괜찮다면……. 얘야, 너도, 나 혼자서 생각도 하고 마음을 정리하고…… 아니, 아니, 여기 있으렴. 내가 방으로 갈 테니." 그는 우아하게 인사했다. "부디 여기 계시오, 보몬트 씨. 오래 걸리지 않을 거요, 아주 잠깐이면 됩니다. 어깨를 맞대고 함께 일한 남자가 아들 살해범이라니, 머리를 좀 정리해야겠소."

의원은 다시 인사하고서 몸을 꼿꼿하게 세우고 나갔다.

네드 보몬트는 한 손을 재닛 헨리의 손목에 얹고서 낮고 긴장한 목소리로 물었다.

"잠깐, 당신 아버지가 폭발하실 것 같습니까?" 그녀는 놀라서 그를 보았다. "그가 폴을 잡으러 달려 나갈 거 같으냐는 말입니다. 그건 안 되지. 그랬다가는 어떻게 될지 알 수 없어요."

"모르겠어요."

그는 초조하게 인상을 썼다.

"그렇게 내버려 두면 안 됩니다. 그가 그러려고 하면 막을 수 있도록 정문 가까이에 어디 가 있을 만한 곳 없어요?"

"있어요."

재닛은 두려워했다.

그녀는 그를 데리고 집 앞쪽으로 가서 두터운 커튼이 쳐진 창이 있는, 어둑어둑한 작은 방으로 들어갔다. 그 방은 정문에서 몇 피트 떨어져 있지 않은 곳에 문이 있었다. 두 사람은 어둑한 방에서 약 15센티미터 떨어진 문 가까이서 붙어 서 있었다. 둘 다 떨고 있었다. 재닛 헨리는 네드 보몬트에게 속삭이려고 했지만 그는 쉬잇 하며 저지했다.

그들이 그곳에 있은 지 얼마 되지 않아 홀 카펫 위로 사람 지나가는 소리가 작게 들렸고, 헨리 의원이 모자와 오버코트를 입고 정문으로 서둘러 갔다.

네드 보몬트가 바깥으로 나가 말했다.

"기다리시죠, 의원님."

의원은 몸을 돌렸다. 얼굴은 딱딱하고 차가웠고 눈은 고압적이었다.

"부디 양해해 주시오. 가 봐야만 하오."

"소용없습니다." 네드 보몬트가 말했다. 그는 의원에게 가까이 다가섰다. "문제만 커질 뿐입니다."

재닛 헨리가 아버지 옆으로 가서 애원했다.

"가지 마세요, 아버지. 보몬트 씨 말을 들으세요."

"보몬트 씨 말은 들었다. 내게 줄 정보가 더 있다면 얼마든지 더 들을 용의가 있어. 아니라면 좀 가 봐야겠구나." 의원은 네드 보몬트에게 웃었다. "내가 지금 행동하는 건 당신에게 들은 말에 의지해서라오."

네드 보몬트는 차분한 눈으로 그를 바라보았다.

"만나실 필요 없다고 생각합니다."

의원이 네드 보몬트를 거만하게 쳐다보았다.

재닛은 "하지만 아버지."라고 말을 시작하다가 그의 눈을 보고 말을 멈췄다.

네드 보몬트는 헛기침을 했다. 뺨이 불그스레해졌다. 그는 왼손을 재빠르게 움직여 헨리 의원의 오른쪽 오버코트 주머니를 만졌다. 헨리 의원은 분개하며 뒤로 물러났다.

네드 보몬트는 자신에게 하듯 고개를 끄덕였다.

"그건 전혀 소용없습니다." 그는 진지하게 말하고 재닛 헨리를 보았다. "의원님 주머니에 총이 있어요."

"아버지!"

재닛이 외치며 한 손을 입에 대었다.

네드 보몬트가 입술을 오므렸다.

"음, 주머니에 총을 넣고서 여기서 나가시게 할 수야 없지요."

"못 가시게 해요, 네드."

의원의 눈이 그들을 향해 경멸하듯 이글거렸다.

"두 사람 다 아무래도 자기 주제를 잊은 모양이로군. 재닛, 넌 부디 네 방으로 가거라."

그녀는 마지못해 두 걸음 뒤로 물러서더니, 멈추고서 외쳤다.

"안 갈래요! 아빠를 그냥 둘 수 없어요! 가지 못하시게 해요, 네드."

네드 보몬트가 입술에 침을 바른 뒤 약속했다.

"그러지요."

의원은 그를 차갑게 응시하며 정문 문손잡이를 오른손으로 잡았다.

네드 보몬트는 몸을 앞으로 기울여 의원의 손에 손을 댔다. 그는 존경하는 투로 말했다.

"보십시오, 의원님. 전 의원님이 이러시는 걸 내버려 둘 수 없습니다. 전 단순히 방해하는 게 아닙니다."

그는 의원의 손에서 손을 떼고 자기 코트 안주머니를 더듬더니 찢어지고 주글주글해진 때 탄 종잇조각을 꺼냈다. 그는 의원에게 종이를 펼쳐 보였다.

"이건 지난달에 제가 지방검사 사무실에서 특별조사관으로 임명되었다는 서류입니다. 제가 아는 한 취소된 바 없으니" 그는 어깨를 으쓱했다. "가서 사람을 쏘시도록 그냥 둘 순 없습니다."

의원은 종이를 보지 않았다. 그는 경멸하듯 말했다.

"살인자 친구의 목숨을 구하려고 하는 거로군."

"아니란 거 아시잖습니까."

"이제 됐소."

의원은 몸을 똑바로 펴서 말하곤 문손잡이를 돌렸다. 네드 보몬트가 말했다.

"그대로 총을 들고 보도로 나가시면 체포하겠습니다."

재닛 헨리가 울부짖었다.

"오, 아버지!"

의원과 네드 보몬트는 서서 상대의 눈을 응시하며, 둘 다 거칠게 숨을 몰아쉬었다.

의원이 먼저 입을 열어 딸에게 말했다.

"잠시 우리 둘만 있게 해 주겠니, 얘야? 보몬트 씨에게 할 말이 있다."

그녀는 미심쩍어 하며 네드 보몬트를 보았다. 그는 끄덕였다. 그녀는 아버지에게 말했다.

"좋아요, 절 보시기 전엔 나가지 않으시겠다면요."

의원은 웃으며 말했다.

"보게 될 거다."

두 남자는 그녀가 홀 반대편으로 걸어가 왼쪽으로 돌기 전에 두 사람을 흘끗 쳐다보고 통로로 사라지는 모습을 지켜보았다.

의원이 유감스러워하며 말했다.

"자네 내 딸한테 그리 좋은 영향을 미치지는 않는 것 같군. 딸애는 보통 저렇게, 어, 고집불통이 아닌데 말이오."

네드 보몬트는 사과하듯 웃음 지었지만 말은 없었다.

"언제부터였소?" 의원이 물었다.

"살인 사건 파헤치는 것 말씀입니까? 전 하루이틀밖에 안 됐죠. 따님은 처음부터 파고들었지만. 따님은 줄곧 폴이 그랬다고 믿었습니다."

"뭐요?"

의원의 입이 벌어졌다.

"줄곧 폴이 그랬다고 믿었다고요. 모르셨습니까? 따님은 폴을 끔찍이 싫어합니다. 줄곧 그랬죠."

"싫어해? 하느님, 이런!"

의원이 기가 막힌다는 듯 말했다.

네드 보몬트는 문가에 있던 의원에게 고개를 끄덕이고 호기심 어린 미소를 지었다.

"모르셨습니까?"

의원은 숨을 날카롭게 내쉬었다.

"이리 들어오시오."

의원은 네드 보몬트와 재닛 헨리가 숨어 있던 방으로 네드 보몬트를 안내했다. 의원이 불을 켜는 동안 네드 보몬트가 문을 닫았다. 그런 뒤 둘은 서로 마주보고 섰다.

"남자 대 남자로 당신에게 말하고 싶소, 보몬트 씨. 당신의 공식적 직위는 잊어버릴 수 있겠지요?"

의원이 웃었다. 네드 보몬트는 끄덕였다.

"네. 파도 아마 잊어버렸을 겁니다."

"좋소. 자, 보몬트 씨, 난 피에 목마른 사람은 아니지만 아들 살해범이 자유로이 돌아다니며 처벌도 받지 않는다는 생각은 견딜 수가 없……"

"폴을 연행해야 할 거라고 말씀드리지 않았습니까. 달리 방도가 없을 겁니다. 증거가 너무 강력하고 모두 알고 있습니다."

의원은 다시 싸늘하게 웃었다.

"지금 나한테, 활동 중인 정치가 대 정치가로, 이 도시에서 저질렀을 가능성이 있는 어떤 일 때문에 폴이 처벌받을 수도 있다는 말을 진심으로 하고 있는 거요?"

"네. 폴은 침몰했습니다. 배반당하고 있죠. 이제 그를 지탱해 주는 것이라고는 그가 채찍을 휘두르면 그자들이 펄쩍 뛰는 데 익숙해져 있어서, 좀 더 용기를 내려면 시간이 약간 더 필요하다는 점뿐입니다."

헨리 의원은 웃음 짓고서 고개를 가로저었다.

"내가 동의하지 않아도 괜찮겠소? 내가 정치판에 몸담은 시간이 당신이 살아온 시간보다 더 길다는 사실을 지적해도 될는지?"

"물론입니다."

"그럼 확언하건대 그자들은 결코 필요한 용기를 끌어내지 못할 거외다. 시간이 아무리 많다고 하더라도 말이지. 폴은 그들의 보스고, 일시적으론 반란이 있을지 모르겠지만 앞으로도 보스일 거요."

"거기엔 동의하기가 어렵군요. 폴은 망했습니다. 이제 총 이야기로 돌아가죠. 소용없습니다. 저에게 주시는 편이 낫습니다."

네드 보몬트는 인상을 쓰고 손을 내밀었다.

의원은 오른손을 오버코트 주머니에 넣었다.

네드 보몬트는 의원에게 다가가서 왼손을 의원의 손목에 댔다.

"주십시오." 의원은 성내며 그를 노려보았다. "좋습니다. 그렇게 나오셔야겠다면."

잠시 다투며 의자가 뒤집히는 동안 네드 보몬트가 무기(오래된 니켈 도금 리볼버)를 의원에게서 뺏었다. 그가 리볼버를 한쪽 엉덩이 주머니에 쑤셔 넣고 있을 때, 재닛 헨리가 격한 눈과 하얗게 질린 얼굴로 들어왔다.

"뭐예요?"

그녀가 외쳤다. 네드 보몬트는 투덜거렸다.

"말을 들으시려고 하지 않잖아요. 총을 빼앗을 수밖에 없었어요."

의원은 얼굴을 씰룩이며 거칠게 헉헉거렸다. 그는 네드 보몬트에게 한걸음 다가서서 명령했다.

"내 집에서 나가."

"안 됩니다."

네드 보몬트가 말했다. 입술 양끝이 꿈틀거렸다. 분노가 두 눈에서 들끓기 시작했다. 그는 한 손을 내밀어 재닛 헨리의 팔을 거칠게 건드렸다.

"앉아서 잘 들어요. 당신이 원한 걸 이제 듣게 될 테니." 그는 의원에게도 말했다. "드릴 말씀이 많으니 의원님도 앉으시는 게 좋겠군요."

재닛 헨리도 그 아버지도 앉지 않았다. 재닛은 공황 상태에 빠진 커다란 눈으로 네드 보몬트를 보았고, 헨리 의원은 매섭고 경계하는 눈빛이었다. 두 사람의 얼굴이 비슷비슷하게 하얬다.

네드 보몬트는 의원에게 말했다.

"당신은 아들을 죽였습니다."

의원의 얼굴에 변화가 없었다. 그는 움직이지 않았다.

재닛 헨리는 한참동안 아버지와 마찬가지로 꼼짝도 안 했다. 그러더니 순전한 공포의 표정이 얼굴에 어렸고, 그녀는 천천히 바닥에 주저앉았다. 넘어지지는 않았다. 그녀는 천천히 무릎을 굽히고 바닥에 주저앉으며, 오른쪽으로 몸을 기울이고 오른손을 바닥에 대어 몸을 지탱했다. 그녀의 공포에 질린 얼굴이 아버지와 네드 보몬트에게 향했다.

두 남자 모두 그녀를 보지 않았다.

"당신은 이제 폴을 죽임으로써 당신이 아들을 죽였다는 걸 말하지 못하게 하려고 합니다. 당신은 그를 죽이고도 모면할 수 있다는 걸 알거든요……. 구세대의 멋진 신사님이시라. 우리에게 보여 준 것 같은 태도를 세상 사람들에게도 보여 줄 수만 있다면 말이지만."

네드 보몬트는 말을 멈췄다.

의원은 아무 말도 없었다.

"당신은 폴이 체포되면 더 이상 당신을 비호하지 않을 거란 걸 알고 있죠. 폴은 할 수만 있다면 재닛에게 오빠를 죽인 범인으로 오해받지 않으려고 했을 테니 말입니다." 네드 보몬트는 말을 잇다가 씁쓸하게 웃었다. "이 얼마나 웃기는 농담입니까!" 그는 머리카락을 쓸었다. "실제로 일어난 일은 대강 이렇습니다. 테일러는 폴이 재닛에게 키스했다는 소리를 듣고서 폴을 뒤따라 나갔는데, 그리 중요한 건 아니지만 지팡이와 모자를 챙겼습니다. 당신은 재선될 가능성에 해가 될까 하는 생각에……"

의원은 성난, 쉰 목소리로 말을 가로막았다.

"이건 말도 안 돼! 딸이 이런 모욕을 당하게……"

네드 보몬트는 잔혹하게 웃었다.

"당연히 말도 안 되지요. 그리고 아들을 죽인 지팡이를 도로 집으로 가져오고, 모자를 안 쓰고 아들을 쫓아 나갔기 때문에 아들 모자를 쓰고 들어온 것도 말도 안 되기는 마찬가지지만, 그 말도 안 되는 것 때문에 당신은 십자가에 못 박히게 될 겁니다."

헨리 의원은 경멸하는 듯한 낮은 목소리로 말했다.

“그럼 폴의 자백은 뭐지?”

네드 보몬트는 씨익 웃었다.

“그거 말씀이시군요. 어떻게 할지 알려 드리죠. 재닛, 당신은 폴에게 전화해서 당장 오라고 해요. 그런 뒤 당신 아버지가 총을 들고 그를 죽이러 가려고 했다는 걸 알려 줘요. 폴이 뭐라고 하는지 봅시다.”

재닛은 동요했지만 바닥에서 일어서지는 않았다. 멍한 얼굴이었다.

“터무니없는 소리. 하라는 대로 할 줄 아나.”

의원이 말했다.

“전화해요, 재닛.”

네드 보몬트가 위압적으로 말했다.

재닛은 여전히 멍한 얼굴로 자리에서 일어나, 의원의 날카로운 “재닛!”이란 외침에 신경 쓰지 않고 문으로 갔다.

의원은 어조를 바꾸어 “기다려라, 얘야.” 하고 말하고 “당신과 다시 단둘이 말하고 싶군.”이라고 네드 보몬트에게 말했다.

“좋습니다.”

네드 보몬트는 복도에서 주저하는 재닛을 보았다.

그가 뭐라고 말하기도 전에 재닛이 고집스레 말했다.

“저도 듣고 싶어요. 전 들을 권리가 있다고요.”

그는 끄덕이고, 헨리 의원을 다시 보더니 말했다.

"맞는 말입니다."

"재닛, 얘야, 널 지켜 주려고 그러는 거다. 애비는……."

재닛은 작고 단조로운 목소리로 말했다.

"지켜 주는 거 싫어요. 전 알고 싶어요."

의원은 졌다는 듯 양손을 뒤집어 보였다.

"그럼 난 아무 말도 안 할 거다."

네드 보몬트가 말했다.

"폴에게 전화하시오, 재닛."

그녀가 움직이기도 전에 의원이 말했다.

"안 돼. 날 필요 이상으로 힘들게 하는군. 하지만……." 그는 손수건을 꺼내어 두 손을 닦았다. "정확히 어떻게 된 건지 말하겠소. 그러고 나서 한 가지 청을 하리다, 당신이 거절할 수 없을 만한 것으로. 하지만……." 그는 말을 끊고 딸을 보았다. "들어오너라, 얘야, 그리고 들어야겠다면 문을 닫아라."

그녀는 문을 닫고서 근처에 있던 의자에 앉아 몸을 앞으로 숙였다. 몸은 뻣뻣하고 얼굴은 굳어 있었다.

의원은 여전히 손에 손수건을 쥔 채 양손을 뒤로 하고, 적대감 없이 네드 보몬트를 쳐다보며 말했다.

"난 그날 밤에 테일러를 따라 나갔소. 아들이 성급한 짓을 저질러 폴과 우정이 깨지기를 바라지 않았기 때문이오. 난 두 사람을 차이나가에서 따라잡았소. 폴이 아들한테 지팡이를 빼앗은 뒤였지. 두 사람은, 아니 적어도 테일러는 맹렬히 싸우고 있었소. 난 폴에게 우리를 내버려 두라고, 아들은 내가 알아서 할 테니 내게 맡기고 가라고 했고 폴은 그리 하면서 내게 지팡이를 줬소. 테일러는 아들로서 애비에게 입에 담지 못할 소리를 지껄이고는 나를 밀치고 폴을 다시 따라가려고 했지. 정확히 어떻게 일어났는지 모르겠지만…… 때린 것 말이오……. 여하간 그리 되었고 아들은 쓰러지면서 보도 모서리에 머리를 찧었소. 그때 폴이 돌아오더군…… 멀리 가지 않았거든. 우리는 테일러가 즉사했다는 걸 알았소. 폴은 테일러를 그곳에 두고 우리가 아무 상관도 없다고 잡아떼야 한다고 말하더군. 폴은 제아무리 불가피한 상황이었더라도 다가올 선거에 추문이 돌 소지가 있다고 했고, 음, 나도 그의 뜻에 순순히 따랐소. 테일러의 모자를 집어서 나더러 집에 쓰고 가라고 한 것은 폴이었소. 내가 모자 없이 나갔거든. 폴은 만약 경찰 조사가 우리에게 좁혀든다면 거기서 중단될 거라고 확언해 주었소. 나중에, 그러니까 지난주에 그가 테일러를 죽였다는 소문을 듣고 내가 놀라서 그에게 찾아가서 다 털어놓는 게 낫지 않겠느냐고 말했다오. 폴은 내가 겁낸다며 웃더니 자기가 잘 알아서 하겠다고 날 안심시켰소." 그는 뒤쪽에 있던 손을 앞으로 돌려 손수건으로 얼굴을 닦고 말했다. "그렇게 된 거요."

재닛 헨리는 목메는 소리로 외쳤다.

"오빠를 그대로 거기에 그렇게, 거리에 내버려 두시다니!"

의원은 움찔했지만 아무 말 하지 않았다.

네드 보몬트는 잠시 인상을 쓴 채 침묵하다가 말했다.

"선거 유세 연설이로군요. 약간의 진실을 화려하게 포장한. 저에게 청하실 게 있다고요."

그는 얼굴을 찌푸렸다.

의원은 바닥을 보더니, 고개를 들어 네드 보몬트를 보았다.

"하지만 그건 당신에게만 말해야 하는데."

"안 됩니다."

"날 용서하렴, 얘야."

의원은 딸에게 말하고서 다시 네드 보몬트에게 말했다.

"당신에게 진실을 말하기는 했지만, 이젠 내가 어떤 상황을 자초했는지 뼈저리게 알겠소. 내가 청하고 싶은 것은 내 리볼버와 5분이오, 아니 1분만 혼자 있게 해 주시오."

"안 됩니다." 네드 보몬트가 말했다.

휘청거리는 의원의 한 손이 가슴께에 있었고, 손수건이 손 아래로 흔들렸다.

"응보를 받으시지요."

네드 보몬트는 파와, 반백의 속기사와, 형사 두 명과, 헨리 의원과 함께 정문으로 갔다.

"같이 가지 않고?" 파가 물었다.

"아니, 하지만 곧 만나게 될 거야."

파는 팔을 열정적으로 위아래로 흔들었다.

"더 일찍, 더 자주 오라고. 당신은 날 속이기는 하지만, 결과를 알고 나면 원망하게 되지는 않거든."

네드 보몬트는 그에게 씩 웃고서, 형사들에게 고개를 끄덕이고, 속기사에게 고개를 숙여 인사한 뒤 문을 닫았다. 위층으로 올라가 피아노가 있는, 벽이 흰 방으로 갔다. 그가 들어가자 재닛 헨리가 리라 모양으로 마감된 소파에서 일어났다.

"다들 갔습니다."

그는 의식적으로 딱딱하게 말했다.

"그럼, 아버지는……?"

"그들은 의원에게 거의 완벽한 진술을 받아냈습니다. 우리에게 말해준 것보다 더 상세하게."

"저한테 사실대로 말해 주실 건가요?"

"그렇게 하겠습니다."

그는 약속했다.

"어떻게……." 그녀는 말을 멈췄다. "그들이 아버지를 어떻게 할까요, 네드?"

"아마도 그리 대단한 건 없을 겁니다. 나이와 명성 등이 도움이 될 테죠. 아마 살인죄로 유죄 판결하고 집행유예를 선고 할 겁니다."

"사고였다고 생각하세요?"

네드 보몬트는 고개를 가로저었다. 눈은 냉정했다. 그는 퉁명스레 말했다.

"내 생각엔 의원님은, 아들이 재선을 방해한다고 생각하고 화가 나서 친 것 같습니다."

재닛은 반박하지 않았다. 양손을 깍지 끼었다. 다음 질문은 힘겹게 나왔다.

"아버지는…… 아버지는 폴을 쐈을까요?"

"그렇습니다. '법이 심판하지 못하는 살인 사건을 직접 심판했다'는 구실로 벗어날 수 있었을 테니까. 당신 아버지는 폴이 체포되면 침묵을 지키고 있지 않으리란 걸 알았습니다. 폴이 그렇게 한 것은, 당신 아버지가 재선되도록 지원한 것이 그랬듯이, 당신을 원해서였습니다. 당신 오빠를 죽인 척하고서 당신을 얻을 순 없지 않습니까. 폴은 남들이 뭐라고 생각하든 상관하지 않았지만, 당신이 그를 살인자라고 생각하는 건 몰랐고 그걸 알았다면 당장 자신의 결백을 밝혔겠죠."

그녀는 비참하게 끄덕였다.

"전 그를 미워했어요. 그리고 못되게 굴었고, 지금도 미워요." 그녀는 흐느꼈다. "왜 그런 거죠, 네드?"

그는 한 손을 초조한 듯이 움직였다.

"그런 수수께끼는 나도 모릅니다."

"그리고 당신은 날 속이고 날 바보로 만들고 이 지경으로 몰아넣었는데도 밉지가 않고요."

"또 수수께끼로군요."

"얼마나 오래 됐죠, 네드? 언제부터 알고 있었어요, 아버지에 관해서?"

"모르겠습니다. 한 구석에 그런 생각이 있은 지는 오래됐죠. 폴이 어리석게 구는 걸 설명해 줄 만한 시나리오는 그것뿐이었거든. 폴이 테일러를 죽였다면 나에게 진작 알렸을 겁니다. 나에게 숨길 까닭이 없었으니까. 폴은 내가 당신 아버지를 좋아하지 않는다는 걸 알았죠. 내가 확실하게 드러냈거든요. 폴은 내가 당신 아버지를 찌를지도 모른다고 생각한 거죠. 하지만 자기는 찌르지 않을 거란 걸 알았지. 그래서 내가 그의 말을 무시하면서 살인 사건을 정리하겠다고 고집하니까, 거짓 자백으로 날 중단시키려고 한 겁니다."

"당신은 왜 아버지를 좋아하지 않으셨나요?"

"난 포주가 싫거든요." 그가 격하게 말했다.

그녀는 얼굴이 벌게지고, 수치스러운 눈빛이 되었다. 그녀는 메마르고 위축된 목소리로 말했다.

"그럼 당신이 날 좋아하지 않는 건……?"

그는 말이 없었다.

그녀는 입술을 깨물고 외쳤다.

"대답해요!"

"당신은 괜찮아요. 단지 폴에게 괜찮지 않았을 뿐, 그를 가지고 논 것이 문제였을 뿐이죠. 당신 부녀는 폴에게 단지 독약일 뿐이었어요. 난 폴에게 그걸 말해 주려고 했죠. 당신 부녀가 그를 저열한 동물로 여긴다고, 어떻게 취급해도 괜찮다고 여긴다고 말해 주려고 했습니다. 당신 아버지가 평생 별 고생도 하지 않고 이기는 데 익숙해진 남자였고, 궁지에 빠지면 이성을 잃거나 늑대로 변할 거라고 말해 주려고 했죠. 그런데 폴은 당신에게 빠져 버렸고, 그래서……."

그는 이를 앙다물고 피아노 쪽으로 걸어갔다.

그녀는 낮고 거친 목소리로 말했다.

"절 경멸하시는군요. 절 창녀라고 생각하죠."

"난 당신을 경멸하지 않아요." 그는 짜증스레, 그녀를 쳐다보지 않고 말했다. "무슨 일을 했든 당신은 그 대가를 치렀고, 그렇게 되는 건 누구나 마찬가지죠."

두 사람 사이에 침묵이 흘렀다. 그녀가 말했다.

"이제 당신과 폴은 다시 친구가 되겠군요."

그는 몸을 떨려는 듯이 피아노에서 몸을 획 돌리더니 손목시계를 보았다.

"이제 작별을 고해야겠군요."

놀란 기색이 그녀의 눈에 비쳤다.

"멀리 가시는 건 아니죠?"

그는 끄덕였다.

"4시 30분 열차라면 탈 수 있죠."

"아주 가시는 건 아니죠?"

"이번 건 관련해서 재판 때문에 회부되는 걸 피할 수 있다면. 그건 그리 어려운 일이 아닐 것 같군요."

그녀는 충동적으로 양손을 내밀었다.

"저도 데려가 주세요."

그는 눈을 깜빡였다.

"정말 가고 싶은 건가요, 아니면 그저 히스테리를 부리는 겁니까?"

그때쯤 그녀의 얼굴은 진홍색이 되었다. 그녀가 입을 열기도 전에 그가 인상을 쓰며 말했다.

"그런다고 달라질 건 없어요. 원한다면 데리고 가죠." 그는 인상을 썼다. "하지만 이것들은……." 그가 한 손을 흔들어 집을 가리켰다. "누가 처리하죠?"

"상관없어요, 채권자들이 하겠죠."

그녀가 비통하게 말했다.

"당신이 생각해야 할 게 하나 더 있어요." 그는 천천히 말했다. "모두들 당신더러 아버지가 곤경에 처하자마자 아버지를 버렸다고 말할 거예요."

"버리는 거 맞아요. 그리고 사람들이 그렇게 말해 주길 바라요. 뭐라고 하든 상관없어요, 당신이 절 데려가 준다면." 그녀는 흐느꼈다. "만약, 아버지가 오빠를 어두운 길거리에 그냥 내버려 두고 가 버리지만 않았다면 이러진 않을 거예요."

네드 보몬트가 무뚝뚝하게 말했다.

"이제 신경 쓰지 말아요. 가려거든 짐을 싸요. 가방 한두 개에 넣을 것만 싸요. 나머지 물건은 아마 나중에 부칠 수 있을 테니."

그녀는 높은 음조의 부자연스러운 웃음을 터뜨리고 방에서 달려 나갔다. 그는 시가에 불을 붙이고, 피아노에 앉아서 그녀가 돌아올 때까지 부드럽게 연주했다. 재닛은 검정 모자와 검정 코트를 걸치고 여행가방 두 개를 들고 있었다.

두 사람은 택시를 타고 그의 집으로 갔다. 가는 도중 거의 말이 없었다. 한번은 재닛이 불쑥 말했다.

"그 꿈에서…… 말하지 않은 부분요…… 열쇠가 유리였는데, 우리가 문을 열자마자 손에서 깨져 버렸어요. 자물쇠가 뻣뻣해서 강제로 돌려야 했거든요."

"그래서?" 그는 곁눈질로 그녀를 보고 물었다.

그녀는 떨었다.

"우리가 문을 잠가서 뱀을 안에 가두지 못한 바람에, 뱀들이 모두 우리에게 달려들었고, 전 비명을 지르며 깼어요."

"그건 꿈일 뿐이에요. 잊어버려요." 그는 즐거운 기색 없이 웃었다. "당신은 내 송어를 던져 버렸잖아요, 꿈에서."

택시가 집 앞에서 멈췄다. 둘은 네드 보몬트의 집으로 들어갔다. 그녀가 짐 싸는 걸 돕겠다고 했지만 그는 말했다.

"아니, 내가 하면 돼요. 앉아서 쉬어요. 기차 출발까지 한 시간 남았어요."

그녀는 붉은 의자 중 하나에 앉았다. 그녀는 소심하게 물었다.

"당신, 아니 우리 어디로 가나요?"

"뉴욕으로, 우선은."

그가 가방을 하나 쌌을 때 초인종이 울렸다.

"침실로 들어가 있는 게 좋겠군요."

그는 말하고서 그녀의 가방을 방에 가져다놓은 뒤 나오면서 사잇문을 닫았다.

그는 현관으로 나가서 문을 열었다.

폴 매드빅이 말했다.

"네가 옳았다는 걸, 이젠 나도 안다는 걸 말해 주려고 왔다."

"어젯밤엔 안 왔잖아."

"아니, 그때는 몰랐다. 네가 떠난 직후에 집에 들어갔지."

네드 보몬트가 끄덕였다. 그는 통로에서 물러나며 말했다.

"들어와."

매드빅은 거실로 들어갔다. 그는 곧바로 가방들을 보았지만, 잠시 방을 둘러보더니 물었다.

"가는 거냐?"

"그래."

매드빅은 재닛 헨리가 앉아 있던 의자에 앉았다. 나이의 흔적이 묻어나는 얼굴로, 그는 지쳐 보였다.

"오팔은 어때?" 네드 보몬트가 물었다.

"괜찮아, 딱한 것. 이제 괜찮아질 거다."

"형이 그런 거야."

"알아, 네드. 젠장, 안다고!" 매드빅은 다리를 쭉 뻗고 신발을 쳐다보았다. "내가 뿌듯해한다고 생각지 않으면 좋겠다." 그러고는 잠시 후 덧붙였다. "네가 가기 전에 오팔이 보고 싶어 할 거다, 아니 틀림없을 거다."

"나 대신 형이 오팔이랑 엄마에게 인사 전해 줘야겠어. 나 4시 30분에 떠나."

매드빅은 고뇌로 어두워진 파란 눈을 들었다. 그는 쉰 목소리로 말했다.

"네가 옳고말고, 네드. 하지만…… 음, 네가 옳다는 건 하느님도 안다고!"

그는 다시 신발을 쳐다보았다.

"그리 충성스럽지 않은 그 심복들은 어쩔 작정이야? 정신 차리게 해서 다시 쓸 거야? 아니면 스스로 정신 차렸나?"

네드 보몬트가 물었다.

"파와 그 떨거지들?"

"으응."

"따끔하게 혼을 내 주려고 한다."

매드빅은 결심한 듯 말했지만 그의 목소리에는 열의가 없었고 시선도 여전히 신발을 보고 있었다.

"4년을 허비하겠지만 그 기간 동안 내부 정리 좀 하고 흔들리지 않을 조직을 만들면 돼."

네드 보몬트가 눈썹을 치켜떴다.

"선거에서 찌르려고?"

"찌르기는, 젠장, 날려 버릴 거다! 섀드는 죽었어. 난 그놈 하수들한테 다음 4년을 맡길 작정이다. 내가 걱정할 정도로 탄탄한 토대를 쌓아 올릴 만한 놈은 그중에 아무도 없어. 다음엔 내가 다시 도시를 장악할 거고 그때쯤엔 내부 청소도 끝나겠지."

"지금도 이길 수 있어."

"물론, 하지만 그 개자식들을 데리고 이기고 싶지가 않다."

네드 보몬트가 끄덕였다.

"인내와 배짱이 필요하지만, 그게 최선의 방법이지. 맞아."

“그놈들이 내가 가진 전부야. 나한테 책략가는 하나도 없겠구나.” 매드빅은 비참하게 말하고 나서 시선을 발에서 벽난로로 옮겼다. “꼭 가야겠어, 네드?”

거의 들리지도 않다시피 한 물음이었다.

“가야 돼.”

매드빅은 거칠게 헛기침했다.

“망할 멍청이가 되고 싶진 않지만, 네가 여기 머물든 떠나든 내게 감정은 없을 거라고 믿고 싶다, 네드.”

“난 아무 감정 없어, 형.”

매드빅은 재빨리 고개를 들었다.

“나랑 악수할래?”

“하고말고.”

매드빅은 펄쩍 일어났다. 그의 손이 네드 보몬트의 손을 잡더니, 부술 듯 꽉 쥐었다.

“가지 마라, 네드. 나랑 같이 있자. 나한테 네가 필요하다는 건 세상이 다 안다. 그게 아니더라도, 젖 먹던 힘까지 다해서 만회하마.”

네드 보몬트는 고개를 흔들었다.

“나한테 만회할 거 하나도 없어.”

“그럼……?”

네드 보몬트는 다시 고개를 저었다.

"안 돼. 가야 해."

매드빅은 손을 놓고서 다시 자리에 앉아 시무룩하게 말했다.

"뭐, 뿌린 대로 거둔 거지."

네드 보몬트는 짜증스러운 듯한 동작을 했다.

"그건 아무 상관도 없어." 그는 말을 멈추고 입술을 깨물었다. 그러더니 불쑥 내뱉었다. "재닛이 와 있어."

매드빅이 그를 응시했다.

재닛 헨리가 침실 문을 열고 거실로 나왔다. 얼굴이 창백하고 핼쑥했지만, 그녀는 고개를 똑바로 들었다. 그러고는 폴 매드빅에게 똑바로 다가가 말했다.

"전 당신에게 잘못을 많이 저질렀어요, 폴. 전……."

폴도 재닛만큼이나 얼굴이 창백해졌다. 이제 얼굴에 피가 솟구쳤다. 그는 쉰 소리로 말했다.

"됐소, 재닛. 당신도 어쩔 수 없었을……."

이어지는 문장은 알아들을 수 없는 중얼거림이었다.

그녀는 뒤로 물러나며 움찔했다.

"재닛도 나랑 같이 갈 거야."

네드 보몬트가 말했다.

매드빅의 입술이 벌어졌다. 그는 네드 보몬트를 멍하니 쳐다보았고 다시 얼굴에서 핏기가 가셨다. 얼굴이 허옇게 되었을 때쯤 그는 뭐라고 중얼거렸지만 '행운'이라는 말 외에는 알아들을 수 없었다. 그는 어색하게 뒤로 돌아 문으로 가서 문을 열고 나간 뒤 문을 닫았다.

재닛 헨리가 네드 보몬트를 보았다. 네드 보몬트는 현관을 그대로 응시했다.

〈끝〉

옮긴이 | 김우열

전자공학을 전공하고 휴대전화를 설계하다가, 가슴에서 느껴지는 묘한 통증에 이끌려 명상의 길로 들어섰다. 이를 계기로 안정된 직장을 그만두고 자신이 가고자 하는 길에 좀 더 부합하는 번역에 입문했다. 함께 잘사는 것만이 유일한 길이라는 생각으로, 2003년부터 번역지망생과 꾸준히 교류했고 현재 지망생스터디 카페 '주간번역가' 카페지기로 활동하고 있다. 지은 책으로 『나도 번역 한번 해볼까?』, 옮긴 책으로 『계층이동의 사다리』, 『구글드』, 『시크릿』, 『몰입의 재발견』, 『죽음의 신비』, 『평전 마키아벨리』 등이 있다.

대실 해밋 전집 4

유리 열쇠

1판 1쇄 펴냄 2012년 1월 16일
1판 3쇄 펴냄 2023년 5월 17일

지은이 | 대실 해밋
옮긴이 | 김우열
발행인 | 박근섭
편집인 | 김준혁
책임편집 | 김준혁 · 장은진
펴낸곳 | 황금가지

출판등록 | 2009. 10. 8 (제2009-000273호)
주소 | 06027 서울 강남구 도산대로 1길 62 강남출판문화센터 5층
전화 | **영업부** 515-2000 **편집부** 3446-8774 **팩시밀리** 515-2007
홈페이지 | www.goldenbough.co.kr

도서 파본 등의 이유로 반송이 필요할 경우에는 구매처에서 교환하시고
출판사 교환이 필요할 경우에는 아래 주소로 반송 사유를 적어 도서와 함께 보내주세요.
06027 서울 강남구 도산대로 1길 62 강남출판문화센터 6층 민음인 마케팅부

㈜민음인은 민음사 출판 그룹의 자회사입니다.
황금가지는 ㈜민음인의 픽션 전문 출간 브랜드입니다.